Mirjam Müntefering

Ada sucht Eva

ROMAN

BASTEI LÜBBE

BASTEI-LÜBBE TASCHENBUCH
Band 12 878

1. Auflage November 1998
2. Auflage Januar 1999

Originalausgabe

Printed in France
Einbandgestaltung: Herrlich & Herrlich, Berlin
Titelzeichnung: Herrlich & Herrlich
Satz: KCS GmbH, Buchholz/Hamburg
Druck und Bindung: Brodard & Taupin, La Flèche
ISBN 3-404-12878-8

Für meine Freundinnen und Freunde, die mit mir gingen, und für jene, die bei mir stehen. Und ganz besonders für Astrid, in Liebe.

1. Kapitel

FREDERIKE

Sie will den Roman mit einer Sexszene beginnen lassen.

Nicht etwa, weil sie im wirklichen Leben auch so schnell zur Sache kommt. Sondern weil sie es liebt, wenn die Ordnung der Dinge auf den Kopf gestellt wird.

Niemand beginnt einen Roman mit einer Sexszene. Also will sie es tun.

Aber zu der Zeit, zu der diese Geschichte beginnt, lebt sie allein. Sie hat keinen Sex.

In dem orange beleuchteten Tunnel stank es nach Pisse und Autoabgasen. Ich ging so langsam, wie es gerade noch erträglich war. Wenn ich Glück hatte, würde jetzt einer kommen. Es war nach Mitternacht, und ich war allein im Tunnel.

Ich hatte Glück. Ein Zug donnerte über meinen Kopf hinweg. Seine Räder rumpelten über die Gleise. Aber es waren die Verbindungen, die das Donnern machten. Die Verbindungen zwischen zweien und allen anderen. Dieses Badong-Badong-Badong.

Das ist die einzige Möglichkeit im Leben eines normalen Menschen, aus vollem Halse zu schreien. Weil einfach niemand es hört. Niemand nimmt Anstoß. Niemand sagt »Die spinnt« und erklärt einen damit zum Anormalen. Was für eine Gelegenheit! Ich legte den Kopf in den Nacken und schrie. Nur die Lautstärke zählte. Ich ließ meine Lungen zittern. Dann sah ich mich um und lachte. Du kannst nie sicher sein, ob nicht doch einer hinter dir geht.

Kurz bevor ich das Ende des Tunnels erreichte, schlug ich den Kragen meiner Lederjacke hoch. Nicht weil es kalt war. Es war erst Anfang September. Nein, es hatte denselben Effekt wie ein unverwundbarer Panzer. Eine glänzende Rüstung, in der du durch das Portal einer Burg reitest, um die Tochter des Königs zu entführen.

Ich ritt in meiner Rüstung auf die riesigen Eingangstüren der Disco zu.

Vor der Tür standen ein paar Schüchterne herum.

»Keine Angst, heute wird nicht gebissen!« rief ich ihnen von meinem hohen Roß herunter zu.

Eine von ihnen sah mich mutig an und lächelte. Sie würde die erste sein, die die Tür öffnen und hineingehen würde.

Hinein, und der Baß der Musik erwischte meinen Magen schon an der Kasse.

Eine Frau lehnte an der Wand und atmete mir Zigarettenqualm ins Gesicht. Diese Frau gibt es auf jedem Schwof. Sie steht immer in meiner Nähe, wendet von Zeit zu Zeit den Kopf und bläst mit weit geblähten Nasenflügeln den blauen Dunst direkt in meine Nichtraucherinnenaugen. Das ist immer so. Immer hängt der Rauch in Schwaden in der Luft. Immer gibt es in diesem Nebel ein paar neue Gesichter. Immer trägt eine ein angenehmes Parfüm, und eine andere riecht nach Schweiß. Immer ist die Treppe zur Empore schwer besetzt.

Ich setzte einen Fuß vor den anderen. Stufe um Stufe. Quetschte mich an Frauenkörpern vorbei. Ein hübscher Nacken. Ein bunter Hemdkragen. Und ein Dekolleté, das noch mal alle Sonnenbräune des Sommers herzeigen wollte.

Weiter hinauf. Weil ich von dort oben den besten Überblick über das bunte Publikum haben würde. Vorausgesetzt, ich konnte einen Platz am Geländer erobern. Wenn ich es schaffte, irgendwie einen Ellenbogen auf der Brüstung zu plazieren, hatte ich praktisch schon gewonnen. Es gibt so viele Frauen mit Berührungsängsten.

Ich war Siegerin nach zwei Minuten.

Sofort machte ich Ilonas wippenden Pferdeschwanz auf der Tanzfläche aus. Meine anderen Freundinnen standen aufgereiht an der Bühne und glotzten in die Gegend. Es war viel zu laut, um sich zu unterhalten. Du kannst nichts anderes tun, als auf die Tanzfläche zu stieren. Oder, wenn du einen guten Abend hast, Blickkontakt aufnehmen zur gegenüberliegenden Seite. Wo eine steht, die aufregend genug aussieht, um einen Flirt zu wagen. Durch die hopsende Masse hindurch, über Köpfe hinweg, wie über einen tiefen, tiefen See. »Es waren zwei Königskinder ...«

Ich hängte mich etwas über das Geländer. Vielleicht gab es etwas, das ich noch nicht kannte, irgend etwas Neues. Das war eine großartige Möglichkeit im Leben einer Szenelesbe, zu träumen.

Aber die meisten der Gesichter dort unten kannte ich.

Und das, das jetzt zu mir hochsah und den Mund zu einem Lachen verzog, war eines der vertrautesten: Ilona winkte und schob sich dann gelassen, aber beharrlich durch die herumzappelnden Frauen zur Treppe. Sie war ein Maultier unter den Vollblütern. Ruhig schritt sie die Stufen hinauf. Zuverlässig. Sie würde sich durch nichts von ihrem Ziel ablenken lassen.

Wir umarmten uns. Ihre Haare kitzelten mich am Hals.

»Weißt du es schon?« Ilonas Stimme war so tief wie der Klang eines Waldhorns. Aber die Musik war viel zu laut.

»Was hast du gesagt?«

»Weißt du es schon?« schrie Ilona. »Es gibt Neuigkeiten, die dich nicht freuen werden.«

»Was gibt's denn?« sagte ich. Ilona las mir die Frage von den Lippen ab.

»Pe ist zurück!« schrie sie, und starrte mich an, um jede Reaktion mitzubekommen.

Ich dachte, ich schliefe und sei im Traum die Bürgersteigkante hinuntergestolpert. Hoppla! Aber ich wachte nicht auf.

»Aber sie wollte doch in Hamburg zu Ende studieren. Sie hatte doch die Schnauze so voll vom Ruhrgebiet ... Was ist denn passiert?«

Ilonas Stirn legte sich in Falten. Sie versuchte, zu rekonstruieren, was ich gesagt hatte.

»Was ist passiert?« brüllte ich. Und das kam mir plötzlich richtiger vor, als nur betroffen »Oh« zu murmeln. Ich hatte in der Beziehung mit Pe oft gebrüllt. Und alles hatte in etwa denselben Inhalt gehabt: »Was ist passiert?«

Ilona konnte nur mit den Achseln zucken.

Plötzlich war ich froh, daß es so laut war. Ich konnte

mit meiner besten Freundin am Geländer der Empore stehen, hinunterschauen, ohne zu reden.

Ich hätte nicht gedacht, daß mich eine solche Nachricht umhauen würde. Es waren ein paar Monate vergangen seit der Trennung von Pe. Zeit genug, hatte ich geglaubt.

Ich dachte an geschiedene Eheleute und wurde neidisch. Wenn ein Mann und eine Frau sich trennen, geht er in die Stammkneipe und sie ins Lieblingsrestaurant. Er sucht sich einen neuen Supermarkt, und sie verzichtet auf den Fußballplatz. So gehen sie sich aus dem Weg. Sie sehen sich nicht, lassen sich Zeit, die Wunden zu lecken. Bis sie sich irgendwann, mit unsichtbaren Narben, durch Zufall beim Italiener treffen, der gerade neu eröffnet hat.

Dann stehen sie verwirrt voreinander. Sie denkt, daß er ein neues Jackett trägt. Und Braun stand ihm noch nie. Und er registriert ihre neue Frisur, die er vielleicht mag oder die er scheußlich findet. Sie sagen freundlich »Hallo«, tauschen ein paar Floskeln. Dann geht der, der als letzter das Lokal betreten hat, wieder hinaus, weil er angeblich das Portemonnaie vergessen hat.

Wie wunderbar.

In Bochum gibt es *einen* Frauenbuchladen. Es gibt *ein* Frauencafé. Jeden zweiten Samstag im Monat gibt es *einen* Frauenschwof. Als Pe und ich uns trennten, trafen wir uns jeden zweiten Tag und an den Wochenenden. O ja, ich kannte die Sprüche vom Salz in den Wunden und so. Wie erholsam waren die drei Monate gewesen, in denen sie weg war.

Ilona beobachtete meine Hände, die über das Geländer hinaushingen und sich ineinander verknoteten. Sie kannte mich gut und wußte, daß sie mich jetzt mit diesem Thema eine Weile in Ruhe lassen mußte.

»Paula hat mit Jacqueline Schluß gemacht«, rief sie mir zu. Ihre Augen waren jetzt auf das kleine Grüppchen unserer Freundinnen gerichtet. »Sie zieht ihren üblichen Flunsch und späht bereits nach was Neuem.«

Ich sah hinunter. Paula fiel mit ihrem langen, weinroten Haar auf wie ein Korallenfisch im Karpfenteich. Sie hielt die Arme verschränkt, und ihre Mundwinkel näherten sich ihrem Blusenkragen. Aber ich wußte genau, daß unter ihren Ponyfransen die Augen hin und her flitzten.

Neben Paula stand Belle. Sie liebte Ghandi und Sinéad O'Connor und lief deswegen mit rasiertem Schädel herum. Ihre Zwillingsschwester Bête, mit dem frechsten Bubikopf der Saison, hatte sich in einen hautengen schwarzen Stretchanzug gequetscht.

Wenn zwei sich trennen, egal welches Geschlecht sie haben, teilt sich die Masse ihrer FreundInnen wie das Rote Meer. In der Mitte bleibt niemand zurück.

Es tat verdammt gut, auf die zu blicken, die auf der eigenen Seite standen.

»Warum hat Bête sich so aufgedonnert?« brüllte ich.

»Es gibt zwei Neue.«

»Wie?«

»Zwei Neue! Sie waren im Café. Die eine hat es Bête angetan. Sie hofft, daß die beiden heute abend hier auftauchen. Wenn das mit den beiden was wird, muß ich meine Meinung zu ›Liebe auf den ersten Blick‹ revidieren. Bête befindet sich in anderen Sphären, verstehst du? Ich werde es nie begreifen.«

»Ich glaube unerschütterlich daran!« Für mich stand

fest, daß es besser war, an etwas zu glauben, als es nicht zu tun. Nur das konnte einen für den Ernstfall rüsten.

Ilona lachte mich aus und nannte mich mal wieder eine doofe Träumerin. Wahrscheinlich hatte sie damit recht, aber ich dachte nicht daran, mich dafür zu schämen.

»Ich wette, Bête veranstaltet nächstes Wochenende einen Grillnachmittag oder so was. Dann hätte sie einen Grund, Daniele einzuladen.«

Wie gut, daß wir einander bis ins Detail kannten: Gewisse Schritte des Flirtverhaltens waren im voraus zu berechnen und im Terminkalender einzuplanen.

Die Zwillinge »la Belle et la Bête«, Paula, Ilona und ich verbrachten alle Wochenenden miteinander. Wie eine Familie, in der alle von Montag bis Freitag zur Schule oder zur Arbeit gehen. Samstags prallten wir dann aufeinander, um zu picknicken oder zu feiern. An den Wochenenden gehörten wir fest zusammen.

»Wie gefällt dir die in dem grünen Hemd da unten? Ich mag ihre Art zu tanzen«, sagte Ilona.

»Woher weißt du das mit Pe?« fragte ich. Aber sie hörte mich anscheinend nicht. Statt zu antworten, wandte sie sich um und schritt bedächtig die Stufen wieder hinab. Wo andere zwischen den vielen Füßen nur auf einem Bein hopsten, konnte Ilona in ihrer stoischen Ruhe stehen – auch auf dem wackligsten Boden. Ihre Bewegungen waren präzise und genau. Beim Hinabsteigen einer Treppe ebenso wie in ihrem Beruf, beim Zusammensetzen von winzigen Computerbausteinen. Ilona funktionierte selbst wie ein kleiner Rechner. Sie war mindestens ebenso zuverlässig. Ich konnte mich darauf verlassen, daß sie mir noch von Pes Rückkehr berichten würde.

Es war heiß hier drinnen. Ich zog die Lederjacke aus und ließ sie über der Schulter baumeln.

»Die im grünen Hemd da unten« sah gut aus. Ilona bewies Geschmack. Aber mehr konnte ich dazu nicht denken. Ich wußte, welche da unten gut aussah und welche nicht. Die im grünen Hemd tanzte nicht übel. Die verwaschene Jeans war top. Die Frisur war korrekt geschnitten. Kein Make-up. Gut! Als sie von der Tanzfläche ging, gab es da noch ihre Art, das Glas zu halten.

Ich gab ihr eine 8,5 auf der Lesbenskala. Das war mehr als gehobener Durchschnitt. Das war bereits die obere Klasse. Aber in Wahrheit war es einfach nur eine Zahl.

Pe war zurück. Würde jetzt alles so weitergehen wie vorher? Sie konnte hartnäckig sein, wenn sie wollte. Besser ausgedrückt: Wenn sie sich in den Kopf gesetzt hatte, in meinem Leben weiterhin eine Rolle zu spielen, war sie schwerer abzuschütteln, als du einen Schwarm Schmeißfliegen von einem Kuhfladen fernhalten kannst. Ich zählte für sie nicht zur Vergangenheit. Sie war mit unserer Trennung nicht einverstanden gewesen – auch wenn allen klar war, daß sie die Freiheit, die sie brauchte, bei mir niemals haben könnte.

Ich hatte sie im Herbst vor eineinhalb Jahren kennengelernt. Da war sie auf irgendeiner Unifete aufgetaucht, hatte sich mitten im Raum aufgestellt und gerufen: »Wo ist die Schönste?«

Sie hatte wild ausgesehen. Riesengroß, mit blondierten Stoppelhaaren und grellroten Lippen.

Alle hatten zu ihr hingesehen. Sie war freundlich zu allen, versprühte literweise intelligenten Charme, blendete mit weißen Zähnen und lachte jedem frechen

Spruch ins Gesicht. Die Männer waren beeindruckt von dieser Konkurrenz. Die Frauen, die mit den Männern gekommen waren, stellten sich vor, wie es wäre, mit Pe wieder zu gehen. Und ich? Ich hatte nicht aufhören können, sie anzustarren und immer mehr von diesem höllischen Wein in mich hineinzuschütten. Bis ich schließlich nicht mehr aufrecht stehen konnte.

Es war Pe gewesen, die mich nach Hause brachte.

»Wer bist du?« Nachdem ich mich mehrmals übergeben hatte, befragte ich die Person, die in meinem Bad über dem Waschbecken hing.

Die Person antwortete nicht.

Jemand lachte. Ich wandte mich um und sah eine Frau auf dem Wannenrand sitzen. Ich kannte sie nicht. Aber soweit ich mich erinnern konnte, hatte sie während der letzten halben Stunde meinen Kopf gestützt.

»Ich habe noch nie eine gesehen, die so betrunken ist, daß sie ihr Spiegelbild nicht mehr erkennt! Außer ich selber dann und wann«, sagte die Frau.

Ich sah sie genau an. Ihre leuchtenden Haare, die gebogene Nase. Und ich dachte, daß das drei Worte waren, die du sicher oft von ihr hören konntest: »Außer ich selber!« In vino veritas.

»Ich trinke nie!« sagte ich fest. »Trinken ist selbstzerstörerisch und unkontrollierbar.«

»So wie es aussieht, machst du aber Ausnahmen«, erwiderte sie.

»Haben wir schon miteinander geschlafen?« fragte ich.

Sie lachte wieder. Ich sah in ihr eine Zweiflerin, egoistisch, selbstverliebt, spiel- und rachsüchtig. In vino veritas. Aber ich war zu betrunken, um es mir gut zu merken.

»Nein. Noch nicht«, sagte sie und führte mich ins Schlafzimmer. Und dann begann die Verwechslung. Ich war ein Jahr lang Opfer einer Verwechslung – obwohl der Wein mich gewarnt hatte.

»Hallo, schöne Frau. Wie wäre es mit einem Begrüßungskuß?«

Paula! Ihre dunkelroten Locken kringelten sich wie breit grinsende Nattern von ihrem Kopf herab. Sommersprossen tanzten vor meinen Augen. Schalk sprühte mir entgegen. Jedesmal, wenn Paula mit einer Frau Schluß gemacht hatte, streute ihr das Sandfrauchen Pfeffer in den Arsch.

»Du siehst aus wie reinster Zucker«, lachte ich.

Paula kreischte und fiel mir um den Hals: »Koste mich!«

Die Frauen um uns herum lachten. Jede hier kannte Paula.

»Ich werde mich hüten.«

»Zier dich nicht! Wir sind doch beide solo!« Paula wollte sichergehen, daß es auch alle Umstehenden mitbekamen.

Eine mit Baseballkappe musterte uns von oben bis unten, aber wir waren beide nicht ihr Typ.

Trotzdem trat sie von einem Fuß auf den anderen. Und ich schwang meine Jacke über dem Kopf. Paula war ein Feuerwerk mit sisselnder Zündschnur. Niemand konnte ihr einfach nur zusehen, ohne sich selber zu bewegen, und sei es auch nur, um sich in Sicherheit zu bringen. Sie hakte sich bei mir unter, und wir spannten gemeinsam auf die Tanzfläche runter.

»Was hältst du von der da drüben, in den roten Jeans?«

»Sie ist mit ihrer Freundin da, Cherie.« Paula hatte wie immer das Gelände bestens sondiert. »Außerdem habe ich etwas anderes ins Auge gefaßt, etwas Neues.« Außerhalb der Szene, bedeutete das. »Ich wollte dich gleich anrufen neulich. Aber du bist ja immer im Kino oder bei irgendwelchen schmierigen Typen ...«

»Sebastian ist mein Studienfreund. Ich bin froh, daß ich mit ihm über meine Hausarbeiten reden kann. Oder verstehst du etwas von Filmsemiotik?«

»... jedenfalls waren wir letzten Mittwoch im Café. Und wie wir da so sitzen und vor uns hinratschen, kommen doch zwei Neue rein. Noch nie gesehen. Echte Sahneschnittchen.«

»Wie? Das letzte Wort?« Ich hielt die Hand ans Ohr.

»Sahneschnittchen!« brüllte Paula. »Ich saß mit Belle und Bête an dem großen Ecktisch. Außer an unserem Tisch war nichts mehr frei. Die beiden standen ratlos rum. Die Ältere war wohl etwas schüchtern und wollte gleich wieder gehen. Aber die Jüngere kommt auf mich zu und fragt artig, ob sie sich zu uns setzen dürfen. Ich sag' dir: Ich hatte Bête die ganze Zeit im Auge. In dem Moment, in dem sie die Ältere, diese Daniele, sieht, setzt bei ihr der Verstand aus. Ich dachte, das müssen die beiden doch merken! Und Belle wurde ja auch schon ganz nervös. Aber die beiden Neuen sitzen nur da und bestellen in aller Ruhe ihr Eis. Obwohl Bête Daniele anpeilt wie die Schlange das Kaninchen. Ich hab's dann irgendwann nicht mehr mit ansehen können und hab' ein Gespräch mit den beiden angefangen. Daniele hat auch fleißig ausgepackt. Daß sie aus München kommt und irgendwas mit Fremdsprachen macht. Zweiunddreißig ist sie schon. Da war Bête natürlich dem Koma nahe. Sie fährt doch so auf Ältere ab, seit sie die Elisabeth aus dem Frauendorf kennt. Ich hab' Daniele und ihre Freundin ein bißchen ausgequetscht, wo sie denn hingehen und so. Die beiden haben keinen blanken Schimmer von der Szene. Dachte ich gleich: ›Wenn Pe die in die Finger kriegt, macht sie sich an beide gleichzeitig ran.‹ – Weißt du schon, daß Pe wieder im Land ist?« Nicken.

»Scheiße, was?! Ich dachte, jetzt hätte ich eine Konkurrentin weniger auf dem Markt, und was is'? Die Kuh kommt nach ein paar Wochen schon wieder zurück.«

»Ich trage es mit Fassung.«

»Ja, was sollst du auch sonst machen.« Sie faßte sich an den Kopf, und ich konnte von ihren Lippen »Wo war ich denn?« ablesen. »Ach ja, wie gesagt: Bête wuchsen schon Flügel zum Start in den siebenten Himmel, da sagt diese Daniele doch tatsächlich, daß sie ihr Coming-out erst vor einem Jahr hatte. Da hat sie doch vorher mit Sicherheit mit Typen rumgemacht! Arme Bête. Das ausgerechnet ihr! Hab' mich dann auf die Jüngere konzentriert, schätze so alt wie wir. Wow! Die hat einen Blick, sag' ich dir. So leicht unterkühlt und immer wachsam. Sie hat nichts von einer Freundin erwähnt ... naja, sie hat sowieso wenig gesagt, immer nur geguckt. Aber das Tollste kommt noch: Rate mal, wie sie heißt!«

Ich war eine der wenigen, die in Paulas Geheimnis eingeweiht waren: Paula war die Alphabetsliebhaberin.

Anfangs war es gar nicht beabsichtigt gewesen. Ihre erste Freundin hieß Anna, die zweite Babsi, die dritte Claudia. Auf Claudia folgte Doris und dann Elke. Elke brachte Paula auf die Idee. In einem Streit warf sie Paula vor, sich durchs Alphabet ficken zu wollen. Daraufhin beschloß Paula, sich durchs Alphabet zu ficken.

Jacqueline war ihre letzte gewesen. Bis gestern.

»a, be, ce, de, e, ef, ge, ha, i, jot, ... ka ... Kerstin?«

Paula schüttelte den Kopf. Ihre Augen funkelten.

»Konstanze?«

»Ach nein, du errätst es nicht. Sie heißt Karolin!«

»Das wollte ich eigentlich als erstes sagen!« Das stimmte tatsächlich.

»Quatsch keinen Unsinn! – Sie ist eine Wucht. Ein bißchen cool vielleicht. Belle hält sie deswegen für schwierig. Aber ich glaube, sie ist ziemlich unkompliziert.«

Ich mochte Paula. Von ihrer Menschenkenntnis hielt ich allerdings nicht sehr viel.

»Das wird ein heißer Wettkampf diesmal. Willst du nicht einen Tip abgeben?«

Ich murrte los: »Wir haben vereinbart, so was nicht mehr zu machen, Paula! Wir sind raus aus dem Alter, oder?«

»Ach, komm schon, Frederike, sei keine Spielverderberin! Es tut doch niemandem weh. Bête hat die Herausforderung gleich angenommen. Belle hat natürlich auf sie gesetzt, wie sollte es anders sein. Halt du doch zu mir! Wenn du wettest, daß ich es rascher bei Karolin schaffe als Bête bei Daniele, schenke ich dir eine Packung Gummibärchen.«

»Das ist Bestechung!« lachte ich.

»Ein Freundschaftsgeschenk«, schlug Paula vor.

»Ich muß mir die beiden erst ansehen, um einen echten Tip abgeben zu können«, sagte ich.

»Alles klar.« Paula war vom Fach. »Und wie sieht es bei

dir aus? Willst du dir nicht auch mal wieder was Nettes anlachen?«

Liebend gern. Aber seit ich hier angekommen war, wurde ich nur mit Neuigkeiten bombardiert.

Paula wertete mein Schweigen als stumme Ablehnung ihrer Anregung.

»So langsam mach' ich mir Sorgen um dich, Chéri. Du warst doch früher für jeden Spaß zu haben. Ist es immer noch wegen Pe? Du lieber Himmel! Wie lange willst du deswegen denn noch schmollend in Enthaltsamkeit leben? Du bist nicht die erste, die am laufenden Band betrogen worden ist. Du solltest langsam drüber wegkommen. Wenn du so weitermachst, wirst du in gewissen Körperregionen einstauben ...« Ein Blick konnte manchmal sogar bei Paula ausreichen. »Okay, okay, ich hör' ja schon auf. Mist, ich muß mal ganz dringend. Dabei hab' ich dir noch gar nicht alles erzählt, was ich über Karolin weiß. Kommst du mit aufs Klo?«

Wir stiegen über Frauenbeine, die in Knäueln die Treppe blockierten und quetschten uns an Brüsten und nackten Schultern vorbei. Währenddessen perlte Paulas helle Stimme in gutgelauntem Singsang an mein Ohr. Aber alles, was ich bei dem Krach um uns herum verstehen konnte, war: »... sie arbeitet im Café Sentimental ...«

Paula verschwand hinter einer der bekrakelten Türen.

Ich stand unentschlossen vor den Waschbecken herum und beobachtete eine Frau in Lederhose dabei, wie sie sich im Spiegel musterte. Sie war wohl gut in Form, denn das einzige, was ihr nicht gefiel, waren ihre Haare. Aber weil ich in ihre Richtung sah, wagte sie erst im Hinausgehen, reinzugreifen und die Frisur zu ordnen .

Stand im Knigge, daß Lesben nicht eitel sein dürfen?

In Heteroläden drängelten sich immer mindestens fünfzehn aufgedonnerte Perlen vor den immer zu kleinen und zu schlecht beleuchteten Spiegeln, zupften an ihren Haarsprayfrisuren, zogen sich die Lippen nach oder tuschten ihre Wimpern zum dritten Mal am Abend.

Auf den Frauenschwofs war dieses Verhalten Ausnahme.

Sieh dich vor, Lesbe! Deine Traumfrau könnte direkt hinter dir stehen und dir zusehen, wie du das Rouge aufträgst.

Frau kannte eben alle Tricks, die Frauen zu Verschönerungszwecken so drauf hatten. Und es war peinlich, das nebeneinander zu zelebrieren, wenn frau sich wenige Minuten später am Rande der Tanzfläche heiße Blicke zuwerfen würde.

Paula plätscherte hinter der verschlossenen Tür. Außer mir war nun niemand mehr hier. Ich beugte mich vor und blickte durch den Spiegel in meine Augen. Das linke, von den seitlich fallenden Stirnfransen fast verdeckt, war rehbraun. Es paßte zur Farbe meiner kurzen Haare. Ein netter Ton. Warm und freundlich. Aber das rechte Auge war mein Kleinod, mein Saphir. Es leuchtete strahlend blau, irritierte alle, die meinen Blick zum ersten Mal erwiderten. Auch Pe hatte mich angestarrt und dann verwundert den Kopf geschüttelt …

Ich wandte dem Spiegel den Rücken zu. Wieder Pe! Kaum war sie in der Stadt, schlich sie sich bei jeder Gelegenheit in meine Gedanken. Paula lachte. Sie las die Sprüche, die von innen an die Klotür geschmiert waren: »Hier steht ›Jung, dynamisch und aktiv, weil sie nur mit

Frauen schlief!‹ und drunter hat eine geschrieben ›Ich will auch endlich mal!‹ Hast du zufällig einen Stift dabei?«

»Nein. Wieso denn?«

»Na, um meine Telefonnummer hinzuschreiben, natürlich!«

Hinter einer der anderen Türen gackerte eine unbekannte Lesbe.

Ich schlüpfte zur Tür hinaus. An der Theke war kein Durchkommen. Ich sah die anderen immer noch drüben an der Bühne stehen. Wie vielen Gesichtern ich auf dem Weg dorthin begegnete. Wie vielen Hälsen. Und Schultern. Manchmal einer Hand, die ein Glas oder eine Zigarette hielt. Münder waren eigentlich überall. Heute abend waren Münder sehr auffällig.

Belle sah mich kommen und lächelte mir entgegen. Hätte sie sich in weiße Tücher gehüllt, hätte sie mit ihrer kleinen, zarten Gestalt und der freundlichen Sanftheit tatsächlich wie Ghandi ausgesehen. Die kleinen Augen hinter der goldgefaßten Nickelbrille waren trainiert zum Lesen – ob nun in Büchern oder in Gesichtern. Aus beidem hatte sie ihr Leben lang viel herausgezogen, und sie hatte zu allem, was sie sah, eine Meinung. Am meisten mochte ich an ihr aber ihre Klugheit. Denn die bestand darin, diese Meinungen niemandem aufzudrängen.

Belles Zwillingsschwester Bête sah mit ihrem witzigen Bubikopf völlig anders aus. Ihren Spitznamen hatte sie sich im gnadenlosen Lesbenzweikampf sauer verdient. Sie war die leidenschaftlichste Feministin, die ich kannte. Jede Frau, die sich einmal mit ihr über feministische Grundsätze gestritten hatte, ging ihr in Diskussionen aus dem Weg, denn da wurde Bête zur reißenden Bestie. Wehe der, die nicht gewappnet war. Jetzt gerade sah sie allerdings nicht im geringsten gefährlich aus. Sie stand auf Zehenspitzen und spähte schwankend gen Eingang. Ihre Lippen formten ein enttäuschtes »Immer noch nicht da!« Die beiden Neuen würden wohl heute nicht mehr auftauchen.

Auf den Schwofs gab es kein anderes Thema als Frauen. Alle waren hier, um darüber zu reden, um sie zu sehen, um von ihnen gesehen zu werden. An diesem einen Abend in der Woche gab es nichts anderes.

Die Lesbenwelt war beschränkt und wundervoll.

Als ich die kleine Gruppe meiner Freundinnen erreichte, hörte ich gerade noch, wie Bête gegen die Musik anschrie: »... wenn sie nicht mehr ... nächsten Samstag ... Grillfete! ... Ihr müßt alle kommen ... Hi, Frederike!« Sie quetschte mich an sich, so daß ich durch den Stretchanzug jede Rippe zu spüren bekam. Ihr Gesicht sagte: »Ich muß dir unbedingt das Neueste erzählen!«, und ich wußte, daß ich heute noch eine dritte Geschichte über diese Daniele und ihre jüngere Freundin hören würde. Bevor ich Bête aber klarmachen konnte, daß ich durch Ilona und Paula bereits bestens informiert war, zog ihr Zwilling Belle mich hinunter in ihre Arme. Sie drückte mir einen warmen Kuß zwischen Ohr und Nacken und mußte anschließend ihre Brille wieder geraderücken. Sie lächelte ein liebevolles Lächeln in Richtung Bête, die tatsächlich verliebt zu sein schien.

Neben Belle stand ihre Freundin Helmes. Sie nickte mir mit verschränkten Armen zu. Mehr war von ihr nicht zu erwarten. Das Höchste, was ich mir erlauben konnte, war meine Hand auszustrecken und kurz ihre Schulter zu berühren.

Seit einem Jahr hing sie mit ums herum, Belle zuliebe. Helmes war ein Stockfisch. Sie sprach nicht viel und sah immer aus, als sei sie beim Aufstehen am Morgen als erstes in eine Reißzwecke getreten. Sie war nicht wichtig für unseren Freundinnenkreis, sie spielte eigentlich gar keine Rolle. Weil sie aber immer da war, hatte ich mich an ihre Anwesenheit gewöhnt. Sie gehörte hinein in das Bild unserer kleinen Familie.

Die Familie, die einem keiner wegnehmen kann.

2. Kapitel

KAROLIN

Die Dunkelhaarige in der alten Lederjacke saß schon eine Weile drüben am Fenster.

Sie war allein gekommen und erwartete niemanden. Sie sah nicht auf ihre Armbanduhr und kümmerte sich nicht darum, wer zur Tür hereinkam. Sie saß einfach so da, trank ihren Milchkaffee und genügte sich selbst.

Immer wieder sah sie her. Sie hatte sehr lebendige Augen. Ihr Mund schien ständig zu lächeln.

Karolin hantierte hinter der Theke.

Der große Zeiger der Wanduhr bannte sie. Er kroch so langsam auf die Zwölf zu, daß es unmöglich war, seine Bewegungen zu verfolgen.

Wochentags schloß das Café Sentimental um Mitternacht. Damit war auch Karolins Schicht beendet. Das bedeutete, daß sie heimgehen würde. Es bedeutete ein entspannendes Bad, Ausruhen vom Stimmengewirr und vom Dröhnen der Capuccinomaschine.

Dann war es viertel vor Zwölf.

Die am Fenster erhob sich aus ihrem Korbstuhl und kam zielstrebig auf sie zu.

»Ich hatte einen Milchkaffee.« Sie hatte unterschiedlich farbige Augen. Eines war braun, das andere blau.

»Dreifünfzig.«

Ihre Geldbörse war mit Minnie Mouse bedruckt. Als sie ein Fünfmarkstück auf den Tresen legte, versuchte sie einen langen Blick.

»Bist du neu hier?«

»Ja, wieso? Falle ich so auf? Einsfünfzig zurück.«

»Ohne Zweifel.«

Vielleicht war sie mutig. Vielleicht hatte sie einfach nur nichts zu verlieren.

Ihr Gesicht sah sehr klar aus. Ihr Hals machte einen schönen Bogen. Aber ihre Frisur war zerzaust und die Jeans am Knie zerrissen. Es sah nicht wie der modische Gag aus, den die Mädels jetzt trugen. Es sah aus, als sei die Jeans am Knie zerrissen und sie hätte es noch nicht bemerkt. Dornröschen in Lumpen. Und ihre Hände spielten mit dem Wechselgeld.

»Also bist du auch neu in der Stadt?«

»Nicht so sehr neu, nein.« Karolin erzählte nie einer Fremden, wer sie war.

»Ich habe dich noch nie gesehen.« Es war schmeichelhaft, dieses unausgesprochene »Daran hätte ich mich erinnert!«. Aber das passierte Karolin oft. Seit sie hier arbeitete, hatten es schon viele auf diese Tour bei ihr versucht. Viele Männer.

»Ich dich auch nicht, weißt du.«

Sie lachten etwas, verlegen.

Karolin war müde. Ihr Rücken schmerzte vom langen Stehen und Laufen. Trotzdem lachte sie. Bei den Männern lachte sie nie.

»Komm schon, frag mich! Frag mich, warum ich nie zu den Schwofs gehe! Oder frag, ob wir uns demnächst mal im Frauencafé treffen. Frag schon!« dachte sie. So lief es ab. Es war berechenbar.

»Heute fühle ich mich, als sei alles in mir blau«, sagte die Fremde und betrachtete das Markstück, das sie in der Hand hielt. Dann ließ sie es auf dem Tresen liegen, steckte die Hände in die Taschen ihrer Lederjacke und ging.

Ferdi, der Besitzer des Ladens, grinste.

»Karolin, wann verrätst du mir das Geheimnis, mit dem du die Frauen betörst?«

»Niemals«, lächelte sie. Ferdi war in Ordnung. Aber er kapierte nicht, daß Lesben eben anders waren.

»Warum gehst du nicht endlich? Du belauerst diese blöde Wanduhr schon seit einer Stunde.«

Sie war schneller weg, als er gebraucht hätte, um die Aufforderung zu wiederholen.

Die Straßen waren menschenleer. Karolin ging langsam an den erleuchteten Schaufenstern vorbei. Sie achtete nicht auf die Auslagen, die starren Fratzen der Kleiderpuppen.

Sie betrachtete die Häuser. Sie sah die Verklinkerung, den Anstrich, den abblätternden Putz. Wenn sie den Blick auf den Boden richtete, waren da die Pflastersteine. Neulich erst war ihr bewußt geworden, daß sie das Muster kannte: zwei quer, einer gerade, braunrot und grau. In der ganzen Stadt gleich.

Wenn sie das Muster der Pflastersteine kannte, begann sie sich zu Hause zu fühlen. Sie wurde vertraut mit den Straßen. Manchmal erkannte sie im Gewimmel der einkaufenden Menschen, denen sie jeden Tag auf dem Weg zum Café begegnete, ein Gesicht wieder. Das waren schöne Momente. Manchmal erkannte sie in einem Gesicht das Wiedererkennen. Diese Momente waren noch schöner.

Sie kam sich nicht mehr wie eine Lügnerin vor, wenn sie sagte: »Ich gehe jetzt nach Hause!« und dann den Weg zu ihrer Wohnung einschlug.

Karolin war erst vor wenigen Monaten in diese Stadt gekommen. Sie mochte dieses Zwitterwesen aus Großstadt und ländlicher Idylle, mit dem schmuddeligen Beigeschmack, der ihm noch aus der längst vergangenen Kohlezeit nachhing.

Diese Stadt wurde von niemandem richtig eingeschätzt, sondern galt immer als das, was gerade am vordergründigsten war. Karolin fühlte sich mit dieser Stadt ein wenig seelenverwandt.

Weil ihr niemand begegnete, mußte Karolin keinen Blick erwidern und keinem ausweichen. Sie ruhte sich aus vom Lächeln und »Bitte sehr – Dankeschön – Was kann ich bringen?« Ihre Schritte fanden allein den Weg. Karolin riskierte einen Blick in sich hinein.

Erdfarben. Helles Braun. Vermischt mit ein wenig Olivgrün.

Das war Wald. Stämme. Laub. Moos. Es war ruhig. Warm und sicher war es. Es tat gut, diese Farben anzusehen. Wie konnte jemand von sich behaupten, Blau in sich zu haben?

Autos waren blau. Kuliminen. Früher auch die Anoraks der Briefträger.

Aber welches Gefühl war das?

Sie kam an einer Parfümerie vorbei, blieb stehen und betrachtete das dunkle Blau der Flaschen. Sie kannte niemanden, der es benutzte. So konnte sie nicht mal einen Geruch mit dieser Farbe verbinden.

Mit dem Vorsatz, morgen hineinzugehen und den Duft auszuprobieren, ging Karolin weiter.

Der Kater hatte ihre Schritte bereits auf der Treppe erkannt und stand an der Tür, als sie aufschloß. Die zärtliche katzenstürmische Begrüßung war das Beste an jedem Abend.

Früher kam Karolin in die leere Wohnung und wurde von einem anderen, einem unliebsamen Haustier angefallen: dem Alleinsein. Als die Attacken immer heftiger wurden, fuhr sie ins Städtische Tierheim und kam mit Zipp zurück. In diesem Revier war nur Platz für einen. Zipp sprang auf ihren Arm, und sie trug ihn mit sich ins Bad, wo sie den Hahn zur Wanne aufdrehte. Das Rauschen im weißen Porzellan verursachte eine angenehme Gänsehaut. Der Kater schnurrte behaglich.

Aber dann sprang er auf den Boden und galoppierte in munteren Sätzen voraus zur Küche. Essenszeit.

Karolin streifte mit den Fingern das warme Wasser.

»Es ist nicht blau«, murmelte sie. »Obwohl man das immer behauptet.«

Da fiel ihr etwas ein, und sie lief barfuß hinüber ins Schlafzimmer. In der großen Schublade unter ihrem Bett gab es alle Farben. Zipp sprang mit Begeisterung hinein und rieb seinen Kopf an den weichen Stoffen. Seide. Satin. Spitze. Karolin wühlte in den Wäschestücken, bis sie gefunden hatte, wonach sie suchte: ein dunkelblauer Body aus feinem Pannésamt.

Sie hatte ihn noch nie getragen. Sie trug diese feine Wäsche nicht. Aber wenn ihr ein besonders schönes

Stück begegnete, konnte sie nie widerstehen und kaufte es.

Jetzt gruben sich ihre Finger in den angenehm rauhen und zugleich weichen Stoff, und sie trug ihn über der Schulter mit sich herum. Schließlich lag der Body auf dem Klodeckel, während Karolin sich in der Wanne aalte.

Sie lauschte auf das Knistern des Schaums an ihrem Ohr und betrachtete das vertraute Muster der hellen Kacheln. In ihrem Kopf breitete sich eine angenehme und im gleichen Maße unheimliche Leere aus.

Bis das Telefon klingelte.

Karolin hatte es vorsorglich auf dem kleinen Tischchen neben der Wanne plaziert, denn sie lebte im Ausnahmezustand: Ihre beste, ihre einzige Freundin Nele war verknallt!

»Grüß Gott!« sagte Karolin. Denn Nele kam aus München. »Es ist null Uhr dreißig, und ich bin ganz wild darauf, mal wieder zu hören, wie wunderbar Bête ist.«

»Woher wußtest du, daß ich es bin?« kam es verblüfft aus dem Hörer.

Karolin seufzte.

Nele wollte sich nicht bei langen Erklärungen aufhalten: »Ich habe Neuigkeiten! Setz dich hin!«

»Ich sitze. In der Wanne.«

»Wir sind eingeladen!«

»Wer?«

»Du und ich natürlich.«

»Wo?«

»Bête ...« Nele mußte tief Luft holen, nachdem sie diesen Namen ausgesprochen hatte. »... gibt am Samstag eine kleine Grillparty. Mit ihren Freundinnen. Sie hat mich heute angerufen und uns gleich eingeladen.«

»Das ist doch toll!«

»Du kommst doch mit?!« Neles Stimme zitterte bedenklich.

»Du bist zweiunddreißig! Eine Horde Zwanzigjährige wird dir doch wohl kein Angst einjagen!«

»Fünfundzwanzig, so wie du. – Es ist ja auch nicht die Horde, die mir angst macht. Es ist ...«

Sie schwiegen. Der Schaum knisterte an Karolins Ohr. Zipp sprang auf den Wannenrand und sah sie mürrisch an. Sie hatte vergessen, ihn zu füttern.

Auf dem Klodeckel lag der Samtbody, in Blau.

»Weißt du noch, wie Maren mal behauptet hat, es schade meiner Emanzipation, wenn ich schöne Wäsche sammle?!«

Als Antwort kam ein Grunzen aus dem Hörer. An Neles Antipathie gegen Karolins Ex-Freundin in Frankfurt hatten weder die Zeit noch der Abstand an Kilometern etwas geändert.

»Als ich gerade nach Hause kam, hatte ich plötzlich Lust, heute nacht in einem dieser verruchten Stücke zu schlafen.«

»Na und?« Nele fand daran nichts Ungewöhnliches. Es war nur ärgerlich, daß sie Karolins neueste Stücke nie anprobieren konnte, denn zwischen den Freundinnen lagen zwanzig Zentimeter.

»Ich bin nicht von allein drauf gekommen. Da war heute abend eine Frau im Café. Sie sah nett aus, Lederjacke und eine süße Nase. Sie wollte mich anquatschen, und ich dachte schon, jetzt kommt die Frage: ›Warum sieht frau dich denn nie in der Szene?‹ Weißt du, so eine, die am liebsten ein Schild im Schritt tragen würden: ›Nur für Frauen geöffnet!‹ Ich dachte, sie soll doch endlich ihren Spruch sagen und es hinter sich bringen. Aber weißt du, was sie dann tatsächlich sagte?«

»Spuck's aus!!«

»Sie sagte: ›Heute fühle ich mich so, als sei alles in mir blau.‹«

Wieder schwiegen sie.

»Und du hast sie gehen lassen?« sagte Nele dann.

Karolin starrte an die hellen Kacheln.

»Welche Farbe ist in dir, Nele?«

Die Antwort kam so rasch, als habe Nele bereits lange darüber nachgedacht: »Violett!«

Lust und Sinnlichkeit. Sie war verliebt. Violett war dann immer die schönste aller Farben.

Nele schmatzte ein bißchen in den Hörer. Sie aß beim Telefonieren gern Schokolade.

»Was ist das wohl für ein Gefühl, Blau in sich zu haben? Und wieso nur an manchen Tagen? Was glaubst du?«

»Stell es dir doch mal vor! Stell dir vor, alles in dir sei blau.«

Beide horchten sie in sich hinein. Sanft sanken sie hinab, um sich zu erforschen, immer noch verbunden durch die Leitung aus Draht. Ihre Stimmen, ihr Atem, als elektrische Impulse.

Plötzlich rutschte Nele aus. Wie ein Stolpern auf der letzten Stufe.

»Vielleicht bin ich Bête einfach nur sympathisch?«

Karolin konnte nicht darüber lachen. Nele setzte zu viele Hoffnungen auf diese frische Bekanntschaft, die doch vielleicht gar nichts bedeuten würde. Trotzdem versuchte Karolin, sie zu necken: »Du bist nervös. Allen lesbischen Jungfrauen geht das so, glaub mir.«

Aber es war bereits nachts. Und keine, die verliebt ist, ist nachts zum Scherzen aufgelegt.

»Ich wußte, gleich als ich sie sah, daß sie mal wichtig für mich sein wird. Ich weiß, das klingt albern. Du bist immer so vernünftig. Aber manchmal gibt es wirklich so was! Plötzlich kommt eine daher, und du weißt ganz genau, daß sie einmal Bedeutung haben wird.« Neles Atempause wurde zur Denkpause, wurde zum stillen Erschrecken über eine noch andere Möglichkeit: »Oder meinst du vielleicht ...? Karolin, glaubst du, daß ich nur deshalb Bête so viel Bedeutung beimesse, weil ich ...«

»Ich will kein einziges Wort über Einsamkeit hören!« fiel Karolin der Freundin ins Wort. Sie konnte das nicht zulassen.

»Du bist mir eine feine Freundin! Wem soll ich sonst davon erzählen, wenn nicht dir?« brummte Nele.

Aber Karolin dachte an das Wort Selbsterhaltung und lachte nur. Ein Lachen hatte sie ihr Leben lang überall heraus gerettet.

»Ich hab' schon ganz verschrumpelte Zehen, Nele. Es ist Zeit, schlafen zu gehen.«

»Gut. Träum was Schönes. Und trag diese Grillfeier in deinen Kalender ein«, sagte Nele, die verliebt war und deshalb keine Müdigkeit spürte.

Karolin hätte nicht gewußt, was sie sonst am Wochenende getan hätte. Weil sie keine Bekannten in der Stadt hatte, brauchte sie so etwas wie einen Terminkalender nicht. Aber sie hatte einen. Und sie war sicher, daß er sich danach sehnte, bekritzelt zu werden, die Seiten gefüllt zu bekommen mit Notizen, Adressen und sechsstelligen Nummern, kurzen Bemerkungen: Jutta – nur bis 23 Uhr! Evelyn, 20 Uhr Kino. Mit Rotstift: Sandras Geburtstag!

Karolin erklärte ihrem Terminkalender immer wieder, daß es besser sei, wenn seine Seiten leer blieben. Dann könne niemand nachvollziehen, wann ein Name plötzlich nicht mehr auftauchte. Denn das geschieht schließlich immer wieder: Namen tauchen auf und verschwinden wieder. Auf den Blättern eines Terminkalenders sind es nichts als Namen. Aber nichts im Leben ist so einfach, wie es auf den Blättern eines Terminkalenders scheint.

Als sie aufgelegt hatten, stieg Karolin aus der Wanne und spürte ihren Körper wieder in der alten Schwere. Wasser war wunderbar, weil es sie mühelos beweglich und leicht wie ein Stück Seide machte. Aber sobald sie dieses Element verließ, kam sie sich wieder langsam und massig vor.

Mit Wasserperlen auf dem Körper betrachtete sie sich unter dem gelben Licht im Spiegel. Seit Monaten beobachtete sie die Wölbung unterhalb ihres Bauchnabels mit Argwohn. Sie war einfach ein Zeichen ihrer Weiblichkeit. Mit fünfundzwanzig Jahren konnte Karolin sich nicht länger der Illusion hingeben, nicht Frau zu sein. Natürlich hatte das jahrelange Stemmen von 50-Kilo-Gewichten Spuren hinterlassen: Ihre Schultern waren kräftiger als bei anderen Frauen, ihr Bizeps schwoll an, wenn sie den Arm hob, und die Beinmuskulatur oberhalb des Knies würde wohl nie wieder völlig zurückgebildet werden. Das alles machte sie maskulin und stark. Aber an anderen

Stellen war es ganz deutlich; die Rundung des Beckens, die zarte Wölbung des Bauchs, der schmale Brustkorb, die festen Brüste: Frau.

Seit Karolin von Frankfurt fort war, fiel es ihr nicht mehr so schwer, sich mit dieser Tatsache abzufinden. Und seitdem hatte sie auch nicht mehr trainiert. Der Drang, der sie immer dazu getrieben hatte, war über Nacht verschwunden. Statt der gewohnten Trainingsstunden fuhr sie den ganzen Sommer hindurch Fahrrad und erkundete die Umgebung. Wenn sie sich abends im Spiegel ansah, war es ganz o. k., daß ihre Brüste jetzt auffälliger waren als der Muskel kurz darüber.

Karolin löschte das Licht und tappte ins Schlafzimmer hinüber. Zipp lag schon im Bett, hatte das Abendessen vergessen und schnurrte, in freudiger Erwartung auf seine Streicheleinheiten. Als Karolin schließlich auch die Lampe neben dem Bett ausknipste, fiel ihr der blaue Body wieder ein. Er lag immer noch im Bad auf dem Klodeckel. Sie hatte vergessen, ihn anzuziehen. Manchmal war das so, und sie vergaß Dinge, die ihr vor einer halben Stunde noch sehr wichtig schienen.

Das hatte ihr noch nie zu denken gegeben. Wenn es ihr nach 30 Minuten plötzlich egal war, was sie vorher so dringend wollte, dann war es eben egal. Sie hatte sich nicht darum gekümmert. Aber jetzt bedrückte es sie auf sonderbare Weise. Als hätte sie sich selber vergessen.

Sie entschied jedoch, daß sie zu müde war, um noch einmal aufzustehen. Aber sie schlief nicht ein. Sie lag wach. Und sie wurde mit jeder Minute unruhiger. Schließlich ging es sogar um Sekunden.

Es war also wieder einmal Zeit für eine besondere

Methode der Entspannung. Mit dem Mittelfinger sanfte kleine Kreise ziehen und ein Gefühl von Hitze entstehen lassen. Das war sehr gut.

Bestimmt war es so, daß auch andere Frauen die Selbstbefriedigung hauptsächlich dazu benutzten, um abends besser einschlafen zu können. Oder auch, um ihren Unterleib am ersten Tag der Regel zu entkrampfen. Aber was war mit den Frauen, die sich mit den Händen überall berührten, als liebten sie sich selbst? Die sollte es ja auch geben. Überall berühren? Auch an den Brüsten, den Schultern, dem Hals oder den Knöcheln? Eine verrückte Vorstellung! Sich selber zu lieben! Das hier genügte doch, um hinterher besser einschlafen zu können. Und wenn sie Glück hatte, kamen die Bilder nicht zurück. Bilder von einem fremden Willen. Nein, sie sollte nicht daran denken. Jetzt nicht daran denken, denn das lockte sie immer an. Die Bilder vom fremden Begehren, von ungewollten Berührungen, von unerwünschten Blicken. Nicht daran denken! Jetzt nicht!

Gerade noch rechtzeitig kam sie.

Karolin wandte sich um und vergrub ihr Gesicht im duftigen Zippfell. Diese Bilder. Erinnerungen an eine Zeit, in der sie noch nicht wußte, daß sie sich selber gehörte. Erinnerungen, die sie verbannen wollte. Sie schob sie beiseite und tauchte an ihnen vorbei tief in sich hinein. Sie durchquerte ihre erdige Landschaft. Überrascht fand sie in einem der hintersten Winkel ein Fleckchen pulsierendes Rot.

3. Kapitel

SONNENBLUMEN

Anfangs bereitet es ihr Schwierigkeiten, einer Figur Leben einzuhauchen. Immer bleibt sie an etwas hängen. Am Skelett. Der Farbe der Haut. Der Beschaffenheit von Knorpel und Knochen. Den inneren Organen. Dem hohen Prozentsatz von Wasser und Hohlräumen. Dann findet sie heraus, daß das alles Nichtigkeiten sind, aus denen kein Leben wächst.

Ich nahm ein Bad im Gelb.

Auf dem Weg zu »la Belle et la Bête« kam ich immer an diesem Feld vorbei. Heute mußte ich aber anhalten und staunen!

Letztes Jahr hatte hier Gras gestanden. Aber jetzt lag vor mir ein leuchtendes Meer. Ein wogendes Ballett tausender kleiner Tänzerinnen mit wildem Kopfschmuck aus Blütenblättern.

Ich zog meinen Notizblock aus der Hosentasche und schrieb den letzten Satz auf. In diesem kleinen Heftchen sammelte ich meine Einfälle wie andere Menschen Briefmarken. Seit kurzem befand ich mich in meiner blumigen

Phase. Eine Begleiterscheinung des Spätsommers mit seinen explodierenden Farben.

Eine Frau mit Lodenjäckchen, einen Rauhhaardackel an der Leine, grüßte von der anderen Straßenseite herüber.

»Ist das nicht irre?« rief ich ihr zu. »Da könnte man doch einen ganzen Farbfilm verschießen!«

Der Dackel blieb stehen und starrte mich befremdet an. Die Frau lächelte verlegen.

»Frederike«, meldete sich Ilona aus dem Auto. »Laß uns weiterfahren! Selma wird unruhig, wenn dieser Dackel sie noch länger anglotzt.«

Selma war Ilonas Bobtailhündin, die auf dem Rücksitz meines Wagens saß.

Widerstrebend ging ich zum Auto hinüber und setzte mich wieder hinters Steuer.

»Du hast überhaupt keine poetische Ader«, maulte ich. Ich hatte es nicht so eilig, zu Bêtes Grillfeier zu kommen. Es war zwar wunderbar sonnig und fast noch einmal so warm wie im August, aber ich hatte irgendwie ein ungutes Gefühl. Und das hing ziemlich offensichtlich damit zusammen, daß ich heute Karolin wiedersehen würde.

Ich fühlte mich nicht ganz behaglich bei dem Gedanken, ihr gegenüberzutreten.

An dem Abend im Café neulich hatte ich sie nur ansehen wollen. Immerhin mußte ich für den Wettstreit zwischen Bête und Paula noch meinen Tip abgeben, und dafür mußte ich die beiden Neuen doch inspizieren.

Ich hatte also nur hingehen wollen und diese Karolin mal anschauen. Einfach nur so. Mal kurz. Aber dann ... herrje, ich wußte selber nicht, was dann passiert war. Irgend etwas Verrücktes, mit dem ich nicht gerechnet hatte.

Ich kannte plötzlich ihre Art, sich zu bewegen, ihre Stimme, die ernsten geraden Augenbrauen. Sie hatte sich immer mit der Hand durchs Haar gestrichen. Und sie hatte so besonders ausgesehen, anders als alle, die ich kannte. Ich wurde angesteckt von ihr. Ihre träge Traurigkeit war quer durch den Raum auf mich zugerollt. Eine Welle von Blau hatte mich einfach so landunter gehen lassen. Und dann. Ich weiß nicht warum, aber ich sagte einer Fremden plötzlich einen erschreckend ehrlichen Satz. Für mich war er ehrlich. Für mich war dieser Satz o. k. Aber ich wußte ja, daß nicht immer alle Menschen gleich kapierten, was ich meine. Meine Freundinnen, die kannten mich, die verstanden meistens. Aber was sollte diese Fremde denken? Und wie sollte ich ihr heute, bei diesem Sonnenschein ins Gesicht blicken? Sollte ich lachen? Und was sollte ich machen, wenn dasselbe geschehen würde wie neulich abends? Vielleicht würde sie mich gleich wieder einfärben, sobald ich sie ansah. Als schwappe etwas über ihren Rand.

»Frederike?«

Ilonas Stimme ließ mich aus meinen Gedanken auftauchen.

»Wie lange willst du noch auf den Tacho starren? Er wird sich nicht bewegen, solange du nicht losfährst.« Sie lächelte nachsichtig. Sie wußte, daß sie es mit einer Träumerin zu tun hatte.

Ich sagte mir, daß der helle Nachmittag bestimmt ein völlig anderes Licht auf Karolin werfen würde. Kein blaues …

Dann fuhr ich mit so viel Gas an, daß wir mit durchdrehenden Reifen vom Wegrand wieder auf den Asphalt schossen.

Ilona lachte fröhlich. Sie hatte den Kopf an die Nackenstütze gelehnt, um den Fahrtwind zu genießen. Ihr Haar wurde zerzaust. Ausnahmsweise trug sie es heute einmal nicht im Zopf, der ihr Gesicht streng und gelehrt aussehen ließ.

Ich betrachtete sie kurz von der Seite, sah das weiche Spielen um ihre Mundwinkel.

»Sie ist wirklich schön«, dachte ich verwundert. Verwundert darüber, wie lange ich das schon nicht mehr gedacht hatte. Das war öfter vorgekommen, als wir uns vor mehr als drei Jahren kennenlernten.

Ich hatte einen Informatikkurs an der VHS belegt und war erstaunt, daß die Leiterin nur wenig älter war als ich selbst.

Sie trug ihre langen Haare streng nach hinten gekämmt. Vor dem Bildschirm setzte sie sich ihre Brille auf. Sie sah so gescheit aus. Ich konnte nicht anders: Ich bewunderte sie dafür grenzenlos.

»Wie bitte?« hatte sie gesagt. Wir lagen in meinem Bett erschöpft nebeneinander. Ich konnte noch ihren Puls pochen fühlen.

»Du siehst so wahnsinnig klug aus. Und ich himmel dich deswegen an. Tu nicht so, als hättest du das nie bemerkt.«

»Ich habe gemerkt, daß du mich angestarrt hast. Aber ich bin selbstbewußt davon ausgegangen, daß du mich einfach attraktiv findest.«

Ich richtete mich auf und stützte mich auf den Ellenbogen, um ihr Gesicht zu betrachten. Ihr Haar lag wie ein Umhang auf dem Kissen. Als ich es berührte, war es sehr weich, und ich ließ mich hineinfallen wie ein Kätzchen in einen Berg Wolle.

»Du bist phantastisch!« strahlte ich sie dann an. »Du kennst alle meine Lieblingsfilme, denkst über Umweltschutz nach, liest englische Fachzeitschriften. Du wählst nur grünrot, trinkst alkoholfreie Cocktails und kannst sogar mir beibringen, einen Computer zu bedienen.«

Ilona lachte. »Und ich sehe gescheit aus!«

Ich sah sie erfreut an. »Aber wenn dein Haar offen ist, dann nicht. Dann siehst du anders aus. Grins nicht so! Ich meine es ernst. Du siehst weicher aus. Du bist schön.«

Da hörte Ilona auf zu lachen. Sie machte zum ersten Mal Bekanntschaft mit der Träumerin in mir.

Das war so lange her, daß ich so gut wie nie daran dachte. Ilona gewiß auch nicht. Wir waren ohne Übergang einfach zu Freundinnen geworden. Aber nie hatten wir das überwunden, was wir zuallererst für einander gewesen waren: die kluge, schwerfällige Rationalistin und die zappelnde Träumerin.

Es waren das ruhige Brummen des Motors und Ilonas weiches Lächeln auf dem ruhigen Gesicht, der Geruch von frischgemähtem Gras, die mir vorgaukelten, ich könne diesen Unterschied für eine kleine Weile überwinden. Und vor allem waren es meine Gedanken, die schon den ganzen Vormittag um die beiden ersten Kapitel des Romans kreisten. Es geschah gerade etwas Ungeheuerliches.

Ich hatte mir eine Geschichte ausgedacht. Ich hatte Personen erfunden, die in dieser Geschichte handelten. Ich hatte mich für das Aussehen dieser Personen entschieden, ihr Geschlecht, ihre Größe, ihre Haarfarbe, ihre besonderen Merkmale und Charakteristika. Sie waren niemandem gleich. Ich hatte sie erfunden.

Dann hatte ich begonnen zu schreiben. Auf eine klappernde Tastatur einzuhacken, weiße Seiten mit kleinen schwarzen Buchstaben zu füllen. Das war alles, was ich getan hatte.

Irgendwann fiel es mir auf. Ich dachte: »Moment mal! Ich wollte das doch ganz anders ...« und las die drei letzten Seiten noch mal durch.

Die Figuren handelten plötzlich anders als von mir geplant. Sie haßten, obwohl sie doch sanftmütig sein sollten, sie verliebten sich in die Falschen. Manchmal lachten sie in nicht komischen Situationen. Manchmal bekamen sie Falten.

Das war ja nicht zu fassen! Wie konnte etwas, das von mir erfunden worden war, plötzlich beginnen eigenständig zu leben?! Wie schafften die Figuren es, mir Sätze zu diktieren, die ich sie eigentlich gar nicht hatte sagen lassen wollen? Und noch einen Schritt weiter wartete bereits eine ganz spezielle Erkenntnis. Darum kreisten meine Gedanken an diesem Tag. Ich wollte Ilona so gern davon erzählen. Auch wenn ich wußte, daß ihr Gehirn irgendwie anders funktionierte als meines: Ilona fragte schon »Warum?«, wenn ich einfach nur dastand und staunte.

Aber heute sah sie so anders aus ...

Ilona öffnete die Augen, hob die Hand, um sich die

Haare aus dem Gesicht zu streichen und lächelte mich an.

Das reichte mir vollkommen aus.

»Ich schreibe an etwas Neuem«, sagte ich.

»An etwas Längerem?« Ilona war freundlich interessiert.

»Ein Roman.« Wie großartig das klang! Oh, sie mußte mich verstehen. Sie mußte begreifen, worum es ging.

Ilona nickte.

»Ich dachte mir schon, daß du so etwas in Angriff nimmst. Das Veröffentlichen von Kurzgeschichten und Rezensionen fängt an, dich zu langweilen.«

Ich drückte fest ihre Hand mit meiner Rechten, die ich gerade nicht zum Schalten brauchte.

»Mein Kopf explodiert einfach, und ich gehe darin völlig auf! Ich sitze stundenlang an der Maschine, ohne Rückenschmerzen zu bekommen. Ich höre nicht, wenn die Kassette durchgelaufen ist. Ich könnte unentwegt schreiben und schreiben!«

»Du bist doch nicht etwa verliebt?« neckte mich Ilona, die als Teenager Gedichte geschrieben hatte, wenn sie verknallt war.

Ich umklammerte das Lenkrad und holte tief Luft.

»Ilona, du bist die erste, der ich es erzähle!«

»Wow!«

»Ich schreibe einen Roman … über uns!« Ilona machte eine überraschte Bewegung. »Ich hatte das gar nicht vor. Ich meine, ich wollte einen Roman schreiben, der in der Lesbenszene spielt, eine Lesbenliebesgeschichte, irgendwas Nettes. Dazu habe ich Figuren erfunden, eine ganze Clique von Freundinnen. Das heißt, ich glaubte, sie zu erfinden. Aber dann plötzlich, wie soll ich sagen, plötzlich hatte ich das Gefühl, der einen oder anderen schon mal begegnet zu sein. Sie erinnerten mich an jemand. Vielleicht an Paula mit ihren Alphabetsfrauen oder an Helmes, die irgendwie zu uns gehört und irgendwie auch wieder nicht. Ich merkte mit einemmal, daß ich die ganze Zeit über uns geschrieben hatte. Unser Leben, unser Alltag, unser verwickeltes Lieben und Hassen, die wundervolle, grauenhafte Lesben-Szene.«

Eine rote Ampel zwang mich zum Halten. Am liebsten wäre ich einfach weitergefahren. Mein Gefühl paßte nicht zum Stillstehen und Warten. »Ist das nicht toll? Ilona, ein Roman über uns. Ich wäre nie von selbst auf den Gedanken gekommen! Ich bin doch nicht wahnsinnig. Das hätte ich mir nicht zugetraut. Womit hätte ich anfangen sollen und womit aufhören? Welche wären die Hauptfiguren? Was für schwere Entscheidungen! Nein, das hätte ich niemals geschafft. Aber jetzt läuft alles ganz von allein. Es funktioniert. Es funktioniert ganz erstklassig. Ich werde es schaffen!«

Ich hatte mich in ungewohnte Lautstärke geredet. Als ich Ilona jetzt ansah, ruhte ihr Blick ernst und forschend auf mir. Oh, nein, bitte nicht das Gesicht! Sie hatte das Gesicht aufgesetzt, das sie sonst immer nur zu ihrem Pferdeschwanz trug. Sie sah streng aus. Gebildet. Und kritisch. Vor allem kritisch.

»Warum machst du dieses Gesicht, Ilona? Verdirb mir nicht den Spaß!«

Ilona seufzte.

»Ich verderbe dir nicht den Spaß, Rike.« Ich haßte es sowieso, wenn sie mich Rike nannte. »Ich dachte nur daran, warum du ausgerechnet jetzt so etwas anfängst ...«

Ich war alarmiert. »Was meinst du damit?«

Ilona zuckte mit den Schultern, weil es ihr klar war.

»Pe, natürlich!«

»Nein!«

»Wieso ›Nein‹? Nur weil du nicht willst, daß Pe noch Einfluß auf dich hat? Es liegt vollkommen auf der Hand, daß du Pe noch nicht verarbeitet hast. Du brauchst noch Zeit. Und du brauchst offensichtlich die vierhundert Schreibmaschinenseiten eines Romans, um über sie wegzukommen.«

So war meine beste Freundin. Grauenhaft.

»Ilona, analysier mich nicht!«

»Ich brauche dich nicht zu analysieren, um dir etwas zu sagen, das so offensichtlich auf der Hand liegt.«

»Aber kannst du dich denn nicht einfach darüber freuen, daß es einen Roman geben wird? Mit Glück und der richtigen Lektorin kannst du vielleicht in zwei oder drei Jahren ein Buch über uns in jedem Frauenbuchladen kaufen. Freu dich doch einfach, ohne darüber nachzudenken, wieso verdammt noch mal ich diesen Quatsch überhaupt veranstalte.«

Ilona sah mich ungläubig an.

»Du willst das doch nicht veröffentlichen? Ist das dein Ernst? Wie persönlich wirst du denn? Muß ich dann aus dieser Gegend wegziehen?«

Wir lachten beide.

»Niemand wird dich wiedererkennen, Ilona. Niemand von euch würde sich selber wiedererkennen. Auch ...« Hoppla! »Auch Karolin nicht«, hatte ich sagen wollen.

»Ja?«

»Ach, nichts ...«

Jetzt wäre ein guter Moment, um Ilona von der Begegnung mit Karolin im Sentimental zu berichten. Bisher wußte sie noch nichts davon. Auch Belle nicht. Auch Paula nicht. Ich hatte es keiner erzählt. Jetzt könnte ich es tun.

Ich zögerte eine Sekunde zu lang. Dann war der Augenblick vorüber.

Die Landstraße war kaum befahren. Karolin scherte aus und radelte neben Nele. Sie lachten sich an, mit erhitzten Gesichtern und Wochenendmienen.

»Was für eine Wahnsinnsidee, mit dem Rad hinzufahren!« keuchte Nele. Sie war nicht sehr sportlich und mußte sich ordentlich abstrampeln. »Wir werden verschwitzt und klebrig im Eck drin sitzen und beten, nicht allzu sehr zu stinken.«

»Unsinn!« rief Karolin ihr zu. »Bête wird dich für deine Aktivität bewundern.«

Nele erwiderte nichts. Es war ihr anzusehen, daß sie diese Möglichkeit ernsthaft erwog.

Mit wieviel Energie sie alles verfolgte, was Bête anbelangte!

»Sonnenblumen!«

»Sonnen...?«

»... blumen! Da vorn. Wir kommen gleich dran vorbei. Das erinnert mich an Bilder von van Gogh. Wo sind die hundert pechschwarzen Raben, die über das Feld fliegen?« Karolin wollte gleich hier ihre Staffelei aufstellen und in Ölfarben schwelgen. Satte Kleckse. Üppige Vielfalt.

Sie fuhren so langsam an dem Feld vorbei, daß Nele einmal fast das Gleichgewicht verlor.

Karolin sah einzelne Blüten. Den leuchtenden Strahlenkranz um die dunkle Mitte.

»Hast du die da gesehen? Riesengroß!« rief Nele.

»Ein paar sehen aus wie mutiert«, gab Karolin zurück. »Sie haben gespaltene Blätter.«

Sie spähten in das Heer der Blumen hinein.

Dann waren sie vorüber und radelten eine Weile schweigend nebeneinanderher. Ihre Freundschaft bestand zu einem Teil aus Schweigen.

»Ich hätte nie gedacht, daß wir Sonnenblumen so ähnlich sind«, sagte Karolin schließlich.

»Fühlst du dich ... gelb?« Nele lachte kurzatmig. Während Karolin radelte, wie sie ging, sich ihres Körpers so gut wie gar nicht bewußt war, trat Nele konzentriert in die Pedale.

»Unke! Ich meine das ernst. Wenn du sie zuerst siehst, das ganze Feld auf einmal, dann denkst du: ›Soo viele, und alle sehen sie gleich aus!‹ Aber dann fährst du langsam dran vorbei und merkst, daß das gar nicht stimmt. Manche sind groß, manche klein, die eine kräftig in der Farbe, die nächste blaß ...«

»Wer hätte das gedacht!« Nele klingelte mit ihrer schrillen Fahrradschelle. »In jeder von uns steckt eine Sonnenblume!«

Sie fuhren auf eine Steigung zu. Karolin sah ihrer Freundin zu, wie sie mit der Gangschaltung kämpfte. Eine große farbenfrohe Sonnenblume auf einem Drei-Gang-Hollandrad.

Neles Wangen glühten. Alles in ihr fieberte. Diesmal hatte es sie mit voller Wucht erwischt. Noch schlimmer als die Male vorher. Tatsächlich war das möglich, unglaublich.

Karolin liebte ihre Freundin. Deren wild auflodernde Leidenschaft war faszinierend. Nele war bereit, für eine Frau, die sie kaum kannte, die Hölle zu durchqueren – oder sie sich selber zu bereiten. Ihr Liebeskummer war die Qual des Fegefeuers. Es mußte etwas damit zu tun haben, daß sie so lange mit sich gerungen hatte. Erst vor einem Jahr konnte sie ihre Liebe zu Frauen endlich vor sich selber eingestehen. Und seit diesen Tagen hatte sie sich dreimal verliebt. Es war nicht zu einer Partnerschaft gekommen, nicht mal zu einer kleinen Affäre, einem One-night-stand. Trotzdem gab Nele sich hin. Wie andere Leute Blut spenden. Ihr Vorrat ging niemals zu Ende.

So etwas kannte Karolin nicht. Sie bewunderte es manchmal. Verstehen würde sie es nicht. Ihre eigenen Gefühle kannten nur eine langsame Gangart. Schleichend. Und vorsichtig.

Ihre Muskeln spannten sich an, entspannten sich, spannten sich an. Sie arbeiteten zuverlässig im Takt von »eins-zwei-eins-zwei-eins-zwei«. Im selben Takt tropften Erinnerungen in Karolins Bewußtsein. Eins-zwei, eins-zwei, mit jedem Tritt ein wenig deutlicher.

Regen und Schnee. Bei jedem Wetter war sie mit dem Fahrrad zum sechs Kilometer entfernten Bahnhof gefahren. Von dort aus in die Stadt, zur berufsbildenden Schule.

Karolin hatte einen Führerschein, und vor dem Haus setzte der Zweitwagen des Stiefvaters Rost an. Ihre Mutter schenkte ihr zum Nikolausfest gefütterte Handschuhe.

Eins-zwei, eins-zwei. Eiskalte Knie im Winter. Im Sommer drang der Schweiß aus allen Poren. Der Weg nach Hause ging scheinbar immer besonders steil bergauf. Sechs Kilometer waren es.

An dem Tag, an dem sie all ihre Sachen weggeschafft hatte, war niemand zu Hause. Nur die Gardinen hinter den Fenstern der Nachbarhäuser bewegten sich.

Karolin nahm alles mit, was sie tragen konnte. Als letztes schnallte sie ihr Fahrrad auf den Gepäckträger des Mietbullis.

Dann stand sie eine Weile da und konnte sich nicht entschließen zu fahren. Bis sie den Wagen sah. Er stand, wo er immer gestanden hatte. Er wartete darauf, endlich einmal mehr zu sein als ein Haufen Metall ohne Sinn.

Jahrelang hatte sie ihn jeden Tag mit einem sehnsüchtigen Blick bedacht, sich gewünscht, doch wenigstens bei diesem Sturm, wenigstens bei dieser Hitze nicht mit dem Rad die Berge hinaufstrampeln zu müssen. Sie hatte dem kleinen Auto einen Sinn geben wollen. Und jetzt bekam sie ihre Chance dazu. Ganz anders, als sie je erwartet hatte.

In der rechten Hand hielt sie immer noch den Haustürschlüssel. Sie faßte ihn fest zwischen Daumen und Zeigefinger. So ging sie am Wagen auf und ab, auf und ab. Eins-zwei, eins-zwei.

Es quietschte und schabte. Ihre Nackenhaare stellten sich auf. Es entstanden tiefe helle Schlangenlinien in der blauen Farbe.

Dann warf sie den Schlüssel in den Briefkasten, setzte sich in den überladenen Bulli und fuhr los.

Sie fuhr die vertrauten Straßen entlang, bog an den Ecken ab, wie sie es immer getan hatte.

Als Karolin aus dem Dorf heraus war, mußte sie noch einmal kurz anhalten. Sie mußte weinen, und die Tränen versperrten ihr die Sicht.

»Karolin, grüble nicht! Doch, ich hab's dir angesehn. Du brauchst es nicht zu leugnen!« Nele kannte sie manchmal um einiges besser, als es Karolin lieb war. »Was hast du denn?«

»Du wirst einen Sonnenbrand bekommen!« lachte Karolin. Ein Lachen rettete sie überall heraus.

Nele verzog ihr Gesicht zu einer sorgenvollen Miene. Sonnenbrand. Nur das nicht! Nicht ausgerechnet heute!

Ihre Seidenbluse flatterte im Fahrtwind. Die lange Korallenkette war wie Christbaumschmuck um den Hals geschlungen. Und sie hatte keine Skrupel, im weiten Ausschnitt ein Spitzenbustier blitzen zu lassen.

»Seht her, was ich habe! Und du, Bête, sollst deine Augen nicht mehr losreißen können. Denn du bist es, für die ich es angezogen habe. Du bist es, von der ich es mir ausziehen lassen möchte.«

Karolin konnte in die Zukunft sehen. Sie erkannte dort Nele und Bête, deren Blicke tiefer wurden. Sie sah tastende Hände, hörte nervöse Stimmen von der Vergangenheit erzählen oder von Zukunftsplänen, nur nicht von der Gegenwart, in der sich doch alles nur um die andere drehte. Die andere, die mit großen Augen und brennendem Herzen lauschte. Karolin konnte sogar die beiden nackten Körper sehen, wie sie ineinander verschlungen waren. Mal heiß, mal warm, je nach Zärtlichkeit oder Leidenschaft.

Die Bilder waren klar. Sie waren voraussehbar.

Karolin wußte, daß Nele endlich mit einer Frau schlafen würde. Sie würde aufhören, verzehrenden Liebeskummer zu hegen, und würde beginnen, statt dessen häufig und auf viele verschiedene Arten zu lieben. Alles nahm seinen Lauf. Und dann würde die Beziehung älter werden, an Tiefe und Alltag gewinnen, an Lust und Feuer verlieren. Es würde grau werden, ein tägliches Einerlei, dem schließlich eine von den zweien zu entkommen versuchte. Und das würde gelingen. Bis etwas Ähnliches von neuem begann …

Alles würde kommen, wie es immer kam. Es wiederholte sich beschämend oft, immer in der gleichen Weise. Ein Anfang und ein Ende. Sie gehörten eben zueinander.

In diesem Moment beschloß Karolin, sich nie wieder zu verlieben.

Es war Anfang September. Die Sonne schien auf ihren Rücken und wärmte sie.

Ich hatte mich angeboten, den Grill zu beaufsichtigen. Immer noch besser als dieses brave Sitzen am Tisch. Viel lieber hätte ich auf dem weiten Rasen ein Picknick veranstaltet. Bête hatte abstimmen lassen, und die meisten waren der Meinung gewesen, daß man der zweiunddreißigjährigen Ehrengästin ein derart ausgelassenes Verhalten lieber nicht zumuten wollte.

»Später bleibt immer noch genug Zeit, sie in die entsetzliche Wahrheit meiner Jugend einzuweihen«, gab Bête sich zuversichtlich. Sie thronte mit betonter Gelassenheit auf der Gartenliege, hielt ihr Gesicht mit geschlossenen Augen der Septembersonne entgegen. Besonders Paula reizte sie mit ihrer Ruhe zu spitzen Bemerkungen. Die beiden hatten den Wettkampf aufgenommen, schon bevor Daniele und Karolin überhaupt aufgetaucht waren. Es ging darum, die gegnerische Linie psychisch zu destabilisieren.

Belle, der Spiegel der schwesterlichen Seele, flatterte aufgeregt wie ein mauserndes Huhn zwischen Küche und Terrasse hin und her.

»Belle, hör doch mal zu. Ich schreibe an etwas Neuem, einem Roman.«

Belles Brillengläser blitzten im Sonnenlicht. »Wirklich, Frederike?! Wie schön! Erzähl mir doch später davon. Kann eine von euch Servietten falten? So, daß sie aussehen wie kleine Seerosen?«

Ich fing einen Blick von Ilona auf, die sich ein unverschämt fettes Grinsen erlaubte, während sie ihre Haare mit geschickten Fingern in einen Zopf flocht. Ich streckte ihr die Zunge heraus. Sobald Belle vom eingegebenen Programm der Hilfskellnerin herunter war, würde sie meinem neuen Projekt bestimmt die gebührende Aufmerksamkeit zollen. Aber bis dahin stand ich hier im Holzkohlenqualm und wendete die Bratwürstchen. Auch Bochumer Lesben ernähren sich nicht, wie allgemein angenommen, nur von Grünzeug. Ich betrachtete diese kleinen länglichen Dinger in den künstlichen Därmen. Plötzlich überkam mich das heftige Verlangen, sie alle in kleine Teile zu zerhacken.

»Müssen wir ausgerechnet Würstchen essen?« zischte

ich Helmes zu, die für den Einkauf zuständig gewesen war. Sie stand in der Nähe und warf Selma Stöckchen über den Rasen. Sie hatte ein Faible dafür, sich von uns abzusetzen. Ihre Zeit verbrachte sie nur Belle zuliebe mit unserer Clique. Niemand wäre auf den Gedanken gekommen, sie gehöre gerne dazu.

»Wie?« Natürlich hatte sie nicht gleich begriffen, daß ich mit ihr sprach.

»Würstchen«, wiederholte ich. »Mußten es ausgerechnet Würstchen sein? Ich finde, sie haben so etwas ... Unangebrachtes.«

Helmes starrte mich verständnislos an.

»Sie meint wegen des Symbolgehaltes«, erklärte Paula ihr mit der betont samtweichen Stimme, hinter der sie stets ihren Spott verbarg. Heimlich verdrehte sie aber die Augen gen Himmel. Alle wußten, daß sie auf Helmes nicht gut zu sprechen war. Paula brachte ihre Abneigung gegen Mitläufer bei jeder Gelegenheit zum Ausdruck. Und für so eine hielt sie Helmes. Eine Mitläuferin, die nicht den Mumm hatte, sich ganz für oder gegen die Clique zu entscheiden. Belle, die so ein Verhalten gegen Helmes sonst nicht geduldet hätte, sah Paulas Faxen nicht. Sie verkrampfte sich soeben über einem Dutzend blaßlila Papierservietten.

»Symbol ...« Ilona betrachtete die Sojafrikadelle auf ihrem Teller.

Vegetarierinnen teilten also noch weit weniger Probleme mit der fleischfressenden Bevölkerung, als sie angenommen hatte.

Paula sah eine Chance, Bêtes Gelassenheit zu erschüttern und einen entscheidenden Punkt zu machen: »Ich habe gehört, daß Lesben im Coming-out auf Würstchen extrem allergisch reagieren.«

Bête öffnete alarmiert die Augen. Ich konnte es kaum glauben: Bête, die Feministin mit dem messerscharfen Verstand, verlor den Kopf, wenn es um Daniele ging.

»Das hast du dir ausgedacht!«

»Nein, es ist wahr. Ganz besonders ausgeprägt soll das bei Frauen vorkommen, die eine längere heterosexuelle ... brrr, mich schüttelt's ... heterosexuelle Vergangenheit hinter sich gelassen haben. Sie werden durch Bratwürstchen immer an ihre unerfüllte Sexualität erinnert, bekommen Kastrationsvisionen und Tobsuchtsanfälle.«

Bête schloß wieder die Augen und lehnte sich zurück.

»Ich lasse mich von dir nicht nervös machen. Frederike! Leg noch ein paar Würstchen auf.«

Belle zerknüllte eine widerspenstige Serviette zu einem lila Knäuel. Sofort machte sie sich an die nächste. Dabei blitzten ihre Augen hinter der Nickelbrille.

Manchmal war mir die innige Verbindung zwischen den Zwillingen unheimlich. Zwischen Alice und mir gab es das nicht. Sie war meine Schwester, na und? Wenn sie sich jemals verliebte, hätte ich es nicht gemerkt. Und ich hätte bestimmt nicht die Dekoration gebastelt und fünfmal überlegt, ob auch alles auf dem Tisch steht. Wir waren eben keine Zwillinge.

Bête aber entspannte sich auf ihrer Gartenliege. Sie verließ sich voll und ganz auf Belle. Ihre Schwester würde für alles sorgen, würde nichts vergessen. Belle ließ alles perfekt aussehen, und sie hatte immer ein aufmunterndes, leicht nervöses Lächeln für ihren Zwilling. Sie waren einander ganz sicher.

»Stimmt es, daß Daniele acht Jahre lang mit einem Mann zusammengelebt hat?« Paula ließ nicht locker. Ich wäre nicht gern ein Fisch am Haken ihrer Angel gewesen. Sie hatte Göttin sei Dank nie versucht, nach mir einen Köder auszuwerfen.

Bête schielte kurz zu Helmes hinüber. Ich kannte die Blicke meiner Freundinnen. »Warum hast du das ausgerechnet Paula erzählt?« hieß er. Helmes warf einen Stock über den Rasen. Sie stand nicht nur immer weit weg von uns, sie stand außerdem auch immer zwischen uns allen. Ich wußte nicht, welche von uns sie am meisten mochte. Du lieber Himmel, ich wußte nicht mal, ob sie eine von uns mochte. »Da hätte sie ja genausogut verheiratet sein können. Acht Jahre, puh! Wie sollen sich solche Frauen je wieder vernünftig verhalten? Sie wird bleibende Schäden davongetragen haben«, bohrte Paula weiter. Sie hatte Männern gegenüber ein ähnliches Gefühl wie ich für dicke Bohnen mit Speck. Und sie war geschickt darin, Bêtes feministisches Empfinden zu piesacken.

Eigentlich war es nur ein Spiel. Nur eine Wette. Niemand würde hierbei zu Schaden kommen. Aber die Art und Weise, wie Bêtes Hand auf dem Polster lag, wirkte so viel angespannter, als ich es erwarten würde ... bei einem Spiel.

»Was soll's, Paula?! Die Lesbe ohne einschlägige Erfahrungen dieser Art wirst du mit der Lupe suchen müssen. So gut wie jede hat doch mal mit Typen rumprobiert«, sagte ich schließlich, weil keine andere es sagte.

»Ich wußte gar nicht, daß du auch..?« Dieses Thema

zeigte für Bête genug Brisanz, um vorübergehend die Pose der Sonnenanbeterin aufzugeben.

Plötzlich hatte ich in ihren Augen etwas mit ihrer angebeteten Daniele gemeinsam. Bête sah mich an, als wolle sie neu Maß nehmen. Jede, die Freundinnen hat, weiß, daß das nicht häufig vorkommt.

»Erzähl!« sagte sie.

»Aber nicht in allen Einzelheiten«, schränkte Paula ein, obwohl sie bereits die Ohren spitzte.

»Habt ihr kein anderes Thema auf Lager?« knurrte Helmes zu uns herüber. Es verblüffte mich, daß sie überhaupt mitbekam, worüber wir sprachen. Meist erweckte sie den Eindruck, als seien ihre Ohren in eine völlig andere Richtung gedreht. »Jetzt fangt ihr auch noch davon an!«

»Warum erzählst du uns nicht gleich von deinen Jugendsünden? Ich wette, dann wird's interessant!« schlug Paula gutgelaunt vor.

Helmes schleuderte einen dicken Ast, dem Selma begeistert kläffend hinterherjagte.

Bête, Paula und Ilona sahen mich an. Es breitete sich eine erwartungsvolle Stille aus. Belle sah auf und rückte ihre Brille zurecht. »Ist was?« fragte sie.

Ich versuchte, es rasch hinter mich zu bringen.

»Ich war neunzehn und wollte es mal ausprobieren. Es war ein Typ von der Uni. Irgendwie fand ich es ganz witzig. Ich hatte keinen blanken Schimmer, wie das so ablaufen würde, und hab' ihn einfach so machen lassen. Ich glaube, sein Spaß ist dabei ganz schön auf der Strecke geblieben.«

»Na, deiner ja scheinbar nicht«, flappte Paula. »Als witzig kannst auch nur du so was bezeichnen, Frederike!«

Ilona grinste.

Bête starrte mich ein paar Sekunden lang fragend an. Aber sie sagte nichts.

Paula hatte das natürlich auch gleich gemerkt: »Wenn du etwas wissen möchtest, Bête, hier und jetzt kannst du es erfahren. Oder traust du dich nicht mal, das Wort Schwanz in den Mund zu nehmen?«

»Das Wort ist dabei noch das kleinere Übel«, flachste Ilona und knabberte hingebungsvoll an einem Salatblatt.

»Aber du würdest es doch nicht wieder tun«, sagte Bête, und ich sah ihr an, daß sie irgendwie einen Bogen zu Nele zu schlagen versuchte. »Immerhin definierst du dich jetzt als Lesbe.«

Ich kam nicht mal dazu, den Mund zu öffnen.

»Lesben!« grunzte Paula. »Selbstverständlich treiben es Lesben nicht mit Männern! Und wenn sie es mal getan haben, dann war es schrecklich, grauenvoll, ein Trauma, das in einer Therapie verarbeitet werden muß. Die Lesben, die mal was mit Männern hatten, haben selbstredend keinen großen Spaß daran gehabt. Jedenfalls würde das keine jemals zugeben. Genausowenig wie eine offen sagen würde, daß sie es hin und wieder ganz gern mit einem Kerl macht. Also spar dir die Frage. Nele wird sowieso mit Nein antworten.«

»Paula, was würden wir nur ohne deine große Klappe machen?« sagte Ilona.

Ich sah auf die verdammten Würstchen, und dann zu Bête. Sie erwiderte meinen Blick nachdenklich. All ihre theoretischen Überlegungen zum Coming-out ehemals heterosexueller Frauen wurden von der Praxis über den Haufen geworfen. »Rumprobieren gut und schön«, las ich in ihren Augen. »Aber was stelle ich mit einer Frau an, die acht Jahre lang mit einem Mann gelebt hat?«

Bêtes Ernst machte mich nicht schlecht nervös.

»Bitte, Göttin, es soll einfach eine schlichte, romantische Liebesgeschichte werden. Eine Liebesgeschichte zu zweit. Kein Reigen. Kein Betrug. Keine frustrierte Bisexuelle, die zwischendurch Appetit auf gebratenes Lesbenherz hat ...« Mein Stoßgebet wurde unterbrochen. Paula, die sich als Späherin an der Hausecke postiert hatte, gab Alarm: »Sie kommen, mit dem Fahrrad!«

Bête warf einen hilfesuchenden Blick zu ihrer Schwester. »Oh, nein! Sportlich ist sie auch noch!«

»Nur die Ruhe!« Belles Stimme zitterte mitfühlend.

Eine Amsel setzte sich in die Dachrinne und begann zu singen. Geräusche von Fahrrädern, die abgestellt wurden.

»Seht doch nicht alle so erwartungsvoll aus! Sagt irgend etwas!« befahl Belle.

»Du müßtest Selma wieder scheren«, sagte Helmes gehorsam zu Ilona.

»Möchte noch jemand ... Würstchen?«

In diesem Augenblick bogen sie um die Ecke. Lachend, erhitzt. Ich kratzte mit dem Fleischwender etwas Ruß vom Grill und sah mich nach dem Hund um.

Karolin trug ein verwaschenes T-Shirt und eine abgeschnittene Jeans. Um sie herum eine Wolke von Blau. Wie hatte ich glauben können, daß es heute anders sei?

Oh, wenn ich sie länger ansah, würde es wieder zu mir herüberfließen und mich einfärben. Und die anderen merkten es nicht mal.

»Hallo, da seid ihr ja! Habt ihr noch eine Radtour

gemacht?« Bête winkte lässig und griff nach einem Glas und einer Colaflasche, die zufällig in ihrer Nähe stand. Sie haßte Cola.

Nele fächelte sich Luft zu. Ihre Wangen waren sonnenverbrannt. Sie lächelte uns alle einzeln an. Als ich ihr Lächeln erwiderte, wußte ich bereits, daß sie verknallt und absolut die richtige für Bête war. Ich mochte sie sofort. Sie war groß und kräftig, und sie erinnerte mich an Amazonen.

»Das mit den Rädern war Karolins Idee. Sie braust ständig auf ihrem Mountainbike durch die Gegend, und ich strampel auf meinem Hollandrad hinterdrein.« Sie sprach bayrisch. Ilona lachte laut heraus. Eine angebissene Sojafrikadelle hüpfte über den Tellerrand.

Ich wagte einen vorsichtigen Blick zu Karolin. Sie lächelte nicht. Sie guckte nur. Als sie mich erkannte, erschrak sie etwas. Ihre Augen weiteten sich, aber sie sagte nichts. Und schon im nächsten Augenblick hatte sie sich wieder völlig unter Kontrolle.

Plötzlich wünschte ich mir, sie hätte noch einmal an mich gedacht, nachdem ich das Café verlassen hatte. Es hätte mir gereicht, wenn sie sich noch an ein paar Einzelheiten erinnert hätte. Daran, was ich an dem Abend trug. Ob ich mit einem Schein oder Silbergeld bezahlt hatte. Daß ich einen Milchkaffee getrunken und den Keks hineingestippt hatte.

Ich merkte, daß ich ihre Bewegungen kannte. Die Geste, mit der sie sich jetzt durchs Haar strich und dann heimlich die Finger an der Jeans rieb, um das Haargel abzuwischen, war mir vertraut.

Sie hatte kleinere Hände als ich. Hände, die aussahen,

als hätte sie damit Seifenkisten gebaut und Handball gespielt. Geschickte Hände. Kurz und heftig dachte ich auch daran, was Karolin als Liebhaberin bereits mit ihren Händen getan hatte. Das war ohne Zweifel ein lesbenspezifischer Gedanke. Er beschleunigte meinen Herzschlag. Ich mußte mehrmals schlucken. Bloß nicht noch mal hinsehen. Bloß an was anderes denken, schnell. Es war doch hellichter Tag, und alle sahen Nele an. Bête und Nele standen mit ihrer munteren Unterhaltung im Mittelpunkt.

Karolin sah mich an. Sie hatte blaue Augen, die weder unfreundlich noch warm waren. Sie waren wie erhobene Handflächen, abwehrend ausgestreckt: »Halt! Nicht weiter hier!« sagten sie. Über ihnen lagen die Brauen. Ernst und gerade. Sie sprachen auch zu mir. »Ich bin unkompliziert und gradlinig!« sagten sie. Aber ich glaubte ihnen nicht. Karolins Augen fragten: »Hast du es ihnen gesagt? Wissen sie davon?«

»Nein«, versuchte ich zu antworten. »Ich wollte es niemandem erzählen.«

Ob sie es verstanden hatte oder nicht, konnte ich nicht erkennen. Sie setzte sich hin und war die Selbstsicherheit in Person. Erst streckte sie die muskulösen Beine von sich, daß mir heiß wurde, dann trank sie ein Glas Saft in einem Zug leer. Paula war natürlich an ihrer Seite und machte sich an sie ran.

»Wir sind füreinander bestimmt«, glaubte ich zu sagen. Ich war plötzlich eine Romanfigur und hatte diesen schicksalsbehafteten Mut.

Karolin sah mich an, schüttelte den Kopf. Und ich merkte, daß ich etwas ganz anderes gefragt hatte.

Sie stand auf und kam um den Tisch herum auf mich zu. Als sie die Hand ausstreckte, dachte ich zuerst, sie wolle mich umstoßen. Ich sah mich schon über den Rasen kugeln. Purzelbaum, Purzelbaum, rückwärts, und dann, mit allen vieren von mir gestreckt, liegenbleiben.

Aber Karolin nahm sich nur etwas vom Grill und biß hinein. Die anderen lachten. Ihre Stimmen kamen mir viel zu schrill vor.

Da hörte ich, wie Ilona sagte: »Frederike? – Rike!«

Ich schüttelte verwirrt den Kopf.

»Ich werde ein bißchen spazierengehen«, sagte ich.

Wie spießig! Alle saßen um den Tisch herum, obwohl da eine große Rasenfläche zum Picknicken einlud.

Karolin setzte sich auf einen freien Platz und streckte die Beine von sich.

»Möchtest du etwas trinken?« fragte diese Rothaarige, wie hieß sie noch gleich, Paula.

»Apfelsaft.«

»Oh, du lebst gesund«, strahlte Paula. »Das lobe ich mir.«

»Wieso?«

»Gesunde Menschen sind selbstbewußter und können mehr leisten, auch in der Liebe«, erwiderte Paula, ohne den geringsten Hauch von Verlegenheit.

»Bloß gut, daß ich das nicht allen beweisen muß«, murmelte Karolin. »Allen nicht, nein.« Paula sah sie auf eine Art und Weise an, die im höchsten Grade unangenehm war. Karolin versuchte, den Blick mit kühler Miene zu Boden zu fechten, aber Paula ließ sich nicht beirren und lächelte sogar noch verschmitzt.

Karolin sah sich nach Nele um. Doch die hatte nur noch Augen für Bête. Auch die anderen beobachteten die Szene. Nele hatte sich einen Stuhl an Bêtes Liege herangezogen, und die beiden unterhielten sich blendend. Sie waren offensichtlich so verknallt, daß sie nicht mal merkten, wie alle immer wieder in ihre Richtung schielten.

Nur die am Grill sah nicht hin. Sie nahm ihre Aufgabe sehr ernst, schien versunken in glühender Holzkohle und brutzelndem Fleisch. Natürlich hatte sie Karolin erkannt. Gleich als sie mit Nele um die Ecke gebogen war, hatte sie herübergesehen und sich dann zu dem Hund umgedreht.

Sie hätten sagen können: »Du hier? Was für ein Zufall!«

Sie hätten lachen können.

Aber weder Karolin noch die mit den unterschiedlich farbigen Augen hatte eine Miene verzogen.

Einen Augenblick hatte Karolin den verrückten, hoffnungsvollen Gedanken, daß das abgesprochen gewesen sein könnte. Wie beim Rausgehen aus dem Café über die Schulter gesagt: »Und wenn wir uns wiedersehen, dann laß dir nichts anmerken! Ich werde niemandem davon erzählen.«

Aber das war Unsinn. Vielmehr war eindeutig: Karolin war nur begafft worden. Eine hatte sich einen Scherz mit ihr erlaubt, hatte sie angeglotzt und sich gedacht: »Aha, das ist sie also, diese Neue!« Und um das Ganze noch etwas lustiger zu machen, war ein Satz gefallen. Ein wunderschöner, aber leider gelogener Satz, der Karolin tagelang beschäftigt hatte.

Oh, diese Szenelesben arbeiteten mit allen Mitteln.

Sie konnte ihnen nicht trauen.

»Du arbeitest im Sentimental, nicht?« Wieder schob sich von links die Rothaarige in Karolins Blickfeld. Sie blinzelte, als müsse sie nachdenken. Es war das Spiel »Alles-über-dich-hab-ich-mir-noch-nicht-gemerkt!«

»Ein Aushilfsjob. Bis ich eine Stelle gefunden habe, die mir zusagt.«

»Tolles Café ist das. Ich gehe da auch manchmal hin«, sagte Paula.

»Ihr geht da alle manchmal hin. Auch allein. Kurz vor Mitternacht«, dachte Karolin.

Paula schwatzte über ihre eigenen Eindrücke als Aushilfskellnerin. Sie schien über eine Menge an Erfahrungen zu verfügen. In jeder Hinsicht. Ihr Gesicht war mit Sommersprossen übersät, als sei es von oben bis unten mit Dreck bespritzt worden. Ihre braungebrannten Hände waren ungewöhnlich faltig. Sie erinnerte Karolin mit ihrem stechenden grünen Blick an einen frechen Kobold, der nur darauf wartet, sich lustig zu machen.

»Wenn die Kerle was intus haben, sind sie noch unerträglicher als im nüchternen Zustand! – Ich hoffe, ich tappe da bei dir nicht in ein Fettnäpfchen? Es gibt Lesben, die durchaus Sympathie für Männer empfinden können?!« lächelte der Kobold lauernd.

»Ich habe nichts gegen Männer«, gestand Karolin.

Paula wischte diese Antwort mit einer Handbewegung weg. »Besonders wenn sie betrunken sind, sind sie schauderhaft. Sie kommen immer näher gerutscht«, Paula rutschte näher heran, »und legen den Arm um einen oder tätscheln drauf herum.« Sie tätschelte Karolins Unterarm und ließ dann ihre Hand darauf liegen. »Und dann kommen diese Sprüche: ›Bist du neu hier?‹«

Das kam Karolin vertraut vor.

»Du konntest dich sicher zur Wehr setzen«, warf die langhaarige Ilona ein. Ihr Hund und sie aßen Salat in Essig-Öl-Soße, und Karolin hatte gar nicht bemerkt, daß sie bei ihrem Gespräch zugehört hatte. Es kam so selten vor, daß Karolin mit so vielen Frauen gleichzeitig irgendwo saß. Sie wußte nicht, was alles möglich war zwischen Frauen, die sich verdammt gut kennen. »Oder könnt ihr euch vorstellen, daß Paula so etwas mit sich machen läßt?«

Nicht nur Ilona hatte zugehört. Jetzt schüttelten auch ein paar andere den Kopf. Karolin war verblüfft und ermahnte sich, vorsichtig zu sein.

»Na, deswegen bin ich doch am Ende gefeuert worden!« krakeelte Paula hinaus. »Ich hab' einem Kerl seinen Ernüchterungskaffee auf die Hose gekippt. Er mußte mit verbrühten Eiern ambulant behandelt werden. Und ich war meinen Job los. Dabei war ich im Recht! Nicht wahr, Bête?«

Alle Köpfe flogen herum zur Liege.

Zwei erhitzte Gesichter wandten sich verwundert den anderen zu.

»Ich habe gerade erzählt, wie sie mich gefeuert haben, als ich dem Typen den Kaffee übergegossen habe, der mich ›seine Pussi-Muschi‹ nannte«, klärte Paula sie kurz auf.

»Das war vielleicht was!« ereiferte Bête sich, an Nele gewandt. »Kaum zu glauben! Der hatte seine gerechte Strafe verdient. Aber Paulas Arbeitgeber war anderer Meinung. Er wollte sogar Anzeige erstatten wegen Körperverletzung, stell dir das vor! Aber da haben wir dann eingegriffen. So nicht, meine Herren! Und bald war klar, daß sie vor Gericht keine Schnitte gehabt hätten.«

Nele bekam große Augen und warf Karolin einen zögernden Blick zu. Karolin begann sich zunehmend unwohl zu fühlen. Nicht zuletzt deshalb, weil Paulas Hand immer noch auf ihrem Arm lag.

Karolin zog ihn fort und trank das Glas in einem Zug leer.

Paula war aufmerksam wie ein Wachhund und füllte es sofort wieder.

Da öffnete die Frau am Grill den Mund und sagte: »Möchtest du etwas essen?«

Sie meinte Karolin.

Und sie wirkte so geistesabwesend, als hätte sie von dem Gespräch überhaupt nichts mitbekommen. Eine, die nicht voller Eifer bei anderen mitlauschte?

»Ein Würstchen?«

»Kein Würstchen«, erwiderte Karolin rasch. Sie nutzte die Gelegenheit, um dem Kobold zu entkommen und stand auf.

Der Weg um den Tisch herum zum Grill wurde sehr lang. Die ganze Zeit hielt die Frau sie mit den Augen fest. Oder war es nur ihr blaues, das diese magische Wirkung ausübte und Karolins Blick anzog. Aber so, wie die anderen einander sonst im Auge behielten, mußte das doch auffallen. Gleich würde es eine bemerken und erstaunt ausrufen: »Aber ihr kennt euch ja schon!«

Ein verrückter Gedanke! Karolin wurde einfach nicht erwachsen. Immer noch schaute das phantasierende Kind aus ihren Augen. Aber es fristete ein heimliches

Dasein, verborgen hinter dem ungeschminkten, offenen Gesicht.

Hinter Karolins wenig verspielter Fassade erwarteten alle Gradlinigkeit und Konsequenz. Niemand fragte sie Dinge, die sie nicht gefragt werden wollte. Und dafür kam Karolin den fremden Erwartungen nach, mit einem Lachen.

Sie nahm ein Cevapcici vom Grill, verbrannte sich die Finger.

Die Frau mit dem blauen Auge starrte sie regungslos an.

Nicht mit Blicken, die scheinbar durch dich hindurchtauchen. Eher hinein. Das war irritierend vertraut, als hätte jemand ihr Inkognito gelüftet. Karolin wand sich.

Und sie war nicht die einzige, die merkte, daß mit Frederike etwas Ungewöhnliches vorging. Ilona sagte: »Herrje, sie träumt wieder. Frederike?! Frederike? Rike!«

Frederike. So hieß sie also.

Frederike schüttelte den Kopf, als hätte ihr die Stimme mit der flachen Hand vor die Stirn geschlagen.

»Ich werde ein bißchen spazierengehen«, sagte sie dann.

Sie legte den Grillwender zur Seite, und Belle sprang auf, um ihren Platz einzunehmen.

Karolin sah auf den Rücken im Muskelshirt, der sich gen Hausecke entfernte.

Was für ein hübscher Po.

»Das ist jetzt aber nicht der Grund!« sagte sie zu sich selbst, schob rasch den letzten Bissen in den Mund und beeilte sich, Frederike zu folgen.

4. Kapitel

IM NIEMANDSLAND

Sie muß sich nicht entscheiden, welche Figur in ihrem Roman die wichtigste sein wird. Es geschieht von allein.

Ich hatte gehofft, daß sie mir folgt. Aber daß sie im Dauerlauf um die Ecke geschossen käme, das hatte ich nicht erwartet. Die anderen waren sicherlich verblüfft auf ihren Gartenstühlen zurückgeblieben. Schon bald dachte ich nicht mehr an sie.

Wir gingen zwischen den Feldern durch. Karolin war kaum merklich kleiner als ich. So wie ihre Hände kleiner als meine waren. Man konnte es nur ausmachen, wenn man genau darauf achtete.

Pe war so groß gewesen. Größe imponierte mir. Größe vermittelte mir das kribbelnde Gefühl der Unterlegenheit. Ich verbot mir jeden weiteren Vergleich mit Pe.

»Wir haben Glück mit dem Wetter«, sagte ich blöde.

»Unheimliches Glück«, erwiderte Karolin höflich.

»Vor zwei Wochen oder so war es schon richtig kalt.«

»Ja, ich dachte, der Sommer wäre vorbei.«

»Komisch, wie es manchmal gehen kann.«

»Komisch.«

»Wir haben Glück mit dem Wetter!« Was war ich denn? Ein Laubfrosch?

Wo war mein Mut geblieben, mein schicksalsbehafteter Mut, den Romanfiguren haben?

»Als hier noch Kohle gefördert wurde, in der echten schwarzen Ruhrpottzeit, weißt du, da gab es nicht so viele sonnige Tage. Der Himmel war oft verhangen von riesigen rußigen Wolken. Und der Regen war irgendwie staubig. Wenn man mit heller Kleidung in einen Schauer geriet, kam man mit grauen Sachen wieder zu Hause an. – So stelle ich mir das jedenfalls vor.«

Was erzählte ich da?

Ich sollte mich lieber umsehen und etwas wirklich Spannendes ausfindig machen, über das es sich zu reden lohnte mit einer Frau wie Karolin.

Ich fand tatsächlich etwas: »Das dahinten ist übrigens der Kirchturm von Linden. Die Kirche ist im Krieg mehrmals beschossen worden. Aber sie haben den Turm nie getroffen. Die Frau des Küsters hat alle Familien der umliegenden Häuser zu sich in den Turm geholt. Sie haben da gesessen und gebetet, während die Bomben auf sie niederprasselten. Aber niemand wurde je verletzt. Und da steht der Turm immer noch, der so viele Menschenleben geschützt hat. Auch komisch, oder?«

Karolin betrachtete den entfernten Kirchturm und nickte.

Aber sie sagte nichts, und ich fürchtete, ich würde in meinem hohlen Kopf nichts finden, was ihr Interesse wecken könnte. Ich wollte so gern, daß sie mit großen Augen an meinen Lippen hing oder selbst wie ein Wasserfall redete. War das denn so schwierig, verdammt?

»Ich bin eben keine Romanfigur, weißt du«, hörte ich mich zu meinem eigenen Entsetzen sagen. »Ich … ich meine, wenn ich eine wäre, würde ich nicht so einen Unsinn quatschen.«

Karolins Gesicht war ernst und unbeeindruckt. Sie schien im Umgang mit Verrückten einige Erfahrung zu haben.

»Wieso Unsinn?« erwiderte sie ruhig. »Ich find's interessant, was du erzählst.«

»Ehrlich?«

»Ehrlich.«

Wäre es möglich, daß ich mich endlich entspannte? Ich war verkrampft wie eine verschlossene Auster.

»Woher weißt du das mit dem Kirchturm? Heimatkunde?«

»Ich hab's mir ausgedacht. Ich komme nicht wirklich von hier. Meine Familie wohnt im Sauerland. Das ist eineinhalb Stunden von hier – mit dem Auto. Gerade weit genug weg, um sie nicht ständig auf dem Hals zu haben. Aber auch nah genug, um ab und zu noch hinzufahren. Meistens tue ich das meiner Mutter zuliebe. Sie kann eine echte Nervensäge sein. ›Wann kommst du? Kommst du am Wochenende?‹«

Karolin lachte.

»Kennst du das auch?« Ich verstellte meine Stimme noch einmal: »›Ich mache Kartoffelsalat. Und wir können Monopoly spielen!‹ Sie können sich nicht daran gewöhnen, daß man erwachsen ist.«

»Meine Mutter ist nicht so«, sagte Karolin. Wieder ganz ernst.

Mehr sagte sie aber nicht. Schade.

Sie sah über die weiten Wiesen und dann wieder auf ihre Schuhe.

Unsere Schritte staubten auf dem trockenen Weg.

»Die Felder erinnern mich an die Gegend, in der ich aufgewachsen bin«, meinte sie schließlich. »In einem Dorf in der Nähe von Frankfurt.«

Ich wünschte mir ihr Leben als Film. Ich könnte zurückspulen und mir ansehen, wie sie als Kind Drachen steigen ließ oder sich auf einer Stufe die Knie aufschlug.

»Hast du Heimweh?«

»Und wie!« Sie lachte. Und da wußte ich, daß ich ihrem Lachen nicht trauen konnte. Ich hätte wetten können, daß sie es gar nicht so lustig fand. »Ich bin erst vor einem Jahr hierhergezogen.«

»Deine Familie ist noch in Frankfurt?«

»Mein Vater lebt in München«, erklärte Karolin.

Ich hatte nach ihrer Familie gefragt.

»Ich war oft bei ihm zu Besuch. Da habe ich Nele kennengelernt. Wir sind schon seit Jahren befreundet. Sie hatte hier ein tolles Stellenangebot bekommen. Da bin ich ihr gefolgt.«

»Aber ihr seid doch nicht …?«

»Nein, nur Freundinnen.«

Puh!

»Meine beste Freundin ist Ilona. Das ist die mit den blonden langen Haaren.«

»Ich dachte, ihr wäret …?«

»Nein, nur Freundinnen.«

Warum fragte sie das? War es eine ernstgemeinte Frage?

»Ich bin direkt nach dem Abi in eine eigene Wohnung gezogen. Nicht weil ich Streit gehabt hätte zu Hause. Ich verstehe mich mit meinen Eltern ganz gut, weil ich ihnen irgendwann beigebracht habe, sich nicht in meine privaten Sachen einzumischen. Meine ältere Schwester ist auch ganz o. k. – wir sind halt Schwestern, nichts besonderes. Wir haben alle unsere eigenen Leben. Trotzdem fühle ich mich bei ihnen immer noch aufgehoben. Eine Familie gehört eben doch irgendwie zusammen.«

Sie erwiderte nichts.

Ich hatte bereits einige Menschen kennengelernt. Aber ich konnte mich an keine erinnern, die so interessiert an einem Gespräch war, aber dennoch kein Wort über die Lippen brachte.

»Erzähl mir doch was von dir«, bat ich Karolin.

Sie reagierte nicht sofort. Ich dachte schon, sie hätte meine Frage nicht gehört, und wollte sie gerade wiederholen, da sagte sie: »Da gibt es nicht viel zu erzählen.«

Es gibt eine Sorte Frau, die diesen Satz gerne sagte. Drei Stunden später weißt du dann alles über ihre Kinderkrankheiten, ihre sexuellen Vorlieben und ihren Vaterkomplex, ohne ein einziges Mal selbst zu Wort gekom men zu sein.

Zu dieser Sorte Frau gehörte Karolin nicht.

Verblüfft mußte ich feststellen, daß sie einfach schwieg.

»Hey«, lachte ich, weil mir nichts Besseres einfiel. »Aber das bißchen, das es zu erzählen gibt, das kannst du mir doch beichten. Wie wäre es, wenn wir uns etwas näher kennenlernen?«

Unsere Blicke begegneten einander kurz und scheu. Wir dachten beide an den Augenblick im Café, als ich von der Farbe in mir sprach und die Verwunderung in ihren Augen erkannte.

Ich sah als erste wieder weg.

»Es gibt wirklich nichts«, beharrte sie. »In Frankfurt gab es jeden Tag Streit. Und in München war es egal, ob ich da war oder nicht. Es gab also keinen Grund, um da oder dort zu bleiben.« Sie lachte wieder, als sei das völlig in Ordnung. »Ich habe keine Familie, die ›trotzdem doch zusammengehört‹. Nein, das gibt es bei mir nicht.«

»Das klingt ziemlich traurig«, sagte ich. »Aber wenn ich genau drüber nachdenke, kann eine Familie auch ganz schön nervig sein. Da haben wir es schon viel besser, was unsere Freundinnen angeht: Die können wir uns aussuchen. Mit Freundinnen können wir uns auch ein Nest bauen. Und die Szene bietet dann in Ungnade gefallene Onkel, liebe Tanten, verwirrte Großmütter, pflichtschuldige Taufpaten, verstoßene oder adoptierte Stiefkinder. Es ist eigentlich auch nichts anderes als eine Familie, oder?«

Karolin starrte in stummer Ablehnung auf den Weg vor uns. »Das ist nichts für mich. Ich kenne die Frankfurter Szene.«

»Und das bedeutet natürlich, daß du alle anderen auch kennst?« lachte ich. »Du solltest es mal versuchen. Die Bochumerinnen können nett sein. Wenn sie wollen.«

»Oh, nein danke!«

Somit hatte ich mir eine hübsch verpackte Abfuhr eingehandelt. Oder?

Sie hob die Hand und fuhr sich durchs Haar. Ich sah ein dunkles Muttermal an ihrem Hals.

»Ich hoffe, Nele teilt deine Einstellung nicht?! Für Bête bedeuten die Frauentreffs sehr viel. Ich glaube, es würde ihr schwerfallen, darauf zu verzichten.«

»Nele ist ein unbeschriebenes Blatt. Sie wird sich mit Begeisterung in alles Neue stürzen. Sie ist sehr leidenschaftlich.«

»Und du?«

Karolin wandte mir amüsiert ihr Gesicht zu. Ihre Augen wurden weicher. Die Warnung, die in ihrem Blau enthalten gewesen war, schwächte sich ab zu einer leisen Bitte. Diese Bitte konnte ich nicht übersehen. Ich bildete mir bereits ein, Karolin riechen zu können. Das war ein verflixtes Zeichen.

»Du denkst also auch, daß aus Nele und Bête ein Paar wird?«

Sie antwortete natürlich nicht auf meine Frage. Was hatte ich denn erwartet?

»Ich bin davon überzeugt. Ein Blick genügt. – Ist es nicht seltsam, wie man spüren kann, wenn sich etwas entwickelt zwischen zwei Menschen?«

»Ja, furchtbar«, sagte sie. »Mir wird dabei immer ganz schwach zumute.« Ich sah sie von der Seite an, aber in ihrem ruhigen Gesicht fand ich keine Regung von Spott oder Belustigung.

»Was wirst du hier machen? Jobben? Leben? Suchen?«

»Suchen?« Sie lauschte dem Klang ihrer eigenen Stimme nach.

»Nach einer guten Stelle, ja, und …«

»Und?«

»Ach, nichts.« Einen sehr kurzen Moment konnte ich Verwirrung auf ihrer Stirn lesen. Aber dann legte sie sich wieder glatt und still, als ginge dahinter nichts vor sich.

Wonach suchte sie also? Was vermißte sie, während sie in ihrem traurigblauen Meer herumschwamm und eine wie mich plötzlich unter Wasser setzte?

Verwundert stellte ich fest, daß ich hier zum ersten Mal eine vor mir hatte, deren Innenleben mir verwehrt blieb.

Ich kann alle Verrücktheiten der Welt verstehen. Ich kann alle Träume nachvollziehen und alle erfundenen Geschichten für wahr erklären. Sie hatte bei mir die einmalige Chance, für nichts ausgelacht und für alles bewundert zu werden. Und sie spürte das. Sie mußte das spüren. Dennoch hielt sie alles verborgen, wie einen unsichtbaren Schatz. Mehr als jede andere hatte sie Stück für Stück eine Rüstung angelegt. Nicht so wie ich den Kragen meiner Lederjacke hochstellte, um Prinzessinnen zu entführen. Es war eine echte Rüstung. Wehrhaft und unüberwindbar.

Warum?

Wir waren lange Zeit still.

Ich wanderte neben ihr über die erdigen Wege und sah zu, wie meine Schuhe helles Gras umknickten und langsam staubig wurden.

Karolin ging neben mir. Ich war durcheinander und hätte sie gerne gefragt, ob es ihr ebenso ging. Bei keiner anderen hätte ich damit gezögert. Ich hätte gefragt und gelöchert und keine Ruhe gegeben, bevor ich nicht gewußt hätte, wieso sie so traurig war. Aber etwas hielt mich zurück. Es war die Ahnung davon, daß Karolin es vielleicht selbst nicht wußte. Sie war schließlich auf der Suche.

Wir kamen an eine Wegkreuzung und sahen die verschiedenen Wege hinunter.

Karolin entschied sich in derselben Sekunde für den linken Weg, in der ich mich nach rechts wandte.

Ich berührte sie nur kurz, an der Schulter, dem Arm, dem Schenkel. Aber trotzdem meldete eine Stelle meines Rückens plötzlich das Eindringen eines spitzen Gegenstandes. Ich faßte erschrocken hin, aber da war nichts.

»Hoppla«, sagte Karolin und wandte sich um. Sie nahm den rechten Weg, und ich konnte nur hinterherhumpeln, weil mir ein paar Schritte lang alles weh tat. Aber dann hörte ich Paulas belustigte Stimme an meinem inneren Ohr: »Brauchst mir nichts weiter zu erzählen, Chéri. Von wegen, es war ein unsichtbares Messer, oder vielleicht auch Amors Pfeil! Wenn du mich fragst: Du bist notgeil!« Das war nun wirklich beschämend.

Die hochblühenden Gräser ermunterten mich dazu, sie auszureißen und ihre Halme zu zerpflücken. Als Kind hatte ich das stundenlang getan, um sie von innen zu studieren, während meine Schwester kurzlebige Kronen aus Gänseblümchen flocht.

Karolin sah nicht ein einziges Mal hin. Sie ging neben mir und schien mit ihren eigenen, mir verwehrten Gedanken beschäftigt. Aber plötzlich deutete sie auf meine Hände und fragte: »Bist du nervös?«

Mir war mein Herumgezappel peinlich. Ich warf den zerfetzten Halm im hohen Bogen fort.

Drüben tauchten bereits die ersten Häuser der Siedlung auf.

Karolin sah mich nicht an, aber sie neigte den Kopf ein

wenig in meine Richtung, und sie wartete auf meine Antwort.

»Ich bin mir nicht sicher, was jetzt passieren wird«, sagte ich schließlich.

Frederike, die Geschichtenerzählerin, war wortlos.

»Ich weiß, was du meinst«, erwiderte Karolin zu meiner größten Überraschung. »Wir haben über dieses und jenes gesprochen. Und jetzt sind wir irgendwo im Niemandsland zwischen Fremdsein und Kennen.«

Ich starrte sie an. Mein Gesicht gehorchte meiner Kontrolle noch nie in meinem Leben. Ich wußte, daß es jetzt leuchtete vor Freude.

Schnell tastete ich nach dem kleinen Schreibblock, den ich immer mit mir herumtrug. Aber ich fand ihn nicht.

»Willst du eine?« Karolin zog aus ihrer Jeanstasche eine zerknautschte Packung.

»Danke, aber ich rauche nicht.«

Sie blickte mich groß an und verstaute die Zigaretten wieder, ohne sich selber eine angezündet zu haben. Aber sie fragte nicht. Wahrscheinlich hatte sie es selber nicht gern, gefragt zu werden.

»Ich verrate dir ein Geheimnis«, flüsterte ich. »Ich liebe Bücher, und Sprache. Ich wollte das aufschreiben, was du da gerade gesagt hast. Aber ich muß meinen Block im Auto liegengelassen haben. Ist eine Art Fetisch, verstehst du?«

Karolin lachte nicht über meinen kleinen Fetisch-Witz. Sie lächelte nur überlegen: »Du hast wohl Angst, daß dir was verlorengeht?«

»Irgend etwas sammelt doch jede«, sagte ich.

»Und was ist mit den Sachen, die du lieber vergessen würdest?«

Plötzlich loderte um sie herum diese Farbe wieder auf. Ein blaues Gefühl schwappte in Wellen an mich heran.

»Ich hefte sie ab«, antwortete ich ihr. »Unter Traurigkeit.«

Das Muttermal an ihrem Hals. Ob sie noch mehr davon hatte? Irgendwo auf ihrem Körper?

5. Kapitel

TRAUM-A

Zusammenhänge werden durch den Ablauf der Zeit auseinandergerissen. Es ist ihre Sache, irritiert und verärgert auf scheinbar Sinnloses zu blicken – oder aber die Lücken zu flicken.

In der zweiten Vorlesungswoche ging es richtig los. Die Erstsemester irrten orientierungslos über die Gänge. Die Aufgänge bei den Fahrstühlen waren mit flatternden Infozetteln und Hinweisschildern zugepflastert. Neunzehn- bis Zwanzigjährige standen ratlos vor Schwarzen Brettern herum.

Ich schlenderte vorbei und genoß das Gefühl zu wissen, wohin ich wollte, und den Weg dorthin zu kennen. Achtes Semester, Hauptstudium. Ich war vor fast vier Jahren mit der Einführung des Studienganges Theater-, Film- und Fernsehwissenschaften an die Ruhr-Universität gekommen. Es hatte keine Aufnahmebeschränkung gegeben. Tausendfünfhundert StudentInnen hatten sich in zu kleine Hörsäle gequetscht und um die Plätze in den medienpraktischen Übungen Ringkämpfe auf der Schwelle ausgetragen. Diese Privilegierten, die jetzt hier herumwimmelten, hatten keine Ahnung von den harten Ellenbogen, die sich einem in die Seiten bohrten, wenn es darum ging, in den überfüllten Seminaren sitzen zu können. Jetzt wurden pro Semester nicht einmal mehr hundert AnfängerInnen aufgenommen. Da zählte der Notendurchschnitt. Kaum zu glauben, daß diese Greenhorns hier mindestens EinsKommaNeuner waren …

Mein semesterzahlbedingtes Überlegenheitsgefühl drohte plötzlich aufgrund meines eigenen Abiturdurchschnittes zu schwinden. Daher stieß ich rasch die Tür zur Cafeteria auf und ging hinein.

Hier tobte der Bär. Alle Tische waren voll belegt, und der Geräuschpegel lag knapp unter der Unerträglichkeitsgrenze. Lässig bunte oder durchweg schwarze Kleidung. Achtlos hingeworfene Lederbeutel. Dreitagebärte. Lange Haare. Wehende Sommermäntel mit Siebziger-Jahre-Make-up darüber. Großkotzige Sprüche und Inszenierungsdiskussionen schwirrten mir um die Ohren. Schallendes Gelächter aus allen Ecken. Und Küßchen links und rechts

Das war der Regenbogen der schrägen FilmwissenschaftlerInnen. Nicht zu vergleichen mit der Cafeteria im Nachbargebäude, wo sich in Anzug und Kostümchen uniform gekleidete BetriebswirtschaftlerInnen zur Begrüßung über den Tisch die Hand reichten.

Sebastian war schon da. Um auf sich aufmerksam zu machen, hob er seinen Kaffeebecher und verschüttete dabei schwungvoll einen Teil des Inhalts über seine geblümten Bermudas.

Ich liebte Bastian dafür, daß er weder Tunte noch Macho war. Das war nicht nur selten. Das war sehr selten.

»›Die weiblichen Stars‹ ist erste Sahne!« Er schob mir über den verschmierten und mit leeren Pappbechern überfüllten Tisch einen vollgekritzelten Zettel zu. Bereits seit zwei Tagen testeten wir die angebotenen Hauptseminare, um uns die interessantesten herauszupicken.

Zu zweit ging das doppelt so schnell. »Hier, guck dir mal den Semesterplan an. Es sind drei Sitzungen allein über Judy Garland und ihre schwulen Anhänger eingeplant. Und ich habe auch schon interessante Exemplare unter den Seminarteilnehmern entdeckt.«

»Was für Exemplare? Geklonte Judy Garlands?«

Bastian grinste frivol: »Knackärsche.«

»Du bist vergnügungssüchtig. Aber ich muß dir unbedingt recht geben: Das Seminar über amerikanische Musicals ist grauenvoll. Der Dozent hat Schwierigkeiten mit der englische Sprache. Er konnte nicht mal ›Fred Astaire‹ aussprechen, ohne daß ich das Gefühl hatte, zwischen dem a und dem i stehe ein Bindestrich.«

Wir krakelten in unseren Stundenplänen herum. Sebastian rieb ergebnislos am Kaffeefleck auf seinen Shorts. Um den Hals trug er ein schrilles Tuch in verschiedenen Gelbtönen, das mich an Sonnenblumen erinnerte.

Er hatte ein ansprechendes Kasperlgesicht, mit spitzer Nase und immer roten Wangen, die beim Ausmachen eines beeindruckenden Mannes allerdings noch aufzuglühen vermochten. Ich verstand mich so gut mit ihm, weil wir den gleichen Grad unberechtigten Optimismus an den Tag legen konnten. Das hatte uns bereits durch so manche Hausarbeit und einige Klausurenzeiten gebracht.

»Du kannst dir meinen Wagen ausleihen, wenn ihr samstags mal wieder in den Sub nach Köln fahren wollt.

Deine alte Klapperkiste bricht ja zusammen, wenn mehr als zwei von euch Fliegengewichten drinsitzen.«

Ich blätterte im Vorlesungsverzeichnis.

»Vielleicht werden Karolin und ich lieber nur etwas zu zweit unternehmen. Sie ist nicht sehr begeistert von der Clique.«

»Oje, oje! Eine, die nicht auf deine Tanten kann! Du lieber Himmel! Wo wird das hinführen?«

»Es ist gar nicht klar, daß es überhaupt irgendwohin führt«, erwiderte ich halbherzig.

Sebastian bedachte mich mit einem mütterlichen Blick und gluckste. Stimmbänder können wirklich unerwartet treffende Geräusche des Unglaubens hervorbringen.

»Ich wette, du hast dich schon nach Ringen umgeschaut.« Er schlürfte seinen Kaffee. »Und die Clique? Was halten sie von ihr?«

»Bastian, das ist mir furzegal!«

»Hoho! Was für Töne! Das wird der rothaarigen Hexe aber gar nicht gefallen, daß sie nicht mal gefragt wird. Ich hoffe, sie wird bald begreifen, daß sie die Wette nicht gewinnen kann, weil nämlich du mit der fetten Beute auf und davon sein wirst! Das wird sie vermutlich ziemlich ärgern, oder?«

»Es ist so schön, Freunde zu haben, die sich gegenseitig die Pest an den Hals wünschen«, lächelte ich. »Paula gibt nicht so schnell auf. Und erst recht nicht, wenn es so ein wunderbarer Happen ist.«

»Du bist gar nicht eifersüchtig?«

»Ach, Bastian, es ist ja nur ein Spiel für sie.«

»Und für dich?«

Ich mußte tatsächlich schlucken. »Weiß nicht.«

Sebastian nippte am Kaffee und betrachtete mich abschätzend.

»Ich werde melancholisch in Karolins Nähe. Ist das nicht verrückt? Ich möchte anfangen, über mein gesamtes Leben nachzudenken und alles geradezurücken, was im argen liegt. Sie hat so etwas an sich, daß ich einfach ein Stückchen mehr ich selber sein möchte.«

»Widder?«

»Wie?«

»Ist sie Widder?«

»Ich weiß nicht ...«

Sebastian starrte mich mit größtmöglicher Skepsis an. »Du weißt nicht, was für ein Sternzeichen sie ist?«

»Nein«, sagte ich verwirrt. »Wir haben nicht darüber gesprochen. Nur über ihre Familie und Nele. Und später hat sie gesagt, daß sie malt.«

»Wenn sie Widder wäre, dann ist dieses Gefühl der Melancholie, das dich immer packt, ganz natürlich, kein Grund zur Sorge. Ist sie aber Wassermann oder Fische, mußt du höllisch aufpassen. Könnte eine Neurose sein.«

»Von mir?«

»Nein, von ihr.«

»Ach so.« Ich war erleichtert. »Ich dachte schon. Ich bin nämlich Wassermann, oder besser gesagt Wasserfrau ... diese verdammten geschlechtsspezifischen Bezeichnungen!«

»Wem sagst du das? Glaubst du, es ist für mich lustig, Jungfrau zu sein?«

Wir dachten eine Weile darüber nach.

»Wieso weißt du plötzlich über Astrologie Bescheid?«

Sebastian senkte verlegen den Blick. Natürlich war es

irgendeine Männergeschichte. Einer, der nur bei Steinböcken kann und bei Skorpionen keinen hochbekommt. Oder einer, der den bestmöglichen Termin für die erste geschlechtliche Vereinigung anhand der Sternenkonstellationen ausrechnen möchte.

»Was tut sich bei Nele und Bête?« Bastian lenkte geschickt ab.

»Sie telefonieren täglich. Sieht ganz so aus, als würde Bête diesmal die Wette gewinnen. Paula konnte bisher bei Karolin noch keinen Treffer landen.« Das fand ich ziemlich o. k. »Und was wird aus der Siegertrophäe, wenn alles vorbei ist?«

»Keine Angst. Nele wird schon auf ihre Kosten kommen. Bête ist derartig verknallt, daß sie es sogar durchgehen läßt, wenn ich ›Wie macht *man* dasunddas?‹ sage. Sie zuckt höchstens mal mit der Augenbraue.«

»Mit anderen Worten: Sie möchte Nele heiraten?«

»Bête ist aus feministischen Gründen gegen die ›patriarchale Einrichtung der Ehe‹, aber wäre sie es nicht: Ja, unbedingt! So kann die gute alte Szene mit ihren sonderbaren Ritualen wie dieser blöden Wette sogar dann und wann einen Bund fürs Leben schließen. Ist das nicht erhebend?«

Als ich lachend von meinen Zetteln aufblickte, starrte Sebastian an mir vorbei zum Nordeingang.

»Apropos Szene«, sagte er, so leise, daß ich ihn bei dem Tumult kaum verstehen konnte. »Du errätst nicht, wer da grade zur Tür hereingekommen ist.«

Ich brauchte mich nicht umzudrehen.

»Mist! Ich hau ab!« Ich schnappte meine Tasche und sprang auf.

»He!« Sebastian erwischte mich noch am Ärmel meines Hemdes.

Das Geräusch von zerreißendem Stoff ließ seine Augen zur Größe von Fünfmarkstücken wachsen. »Oh, tut mir leid, Frederike …«

»Herzlichen Glückwunsch!« maulte ich und tastete nach dem Loch.

»Mach doch keinen Quatsch, Mensch. So einfach wegzulaufen ist doch idiotisch.« Sebastian sah wieder zum Nordeingang, von wo aus sich das Unheil näherte. »Irgendwann mußt du ihr doch begegnen.«

Ich tätschelte hektisch seine ausgestreckte Hand, die immer noch in der Luft schwebte. »Wenn ich es muß, ist es früh genug. Heute habe ich keinen Bedarf. Bis morgen dann!«

Ich drängelte mich an KommilitonInnen vorbei, umging in jahrelanger Übung die ausgestreckten Zigaretten oder bis zum Rand gefüllten Kaffeebecher. Am Ausgang lief ich direkt auf ein Stauende auf. Eine Horde Erstsemester hatte ihren Anführer verloren und stand unentschlossen im Durchgang herum. Ich bohrte mich mühsam hindurch, begleitet von mürrischen Blicken und leise gemoserten Protesten.

Fast hatte ich es geschafft, da sah ich aus dem Augenwinkel das vertraute weiße Blitzen.

»Rike!« Die nasale Stimme schlug auf meinen inneren Amboß. »Hau den Lukas«! Und die Glocke schrillte.

Resigniert blieb ich stehen und warf einen letzten sehnsüchtigen Blick auf den Ausgang.

Pe stellte sich mir direkt in den Weg. Sie beherrschte symbolträchtiges Handeln im Alltag wie keine andere.

»Wolltest dich wohl aus dem Staub machen, wie?« Keinen Zentimeter geschrumpft war sie an der Nordseeküste. Immer noch überragte sie mich. Toll sah sie aus. In teuren Klamotten und mit noch nicht verblaßter Sommerbräune. Ich sah an ihr vorbei.

»Ehrlich gesagt hatte ich kein Bedürfnis nach Vergangenheitsbewältigung.«

Pe lachte ihr blendendes Zahnarzt-Tochter-Lachen. Aber in ihrer Stimme quietschte ein nervöser Ton. Sie zählte mich immer noch nicht zur Vergangenheit.

»Du weißt doch, daß Verdrängung zu hochneurotischen Psychosen führen kann. Du solltest dich dieser Bewältigung lieber stellen«, grinste sie. Ihr Gesicht wirkte etwas schief, aber trotzdem erhaschte ich eine Ahnung ihres gewohnten Charmes. Und auch wenn ich es vor mir selber lieber geleugnet hätte, so freute es mich doch, sie wiederzusehen.

Eine letzte Überlegung, ob ich mich nicht doch unter einem Vorwand verdrücken könnte, war eher halbherzig. Sie kannte mich nach unserem gemeinsamen Jahr zumindest so gut, daß sie meine miserablen Lügen auf den ersten Blick erkannt hätte.

Ich seufzte: »Gut, trinken wir einen Kaffee.«

An den verstörten Studienanfängern vorbei schoben wir uns durch das Gedränge bis zu den Getränkeautomaten.

Pes grauer Blick in meinem Rücken war deutlich zu spüren. Er tastete meinen Haaransatz ab, verweilte im Nacken, rutschte über die Schultern hinab, glitt an der Wirbelsäule weiter bis zum Po.

Plötzlich ein Zischen: »Dein Hintern macht mich wirklich an. Komm her, ich will dich jetzt haben!« Die Worte schossen aus der Erinnerung von hinten auf mich zu. Ich wirbelte herum.

»Was ist denn?«

»Nichts.« Ich nahm mir vor, Pe nicht mehr den Rücken zuzudrehen, und warf Kleingeld in den Automaten. Doppelt Zucker. Doppelt Milch.

Pe trank ihren Kaffee wie immer schwarz.

Bitterschwarzer Kaffee. Nach der ersten Nacht. Mein Kopf hatte gedröhnt. Ich hatte noch nie so einen Kater gehabt. Ich hatte mich noch nie so betrunken.

Wir saßen am Frühstückstisch. Ich kaute trockenen Toast. Sie aß zwei, mit Schinken, Gurke, Tomate und Käse überbacken. Der Geruch verursachte mir ein sehr flaues Gefühl unterhalb meines Herzens. Ihr Anblick verursachte mir ein noch viel flaueres Gefühl.

Sie brachte es fertig, ihre Schönheit vom letzten Abend irgendwie zu übertreffen. Ungeschminkt und mit elfenbeinfarbener Haut blinzelte sie mich über den Tisch hinweg an. Ihre Wimpern schimmerten verdächtig. Ich fühlte mich gar nicht wohl.

»Ich weiß nicht, wie du drauf bist«, sagte sie vorsichtig, zwischen zwei Bissen. »Es gibt Begegnungen, da reißen sich zwei auf, und am nächsten Morgen ist alles vorbei. Hab' ich auch schon gemacht. Aber … das mit dir … ich fände es sehr schade, wenn es dabei bleiben würde. Du gefällst mir.« Sie sah aus wie ein Engel, groß, mutig und zart wie ein Windhauch.

Ich wußte nicht, was ich ihr antworten sollte. Also konterte ich lieber mit einer Frage: »Wenn du von mir keine Affäre für eine Nacht willst, was denn dann?«

Sie legte Messer und Gabel zur Seite und sah mich lange an. Ich versuchte, sie zu durchschauen, aber im nüchternen Zustand gelang es mir nicht. Mühsam versuchte ich, mich an meine Erkenntnisse der letzten Nacht zu erinnern. Ich wußte nur noch, daß ich sie auf einen Blick richtig einzuschätzen glaubte. Aber an all das, was ich über diese große helle Frau gedacht hatte, konnte ich mich jetzt nicht mehr entsinnen.

»Würde es dich erschrecken, wenn ich dir sage, daß ich mit dir alt werden möchte?«

Natürlich erschreckte es mich, denn sie machte auf sehr ernsthaft. War das ein Heiratsantrag?

»Ich weiß nicht«, erwiderte ich und versuchte es mit einem Lachen, was ich aber gleich wieder bereute, »autsch, mein Kopf! Ich meine, ich kenne dich doch gar nicht!«

Pe schob ihren Stuhl zurück und stand auf. Ihre plötzliche körperliche Präsenz in meiner lila gestrichenen Küche ließ mich ein paarmal schlucken. Große Frauen beeindruckten mich in einer Weise, die ich irgendwie nicht gesund fand. Ich genoß ihre Überlegenheit.

»Was glaubst du denn, wie ich bin?« fragte sie, während sie in der Küche mit jeweils drei Schritten hin und her tigerte. Sie füllte den kleinen Raum ganz und gar mit zitternder Erwartung.

»Schön«, lächelte ich. Sie tat mir leid in ihrer gespannten Nervosität. »Du bist wirklich ziemlich schön.«

Ich dachte, ich könnte sie damit vielleicht zum Lachen bringen. Aber statt dessen fiel sie mit einem Male direkt vor mir auf die Knie und vergrub ihr Gesicht in meinem Schoß.

»Aber nicht so wie du«, konnte ich verstehen. »Du strahlst von innen, du leuchtest. Gleich als ich gestern zur Tür reinkam, hab' ich dich gesehen. Ich wußte, daß du die Frau bist, die die Bücher schreibt. Ich hab' dich schon oft beobachtet, in den Seminaren, in der Cafeteria. Schon als ich dich das erste Mal gesehen habe, wußte ich, daß du zu mir paßt und daß ich dich irgendwann kriegen werde. Ich wollte dich vom ersten Augenblick an.«

Ihr warmer Atem erhitzte meine Schenkel. Mir wurde flau.

Ihr Begehren war wie eine gewaltige Faust, die sich mir in den Magen bohrte. Mein Kopf setzte an zu einer Achterbahnfahrt mit Doppellooping.

Sie hatte mich schon vorher gekannt? Sie hatte es auf mich abgesehen gehabt?

»Verstehst du mich?« Jedes Wort eine Welle von feuchter Hitze an meinen Beinen. »Ich möchte von dir lernen. Eine wie du hat viel zu geben. Wärme. Freundlichkeit. Geist. Ich kann dich nur begehren, mit aller Kraft. Spürst du es?«

Ich hätte es nicht besser ausdrücken können.

»Ich werde dir alles geben, was du brauchst. Glaub mir.«

Sie log. Nicht weil sie lügen wollte. In ihrem eigenen privaten kleinen Spielfilm, den Pe eigentlich immer drehte, war sie in diesem Augenblick tatsächlich diese Frau, die lernen und lieben und geben wollte. Und allein dieser Augenblick zählte: Ich fiel darauf herein.

Ich verwechselte Pe mit der Frau, auf die jede kleine

Szenelesbe ihr Leben lang wartet. Ich hoffte, daß sie »diejenige welche« wäre.

»O. k.«, sagte ich leise. Jedes laute Wort hätte mein Kopf sofort bestraft. »Versuchen wir es.«

Und das taten wir dann. Ein Jahr lang.

Als wir unsere Becher zu zwei freien Plätzen auf den Heizungen balancierten, vermied ich es bewußt, zu Sebastian hinüberzugucken.

Ich konnte sein gelbes Halstuch blinken sehen. Pes Klamotten zuckten hektisch um sie herum. Sie trug immer weite Hosen und wehende Hemden aus Stoffen, die ich und mein Portemonnaie nur aus der Ferne zu sehen bekamen. Pe erzählte stets, ihr Vater verwöhne sie gern.

In Wahrheit tröstete er sie mit einem großzügigen monatlichen Scheck über die Tatsache hinweg, daß er in seiner neuen Familie glücklicher war, als er es mit Pe und ihrer Mutter je gewesen war.

Auf den Heizungen war es sehr eng. Pes Oberschenkel berührte meinen. Meine Nachbarin auf der anderen Seite wandte den Kopf und sah mich warnend an, als ich ihr zu sehr auf die Pelle rückte.

»Dann erzähl doch mal, wie es dir da oben im Norden so ergangen ist!« Meine betonte Munterkeit löste bei Pe ein klägliches Lächeln aus. Offensichtlich war es ihr peinlich, nach ihrem groß inszenierten Verschwinden aus der Bochumer Szene nun doch wieder hier angekommen zu sein.

»Ich wette, du hast die Geschichte inzwischen schon hundertmal gehört. Karin erzählt sie doch überall herum.«

»Ich habe Karin schon lange nicht mehr gesprochen«, erwiderte ich.

Tatsache war, daß ich mit dem ganzen verkorksten Haufen von Pes sogenannten Freundinnen nichts mehr am Hut hatte.

»Kein Kontakt mehr?« Pes Anspannung steigerte sich noch einmal für eine Sekunde, um dann mit meinem Kopfschütteln in sich zusammenzufallen.

»Sie ist auch ein echtes Klatschmaul«, sagte sie und schlürfte befriedigt an ihrem Kaffee. Nun hatte sie allein es in der Hand, mir ihre Version dieser Geschichte zu servieren.

»Ach, es ist schön, wieder hier zu sein, Rike! All die bekannten Gesichter. Aber Hamburg war auch toll, das sage ich dir. Du hättest dabeisein sollen: Die Frauen in meiner WG waren große Klasse. Sie haben eine Willkommensparty organisiert, damit ich gleich alle wichtigen Frauen kennenlerne. Du weißt schon, alle, die so mit Kunst und Kultur zu tun haben. Ein paar Bildhauerinnen haben mich auch gleich eingeladen, sie zu besuchen. Sie haben einen großen Gutshof, mit allen möglichen Tieren. Schafe und Hühner und so. Irre, nicht?« Pe war in ihrem Element. Wenn sie auf Touren kam, schwirrte der Raum vor Fotografinnen, Künstlerinnen, Großgrundbesitzerinnen, die alle sehr lieb zu ihr und auf ihrem jeweiligen Gebiet sehr wichtig waren.

Ich mußte lachen. Pe brach abrupt ab und schwieg.

»Tut mir leid. Es ist nur … Du bist immer noch wie früher, weißt du.«

Sie sah mich traurig an. »Was meinst du damit?«

»Ich erinnere mich an eine niedliche Profilneurose.

Wirklich süß. Aber jetzt erzähl weiter! Wie kam es, daß du bei den wichtigen Frauen der Hamburger Kunst und Kultur dann doch nicht bleiben wolltest?«

»Verarsch mich nicht!«

»Pe!«

Gegen diese grauen Augen den Ringkampf zu gewinnen war mir immer schwergefallen. Aber schließlich kapitulierten sie doch vor Braun und Blau.

Einen Moment lang konnte ich Pe erkennen. Ich sah ihre unveränderten Gefühle für mich und ihre Hilflosigkeit, weil sie mir hier auf einer graugestrichenen Uniheizung unterlag.

»Ich habe dich noch gar nicht gefragt, wie es dir geht«, wich sie aus. »Du siehst glücklich aus.«

Also konnte auch sie noch in meinem Gesicht lesen.

»Ja, es geht mir prima.«

»Und den anderen?«

»Denen geht's auch gut.«

»La belle et la bête? Paula? Helmes?«

»Gut. Und dir?«

Pe lehnte sich weit zurück gegen die Fensterscheibe. »Ausgezeichnet!«

Schweigen. Pe trank ihren Kaffee in hastigen kleinen Schlucken. Wie schaffte sie es bloß, ihren Lippenstift dabei nicht zu verschmieren?

Drüben Bastians Halstuch. Gelb wie Sonnenblumen.

»Du schreibst natürlich noch?!«

»Natürlich.«

»Ich habe auch kürzlich wieder etwas Neues fertiggestellt. Eine Kurzgeschichte. Ich würde sie dir gerne mal zeigen, wissen, was du davon hältst. Vielleicht können wir uns ja mal zusammensetzen?«

»Ich weiß nicht, Pe. Muß das sein? Dir geht es doch nur darum, mich zu treffen. Aber ich würde mir deinen Text wirklich vorknöpfen, und du weißt, was dabei herauskommt: Ich werde dir sagen, daß die Geschichte schlecht ist und du unbegabt bist, du wirst wütend werden und dir eine Schere in den Handballen rammen. Wenn du mich gerne treffen möchtest, dann sag es doch einfach. Aber ich werde wahrscheinlich nein sagen.«

Pe stellte sehr ruhig ihren Kaffeebecher ab. Ihre Hände knäuelten sich zu Fäusten auf ihrer hübschen Seidenhose.

»Du bist immer noch sauer. Aber ich geb' nicht auf. Das kannst du dir abschminken. Ich will ... ich möchte mit dir befreundet bleiben, wenn schon alles andere nicht mehr möglich ist.«

Oh, ich war mal wieder mittendrin in einem exklusiven Pe-Drama. Darin war sie ungeschlagen.

»Ich bin nicht sauer. Ich bin ehrlich zu dir. Das solltest du auch mal versuchen.«

»Ich versuche ...«

»Ganz ehrlich gesagt, habe ich mich gerade tatsächlich ein kleines bißchen gefreut, dich zu sehen. Wir hatten nette Zeiten miteinander. Aber nach drei Minuten Konversation mit dir hätte ich nichts dagegen, wenn du augenblicklich wieder in den sehr hohen Norden reisen würdest.«

Sie lachte, und ihr Gesicht geriet dabei aus den Fugen, wurde zu einer schiefen Engelsfratze.

»Ich weiß schon, was ich an dir gemocht habe«, sagte

sie leise. »Was ich an dir mag. Du bist spitz wie eine Harpune.«

»Du klingst obszön!«

»... und witzig bist du auch.«

»Flirtest du gerade mit mir?«

»Ich bin bereit. Du auch?«

Ich sah sie an und erkannte in ihrem frechen Lächeln die Pe, die einmal ihren Charme über mich versprüht hatte. Das war gewesen, bevor sie mich wie selbstverständlich zu ihrem Leben dazugehörig rechnete und sich immer wieder Abwechslung bei anderen Frauen suchte.

Und ich hatte ganz vergessen, wie es war, wenn sie sich um mich bemühte.

»Etwas zu spät, findest du nicht? Seit wir Schluß gemacht haben, brauchst du dir damit keine Mühe mehr zu geben.«

Pes Kieferknochen knirschten aneinander.

»Nicht wir haben Schluß gemacht! Du hast unsere Beziehung beendet«, preßte sie mit bittersüßem Blick heraus.

»He, Moment mal! Kann es sein, daß in deinem Kopf ein paar Tatsachen durcheinandergepurzelt sind? Ich erinnere dich gern an ein paar Frauen: Jutta, Andrea, Marion. Na?«

Meine Heizungsnachbarin konnte nicht widerstehen und musterte verstohlen zuerst mich und dann Pe. Ich konnte es ihr nicht verdenken. Was würde ich darum geben, in der Pause zwischen zwei langweiligen Seminaren unerwartet Zeugin eines Lesbendramas zu werden!

Pe sah sich vorsichtig um. Aber außer meiner stark interessierten Nachbarin schenkte niemand meinen lauten Worten Beachtung.

»Was haben denn diese alten Kamellen damit zu tun?« zischte sie. »Das haben wir doch wohl hinter uns, oder?«

»Wenn Marion hört, daß du sie nach einem halben Jahr als alte Kamelle bezeichnest, wird sie es vielleicht doch noch bereuen, daß sie wegen dir ihre Freundin verlassen hat, was meinst du?«

»Du Biest!« fauchte Pe. Ihre Zahnarzt-Tochter-Zähne machten sich beim Lächeln wunderbar, sahen aber jetzt nach bösen Bißwunden aus.

Ich blickte hinüber zu Sebastian. Aber der war schon gegangen. Ich fand das eine gute Idee, warf meinen Becher in den Abfalleimer und stand auf.

»Ganz ehrlich, Pe, ich glaube nicht, daß wir uns dazu eignen, Freundinnen zu sein. Mach's gut.«

Das war ein Abgang! Ein super Abgang, wie in einem Roman.

Ich wandte mich noch mal um.

»Weißt du eigentlich, daß dein Hemd ein ziemlich großes Loch hat?« fragte Pe.

Ich rannte, um die U-Bahn noch zu kriegen, und auch ein bißchen, weil mir nach Rennen zumute war. Bloß weg hier!

Die Türen schlossen sich. Die Bahn glitt aus der Station hinaus ins Dunkel.

Meine Stirn schmerzte, weil ich sie vor lauter Wut in starke Falten gekrampft hatte. Ich mußte ein paarmal mit den Augenbrauen wippen, um sie zu glätten.

»Du, das sieht komisch aus!« kicherte ein kleines Mädchen, das mir schräg gegenüber saß.

»Schscht!« machte ihre Mutter.

»Ich muß das machen, weil ich sonst hier eine Falte kriege. Siehst du, so ...«

Die Kleine starrte mich neugierig an.

»Bist du böse mit jemandem?«

»Tanja«, sagte die Mutter.

»Ja, das kann man wohl sagen. Ziemlich böse«, sagte ich.

»Wieso denn? Hat dich einer geärgert?«

»Tanja, still jetzt!« Die Frau verstand nicht, daß wir uns unterhielten. Ich blinzelte Tanja zu und wippte noch mal mit den Augenbrauen. Sie kicherte verstohlen.

»Wieso denn? Hat mich eine geärgert?« Das hatte sie nicht. Nicht wirklich. Sie war einfach so gewesen wie immer. Und das allein reichte aus, um mich auf links zu ziehen. Und wieder auf rechts. Und wieder auf links. Bis ich mich in mir selber nicht mehr zurechtfand. Ich war durcheinander wegen diesem Hauch von Wiedersehensfreude, der weiß der Himmel was bedeutete, und der darauf folgenden Enttäuschung über dieses dumme Gespräch.

Es war nicht fair von Pe gewesen, mich so zu überfallen, sagte ich mir. Aber sosehr ich auch versuchte, vor mir selbst eine Entschuldigung zu finden, es wurmte mich ungeheuerlich, daß sie – und nur sie – mich dazu brachte, unter die Gürtellinie zu zielen. Autsch.

Pe hatte unrecht. Ich war nicht wütend auf sie.

Und die kleine Tanja mir gegenüber hatte auch nicht die volle Wahrheit erfahren: Ich war böse. Ziemlich böse war ich. Aber nicht mit »jemand anderem« ... in diesem Fall war ich es selbst, die ich gern an die Wand klatschen wollte. Ich war grandios stinkig – auf mich.

Ich kramte nach meinem Notizbuch und kaute kurz am Kuli, bevor mir die richtigen Wörter einfielen:

»Sie war eine Idiotin, die sich selber nicht verzeihen wollte«, kritzelte ich. *»Sie wollte sich die einfache Tatsache nicht vergeben, daß sie sich geirrt hatte. Sie hatte geglaubt, eine Frau zu lieben. Aber in Wahrheit kannte sie diese Frau gar nicht. Sie hatte ein Jahr damit verbracht, einer völlig fremden Frau Seitensprünge zu verzeihen. Sie war dumm gewesen. Dumm in der Liebe. Konnte es etwas Schlimmeres geben?«*

Als ich das letzte Wort geschrieben hatte, starrte ich auf die Seite. Ilonas tiefe Waldhornstimme war plötzlich ganz deutlich zu vernehmen, als stände sie neben mir: »Nur weil du nicht willst, daß Pe noch Einfluß auf dich hat, richtet sich dein Hirn nicht darauf ein. Es liegt vollkommen auf der Hand, daß du Pe noch nicht verarbeitet hast. Du brauchst noch Zeit. Und du brauchst offensichtlich die etwa vierhundert Schreibmaschinenseiten, um über sie hinwegzukommen.«

Ich haßte es, wenn Ilona recht hatte.

Aber in meinem Roman gab es doch nicht nur fragwürdige Gefühle, die ihr Haltbarkeitsdatum überschritten hatten!

Hastig krakelte ich weiter: *»Als sie auf den Bahnsteig hinaustrat, fühlte sie sich wundervoll erleichtert und befreit. Alte Lieben sollten abgestreift werden wie ... eine zu eng gewordene Haut ...«* Oh, nein, das konnte ich nicht schreiben! Ich strich *»eine zu eng gewordene Haut«* durch und schrieb: *»muffige Socken!«* Ja, das war großartig! »Muffige Socken« sagte ziemlich genau das, was ich empfand, wenn ich auf Pe traf. Klamm. Stinkig.

Der Wechsel einfach überfällig! *»Sie wollte sich Neuem zuwenden, um es zu ergründen und zu genießen. Also schritt sie durch die Bahnhofshalle auf eine Telefonzelle zu. Die Nummer kannte sie bereits auswendig. ›Hallo?‹ meldete sich die, die es zu ergründen und zu genießen galt. ›Ich bin es‹, sagte sie. ›Ich habe gerade endgültig mit der Vergangenheit abgeschlossen und wollte dir nur sagen: Ich möchte dich gern näher kennenlernen.‹ Ein liebevolles Lachen war die Antwort. ›Komm doch vorbei!‹ sagte sie.«*

Die Türen schlossen sich wieder. Ich hastete gerade noch rechtzeitig durch den Spalt. Fast hätte ich jetzt meine Station verpaßt.

Ich rannte über den Bahnsteig, durch die Halle, direkt zur nächsten Telefonzelle. Der Mut, den Romanfiguren haben, trieb mich an.

Karolins Nummer kannte ich auswendig. Nach dem zweiten Tuten hob sie ab.

»Hallo?«

»Hallo, ich bin es, Frederike«, stammelte ich und vergaß, den Rest zu sagen.

»Frederike. Schön, daß du anrufst.«

»Tja, ich dachte, es wäre nett, wenn ich mich noch mal melde, immerhin ist es schon etwas her, seit wir ...«

»Drei Tage, ja«, erwiderte Karolin.

»Oh, drei Tage ... erst?!«

Sie antwortete nicht. Und ich stellte fest, daß mein Kopf nichts enthielt außer Hirnwasser oder irgendeine Flüssigkeit, die hin und her schwappte und mir ein leichtes Schwindelgefühl verursachte.

»Tja ... warum rufst du denn an?« fragte Karolin.

Ich sah sie vor mir, mit ihrem knallkurzen schwarzen Haar und den blauen Stoppschildaugen, wie sie mit der Hand das Kinn stützte und schmunzelte. Das war ein Bild vom letzten Samstag. Ihre Freundin Nele hatte sie zum Lächeln gebracht, und mein Kopf hatte es fotografiert. Aber konnte ich ihr sagen, daß ich seit drei Tagen, die mir wie mindestens eine Woche erschienen waren, ihr Gesicht vor mir sah? Ihr lächelndes Gesicht – ohne Blautöne.

Das konnte ich ihr doch unmöglich sagen. Etwas anderes fiel mir aber nicht ein.

Ich war gerade dabei, mich komplett zu blamieren. Panisch kramte ich in meiner Unitasche und zerrte mein Notizheft hervor. Die letzte Seite mußte es sein!

Sag es, Frederike! Sag es!

»Ich dachte gerade an … muffige Socken«, sagte ich.

Karolin träumte.

Sie ging über einen staubigen Weg, zwischen Feldern hindurch. Zu ihrer linken ein Sonnenblumenfeld, das sich bis zum Horizont erstreckte. Die Blumen hatten Gesichter und Stimmen. Sie riefen nach Karolin. An einer Wegkreuzung verlangsamte sie ihren Schritt. Sie betrachtete die Wege, die von dort fortführten und die sich ähnelten wie ein Ei dem anderen. Trotzdem wußte sie, daß die Wege zu ganz unterschiedlichen Zielen führen würden.

Sie entschloß sich dazu, geradeaus weiterzugehen.

Da bog aus einem kleinen Seitenweg eine Frau ein und schlenderte vor ihr her, ohne sie anzusprechen.

Karolin beschleunigte ihren Gang, um der Fremden

ins Gesicht sehen und sie erkennen zu können, aber die war immer ein paar Schritte voraus.

Plötzlich endete der Weg abrupt in einem steilen Abgrund. Karolin konnte nicht mehr rechtzeitig anhalten und stürzte in die Tiefe.

Auch die Fremde fiel hinunter, und noch im Sturz blickte Karolin sie an und erschrak. Sie erkannte ein junges Männergesicht, das ihr sehr vertraut war. Aber bevor sie sich erinnern konnte, wer der Mann war, verwandelte sich das Gesicht und wurde zu dem einer jungen Frau, die zwei Brillen gleichzeitig trug, eine auf der Nase und eine auf der Stirn. Auch dieses Gesicht verschwand, bevor Karolin es erkannte. Und mit einemmal schien das Gesicht nur noch aus zwei Augen zu bestehen, zwei unterschiedlich farbigen Augen, die in Karolin hineinsahen wie mit Röntgenstrahlen. In diesem Augenblick landete Karolin mit einem harten Schlag. Und als sie sich umblickte, erkannte sie, daß die Klippen, über die sie gestürzt war, die Seiten eines riesigen, gewaltigen Terminkalenders waren. Turmhohe Blätter erhoben sich vor ihr. Und sie waren vollkommen weiß.

6. Kapitel

BEGINN

Obwohl die meisten Geschichten-Erzählerinnen chronologische Abläufe schätzen, kann es von Zeit zu Zeit passieren, daß sich der Beginn nicht am Anfang befindet und umgekehrt.

Ich stand in der Tür und wartete, daß die beiden heraufkamen. Ilonas tiefe Stimme dröhnte durch das Treppenhaus, Belle lachte hell. Eine Brötchentüte raschelte.

»Warum kommt ihr so spät?«

»Du kannst dir nicht vorstellen, was Samstag morgens alles geschehen kann«, keuchte Belle die letzten Stufen herauf. Sie küßte mich und stolperte mit ihren klobigen Gesundheitsschuhen in meine Wohnung.

Ilona lächelte nachsichtig und küßte mich zärtlich auf den Mund.

»Zuerst hat mein Wecker nicht geschellt. Aber das ist ja in Ordnung, weil doch sowieso die Katzen da sind, um mich zu wecken. Aber ausgerechnet heute brachte Tolstoi mir eine Ratte. Keine Maus, Frederike! Es war eine ausgewachsene Ratte! Und sie lebte!«

»Tolstoi findet wahrscheinlich, es sei an der Zeit, daß du das Jagen lernst«, bemerkte Ilona.

»Bis ich das Vieh eingefangen hatte, verging eine halbe Stunde. Und dazwischen immer Bête mit ihrem ewigen ›Was soll ich anziehen?‹ ... übrigens, schöne Grüße von ihr! Sie ist zum Frühstücken zu Nele gefahren. Deswegen auch dieser Aufstand um ihre Klamotten.«

»Und?«

»Was ›und‹?«

»Na, was hat sie denn jetzt angezogen?«

»Die Levis-Jeans und ... Frederike! Du machst dich über uns lustig!«

»Keine Spur! Setzt euch, packt die Brötchen aus. Ich sterbe vor Hunger.«

Sie folgten meinen Anweisungen.

»Als diese blöde Ratte endlich raus war, schellten nacheinander der Paketdienst, Frau Breier, die sich wieder mal beschweren wollte, und die Zeugen Jehovas. Meine Güte, was für ein Morgen. Ich könnte Thomas Mann zitieren, der in derartigen Fällen zu sagen pflegte ›C'est une mer à boire‹, was so viel heißt wie: Das ist zu weitläufig. Ich zeigte bereits um 9.15 Uhr Streßerscheinungen. Und das an meinem freien Samstag!« schloß Belle und griff nach einem Vierkornbrötchen, das aussah, als würde sie sich daran einen Zahn ausbeißen.

Ich suchte in der Tüte nach den bewährten weißen. »Es sieht also so aus, als würde Bête das Rennen machen, oder?«

»Natürlich. Sie ist doch mein Zwilling.«

»Soweit ich weiß, hat Paula noch keinen Punkt

machen können. Karolin scheint sie nicht besonders aufregend zu finden«, erzählte ich.

»Schwingt da etwa Triumph in deiner Stimme mit?« erkundigte Ilona sich.

»Ich habe auf Bête gesetzt.«

»Ist das alles? Vielleicht möchtest du, daß Karolin dich statt Paula aufregend findet?«

Belle pfiff durch die Zähne. Ich lachte. Ihre gute Laune brauste über mich hinweg wie ein kleiner Orkan. Sie rissen mich einfach mit.

»Ich glaube nicht, daß ich da große Chancen hätte«, gestand ich meinen grinsenden Freundinnen. »Ich habe mich erst Dienstag noch bei ihr gründlich blamiert. Ich hatte nämlich Pe an der Uni getroffen und war vollkommen aufgelöst. Im Bahnhof kam ich dann auf diese bekloppte Idee, Karolin anzurufen und ihr etwas aus meinem Roman zu erzählen ... Aber als ich sie an der Strippe hatte, fiel mir kein einziges gescheites Wort mehr ein. Ich muß ziemlich blöde rumgestottert haben.«

Belle lachte. Ihre Brillengläser blitzten. Ilona sah mich sonderbar an. Ihr Mund lächelte, aber aus ihren Augen verschwand das Vergnügen.

»Apropos Roman«, sagte sie und zog die ersten vier Kapitel meines Manuskripts aus ihrer Leinentasche. »Hier hast du die Probelesung zurück.« Weiter sagte sie nichts. Belle schüttelte den Kopf, als ich sie fragend ansah. »Ich will nichts Unfertiges lesen. Wahrscheinlich weißt du jetzt noch nicht, wie das Ganze ausgehen wird. Das ist nichts für mich.«

In etwas gedämpfterer Stimmung aßen wir.

»Wollte Helmes nicht mitkommen?« Sie fehlte mir

nicht. Ich fragte nur Belle zuliebe. Helmes selbst vermißte ich nicht.

»Sie ist heute morgen beim Training. Mit Karin«, brummte Belle.

Karin. Pes Busenfreundin aus vergangenen Tagen.

»Wie kommen sie denn dazu?«

»Ein Relikt aus deiner Zeit mit Pe. Ich weiß auch nicht, was Helmes an ihr mag. Ich halte sie für ziemlich oberflächlich und ...« Belle suchte nach einer höflichen Umschreibung, wie es ihrer sanften Art entsprach.

»Sie säuft!« half Ilona ihr radikal. Belle nickte. Sie selber hätte es wohl nicht ausgesprochen.

»Vielleicht kann Helmes dann heute abend das Geheimnis um Pes Rückkehr lüften. Als ich Pe neulich an der Uni traf, wollte sie nicht damit herausrücken, wieso sie es in Hamburg nicht ausgehalten hat«, sagte ich.

Ilona grunzte.

»Sie ist gegangen worden. So würde ich es nennen. Konnte mal wieder ihre Hände nicht bei sich behalten.«

Mein Adrenalin setzte zur Flutung meiner gesamten Einmeterachtundsechzig an. »Aha«, brachte ich nur heraus, was soviel hieß wie »deshalb wollte sie es mir nicht sagen!«. »Unser bevorzugtes Streitthema.«

»Das war doch vorauszusehen«, erklärte Ilona altklug. Belle schwieg weise.

Ich fixierte das Käsemesser in meiner Hand.

Daß ich es anfangs nie gemerkt hatte, lag an meinem Vertrauen in die Menschen, denen ich mich verbunden fühlte. Es hatte Monate gedauert und unzählige dezente Hinweise mitfühlender Frauen, bis ich geschnallt hatte, daß Pe mir von Anfang an nicht treu gewesen war. Und dann war es nicht die Tatsache der sexuellen Untreue, die mich so erschütterte, sondern die Gewißheit von Betrug und Verrat. Dieses bittere Gefühl, das enttäuschtes Vertrauen zurückläßt.

»Enttäuschtes Vertrauen?« wiederholte Ilona. Ich hatte meine Gedanken mal wieder laut ausgesprochen. »Ich könnte es auch Naivität nennen – ausgenommen einige spezielle Fälle.«

Sie sah mich über den Frühstückstisch hinweg scharf an. Das tat sie immer, wenn sie es wagte, eine solche Anspielung zu machen. Eine Anspielung auf eine Nacht, in der scheinbar die Welt kopfstand und die am nächsten Morgen niemand lieber ausgelöscht hätte als Ilona selbst, als sie in Pes Bett aufwachte. Ihr scharfer Blick galt mir und meinem Glauben an sie. Er besagte, daß etwas, was so sehr bereut wurde, beinahe als ungeschehen betrachtet werden könnte. Ihr lag sehr viel daran. Also entließ ich das Käsemesser aus meinem Blick und erwiderte Ilonas Lächeln.

Als Belle laut einatmete, merkte ich erst, daß sie die Luft angehalten hatte, während sie uns zusah.

»Aber ich hatte recht mit meiner Vermutung. Dein Roman wimmelt nur so von Pe und immer wieder Pe«, grinste Ilona.

»Dies ist meine liebe Freundin Ilona«, sagte ich zu Belle. »Sie liest belletristische Literatur nur zu analytischen Zwecken. Ein hoffnungsloser Fall.«

»Aber auch, wenn ich eine begabte Analytikerin meiner Freundinnen bin, verstehe ich trotzdem nicht immer alles.« Ilonas selbstgefälligen Augenaufschlag liebte ich ganz besonders. »Ich verstehe nicht, was die Exkurse über die Clique bedeuten sollen. Da kommt Neues hinzu, das im Grunde nicht dazugehört. Und da ich ja weiß, daß das Ganze autobiographische Züge trägt, mache ich mir so meine Gedanken … Es könnte immerhin sein, daß nicht nur die Realität Einfluß auf deinen Roman, sondern auch dein Roman Einfluß auf die Realität gewinnt. Sehr beängstigend! Es ist nicht in meinem Sinne, daß unser aller Freundschaft langsam zerbröselt und ersetzt wird durch … Bindungen anderer Art.«

»Unsinn!« warf Belle kauend ein. »We're a family, oder?! Was soll das mit dem Zerbröseln, Frederike?!«

»Lies es selber!«

»Etwas Unvollendetes? Niemals!«

»Selbst schuld, wenn du das mit dem Zerbröseln nicht verstehst.«

Ich war überrascht über Ilonas Sicht der Realität, wie sie es nannte. Sie war in jeder Hinsicht ein Mensch der Ratio, des Verstandes. Ich hätte nicht vermutet, daß sie sich meinem subjektiven Blick derartig versperren würde. Trotzdem versuchte ich, ihren Standpunkt zu verstehen.

»Findest du es unglaubwürdig?« fragte ich. Aber Ilona hatte sich ihren nächsten Schritt bereits sorgfältig überlegt und gestattete keine Ablenkung.

»Was mich noch beschäftigt: Wer um alles in der Welt ist diese geheimnisvolle, dunkelhaarige Frau, die im zweiten Kapitel auftaucht? Entspringt sie deiner bemerkenswerten Phantasie? Oder sollte es sie vielleicht wirklich geben? Ich habe den Eindruck, daß du dir eine herbeischreiben willst, die in dein tatsächliches Leben gar nicht hineinpaßt, weder zu dir noch zu deiner … selbstgebastelten Familie.«

Ich mochte Ilonas Provokationen. Die Reibung zwischen uns erzeugte normalerweise genau den Wärmegrad, den unsere Freundschaft brauchte. Aber plötzlich, hier hörte der Spaß für mich auf.

»Ilona, du entzauberst ständig Dinge, indem du sie beim Namen nennst!« Das sagte ich zu laut und zu langsam, um es noch als scherzhaftes Kontern abzutun. Ilona starrte mich erschrocken an.

»Wie kannst du …?« begann sie, und brach ab.

Belle räusperte sich, hob ihren honigverschmierten Zeigefinger und sagte: »Bevor ihr euch jetzt wegen eines noch nicht vollendeten Romans in die Haare geratet, bedenkt bitte: Ich hatte heute morgen, an meinem freien Samstag, eine lebendige, pinkelnde Ratte in meinem Bettkasten. Ich finde, dagegen verblassen eure Probleme mit der Textanalyse!«

Ilona und ich sahen uns an wie zwei junge Hunde, deren spielerischer Kampf plötzlich ernst geworden war. Wir waren beide davon überrascht worden.

»Scheint so, als hätte ich mich etwas im Ton vergriffen«, brummte ich.

»Aber nur, weil ich mich in etwas einmische, das mich nichts angeht«, erwiderte Ilona mit belegter Stimme. Unser gesträubtes Nackenfell legte sich langsam wieder glatt. »Ich muß mal. Der Kaffee …«

»Ilona, hör mal«, rief Belle ihr noch nach. Sie war mit ihren Gedanken wieder bei Helmes und Karin angelangt. »Woher weißt du das mit Pe eigentlich?«

Mit einem leisen »Klack« schloß sich die Badtür hinter Ilona.

Sich Bête vorzustellen, wie sie an einer Arbeitsbank stand, den Hobel mit beiden Händen fest umschlossen, war einfach. Ruhige, kraftvolle Arbeit paßte zu ihr ebenso wie das leise Niederrieseln der duftigen Holzspäne.

Nele hatte erzählt, daß Bêtes Halsbeuge danach roch. Wie ein junges Pferd, das sich an einem Baumstamm geschubbert hatte.

Sie saßen um den kleinen Tisch in Neles Wohnung. Eigentlich hatte es ein samstägliches Frühstück zu zweit werden sollen. Zwei Freundinnen, die sich auch schon um 10 Uhr morgens etwas zu sagen haben, keine Anlaufzeit von ein bis zwei Bierchen brauchen. Aber als Bête angerufen hatte, war bereits nach den ersten Worten klar gewesen, daß es heute anders laufen würde.

Karolin sah ihr zu, wie sie Marmelade auf ein Sesambrötchen häufte und dann mit ihren großen Zähnen hineinbiß.

»In der Werkstatt haben wir momentan so viel zu tun, daß ich heute auch gebraucht würde. Aber ich habe gesagt, Wochenende muß auch mal sein. Frühstück bei einer entzückenden Ex-Münchnerin«, sagte sie mit vollem Mund.

Nele strahlte über den Tisch. Ihr Gesicht war reinste Wonne. Mit den Gedanken war sie offensichtlich beim Begrüßungskuß steckengeblieben.

»Es macht wahnsinnig Spaß, da zu arbeiten. Ich habe meine Lehre in einem anderen Betrieb gemacht, bei einem Mei-st-er«, sie sprach das Wort langgezogen, als ekele sie sich davor. »Die Frauenwerkstatt ist etwas vollkommen anderes. Unsere Meisterin ist eine Feministin der ersten

Stunde. Sie hat mir geholfen, gegen meinen alten Meister zu klagen, weil ich unterbezahlt worden bin. Ich habe deutlich weniger verdient als die Jungs im Betrieb.«

»Ist das nicht üblich?«

Bête erwiderte Karolins Blick mit offensichtlichem Anflug einer Gänsehaut.

»Üblich? Wenn politisches und soziales Unrecht üblich ist, heißt das doch nicht, daß frau es dulden darf! Kämpferischer Einsatz ist auf allen Lebensebenen gefragt«, erklärte sie.

»Ich wollte nur wissen …«, begann Karolin.

»Hast du den Prozeß gewonnen?« fragte Nele.

»Natürlich. Ich hatte eine wahnsinnig gute Rechtsanwältin. Sie sagte, frau kann nicht immer den anderen das Kämpfen für unsere Rechte überlassen und sich selber auf deren Siegen ausruhen. Immerhin machen wir mit jedem dieser kleinen Gewinne einen winzigen Schritt nach vorn: Raus aus den patriarchalen Zwängen!«

»Ja, sicher«, beeilte Nele sich zu sagen.

»Wir alle können etwas beitragen«, fuhr Bête mit ihrem Plädoyer fort. »Belle zum Beispiel in ihrer Buchhandlung. Ihr würdet euch kaputtlachen, wie subtil sie die Kundinnen und Kunden berät. Sie ist genial, wenn sie etwas vertritt, wovon sie wirklich überzeugt ist. Seit sie in dem Laden arbeitet, hat sich der Umsatz von linker und feministischer Literatur verdoppelt. Ihre Hochform erreicht sie aber in der Vorkommunionszeit. Unzählige alte Tantchen und Onkels kaufen am Ende ganze Stapel mit lesbischen Mädchenbüchern und sind dabei sicher, für die Entwicklung ihrer Nichten oder Nachbarstöchter einen immens wichtigen Beitrag zu leisten.«

»Sie muß über ein geniales Mundwerk verfügen«, stellte Nele beeindruckt fest.

»Belle ist wundervoll!« lachte Bête und strich über Neles Knie, das sich unter dem Tisch nah an ihrem befand. Nele mußte schlucken. An ihrer Oberlippe hing ein Brötchenkrümel, den sie über dieser Berührung glatt vergaß.

Karolin begegnete kurz Bêtes Blick, der selbstsicher und heiter war, aber ernst wurde, als Karolin ihn erwiderte. Karolin wußte, daß sie Bête seltsam vorkommen mußte, mit ihrem glatten Gesicht, das gelernt hatte, keine Regung zu zeigen.

Nele dagegen wurde rot, wurde blaß, zeigte lachend ihre Zähne und spielte mit den Fingerspitzen im Dekolleté. Und Bête sah das alles. Ebenso wie sie bei Karolin das stumme Beobachten sah, die totale Kontrolle. Und das irritierte sie.

Karolin wußte es, aber sie wollte sich nicht anstrengen, normaler zu erscheinen. Sie wollte sich nicht mal eingestehen, daß sie es gern hätte, wenn Bête sie mögen würde. Denn sie selber mochte Bête. Sie mochte diese frischverliebte Fünfundzwanzigjährige, deren Hände von der Arbeit mit Holz etwas rauh waren, deren Schultern sich rund und weiblich unter dem T-Shirt abzeichneten, deren rechtes Ohr mit sieben Silberringen durchstochen war. Karolin mochte sie auch deshalb, weil durch Bêtes Gesicht immer auch das von Belle hindurchschimmerte. Eine solche Schwester war immer Karolins brennender Wunsch gewesen. Ein Zwilling. Eine, die einem näher ist, als jede andere es je sein könnte.

Als Karolin noch klein war, hatte sie sich vorgestellt,

die Seele sei ein Organ wie die Leber oder die Lunge. Und Zwillinge, da war sie ganz sicher gewesen, durchdrangen einander bis in die letzte Zelle dieses kostbaren Gewebes.

»Ilona muß sich oft dumme Sprüche anhören«, sagte Bête-Zwilling gerade, die immer noch dabei war, die feministischen Aktivitäten ihrer Freundinnen in ein vorbildliches Licht zu rücken. »Von wegen ›Frau im Männerberuf‹ und so. Die Kerle scheinen zuerst nicht zu begreifen, daß sie wirklich gut ist in ihrem Job. Meine Güte, ich verstehe nichts von diesem Computerscheiß, ehrlich. Aber ich weiß, daß Ilona Spitze ist. Wenn die Typen es dann merken, bekommen sie einen riesigen Schreck, Konkurrenzangst: ›Eine Frau, die besser ist als sie. Das kann doch nicht sein.‹ Wäre Ilona nicht so souverän, wäre sie bestimmt schon mit einem dieser Ärsche aneinandergeraten. Aber sie bleibt cool, läßt sich nicht beirren.«

Bête klang so stolz, wie sie all das erzählte. Karolin konnte zusehen, wie Nele auf ihrem Küchenstuhl ein Stückchen in sich zusammenschrumpfte. Und auch sie selbst fragte sich, wie sie bei solch feministischer Power mithalten sollte.

»Du klingst, als befänden wir uns im Krieg«, bemerkte Karolin.

»Nicht wir haben ihn erklärt!« Bête deutete mit ihrem Marmeladenbrötchen heftig zum Fenster und auf die Straße, wo sich ihrer Meinung nach das Schlachtfeld befand. »Eine Kriegserklärung liegt nicht in der weiblichen Natur. Frauen sind von Natur aus Pazifistinnen. Wußtest du das nicht?«

»Nein. Du meinst genetisch?«

»Ich meine idealistisch!« trompetete Bête.

Karolin versuchte unbeeindruckt zu bleiben von Bêtes hitzigen Worten und dem kämpferischen Leuchten in ihren Augen.

»Du meinst Thatcher war keine Idealistin?«

»Nicht auf meine Weise!«

»Deine Weise?«

»Meine Weise!« wurde wiederholt.

Karolin ließ ihre rechte Augenbraue etwas zucken. Das brachte die meisten Frauen auf den Boden der Tatsachen zurück. Den Boden, auf dem Karolin sich niemals auf Leidenschaft und wortstarke Gefechte einlassen würde. Bête schien irritiert. Nele bröselte nervös an einem Croissant herum.

»Interessiert es dich, ob Frederike gegen die patriarchalen Zwänge protestiert?« fragte Bête, um einzulenken. »Dem Dauerlauf neulich um die Hausecke, hinter ihr her ... Wir waren alle ganz schön verdutzt. Versteht ihr euch gut?«

Was für eine Indiskretion. Karolin sah sprachlos zu Nele.

»Natürlich«, sagte die. »Frederike ist doch sehr nett.«

»Nett«, erwiderte Bête und grinste verschmitzt. »Und intelligent, und wirklich süß. Sie ist eher eine Träumerin als ein politischer Mensch, aber sie hat trotzdem ihren eigenen Weg gefunden, um ihren Widerwillen gegen unsere Gesellschaft zum Ausdruck zu bringen: Sie schreibt. Sie veröffentlicht Kurzgeschichten und so was. Natürlich alles lesbische Geschichten.«

»Davon hat sie gar nichts gesagt«, schwappte es aus Karolin heraus.

Eigentlich hatte sie es nur denken wollen. »Auf dem Spaziergang hat sie erzählt, daß sie Bücher liebt und in einem Notizbuch Sätze aufschreibt, die ihr gefallen. Aber sie hat keine Geschichten erwähnt.«

Bête betrachtete sie neugierig.

»Das hat nichts zu bedeuten. Sie spricht nicht viel darüber. Sie schreibt es halt auf, und dann ist es da. Und wenn du Glück hast, kannst du es lesen. Sie schreibt nicht, um es wie ein Schild vor sich herzutragen, verstehst du?«

»Das hätte ich auch nie von ihr vermutet«, antwortete Karolin sehr ehrlich. Da war ein kleines Gefühl, wie ein Lächeln. Frederikes Stimme, die am Telefon atemlos lustiges Zeug von »muffigen Socken« erzählt hatte. Karolin lächelte ihr Brötchen an.

»Belle hat ja gemeint«, begann Bête und nahm einen Schluck Kaffee, um ihren Worten durch die Pause mehr Nachdruck zu verleihen. »Sie hat gemeint, daß du und Frederike euch schon kanntet, von früher, oder jedenfalls von vor dem Grillnachmittag. Verrückt, oder?«

Nele öffnete bereits den Mund, aber Karolin schaffte es gerade noch rechtzeitig, sie unter dem Tisch ordentlich zu zwicken.

»Autsch!«

»Tut mir leid, ich muß abgerutscht sein. – Ja, seltsam, wie kommt Belle denn nur darauf?!«

»Ich weiß nicht. Sie redet immer von Intuition, sie ist eine ulkige Nudel manchmal«, erklärte Bête.

Karolin sah Neles peinlich berührte Augen über dem Rand der Kaffeetasse.

Es war so offensichtlich, daß Bête sich immer auf die

Menschenkenntnis ihrer Schwester verließ und ihre Vermutungen keineswegs für »verrückt« hielt.

»Werdet ihr euch wiedersehen?« erkundigte Bête sich jetzt ungeniert.

Karolin fragte sich, ob Bête allen Ernstes eine Antwort darauf erwartete. Schließlich ging sie das doch nichts an.

Ging sie es etwas an?

»Ich schätze mal, das wirst du dann von Frederike selber schon erfahren.«

»Nur, wenn ich Glück habe«, grinste Bête, die sich keine Mühe machte, ihre Neugierde zu verbergen. »Auch wenn Frederike Dreh- und Angelpunkt der Clique ist, heißt das noch lange nicht, daß sie uns alles erzählt, was wir wissen wollen. Du könntest eine ganze Weile heimlich eine leidenschaftliche Affäre mit ihr führen, ohne daß eine von uns es merken müßte.«

Nele lachte laut. Karolin und heimliche Affären!

Und Karolin selbst mußte schmunzeln. Klatsch hin, Klatsch her, Bête kannte Frederike. Frederike gehörte zu ihr, und zu Belle, und zu Ilona, zu Paula und Helmes. Sie kannten einander, wie Freundinnen es eben tun. Natürlich wollten sie alles voneinander wissen. Eine tröstliche, vertraute Zuneigung verband sie. Karolin spürte so etwas wie Neid.

»Sorry, aber ich muß jetzt gehen«, sagte sie in Neles Lachen hinein.

»Aber ich dachte, du muß erst in einer Stunde arbeiten«, protestierte ihre Freundin schwach und versuchte, ein enttäuschtes Gesicht zu machen. Karolin konnte ihr aber ansehen, daß sie sich wünschte, Bêtes Hand würde für etwas länger als nur einen Augenblick auf ihrem Bein verweilen. Oder auch anderswo. Und insbesondere »anderswo« war nur möglich, wenn sie und Bête allein miteinander waren ...

»Ich habe noch was zu erledigen.« Karolin fing ein heiter dankbares Grinsen von Bête auf. Aber sie hatte keine Lust, deren Vermutung richtigzustellen. Denn sie hatte tatsächlich etwas vor.

Silberne Pappäxte baumelten als Dekoration von der Decke. Quer über die Scheibe war eine lilafarbene Armbrust geklebt. Die Holzregale reichten bis unter die Decke und waren vollgestopft mit Büchern. Eine Frau mit wildem Irokesenschnitt saß hinter dem ausgedienten Büroschreibtisch, der unter seiner Papierlast zusammenzubrechen drohte, und schaute nur kurz auf.

Der Laden war klein. Aber es waren so verdammt viele Bücher. Karolin hatte keine Ahnung, wo sie anfangen sollte. Unentschlossen stand sie mitten im Raum und las die Hinweise an den Regalen: Reiseführer, Krimis, Science Fiction, Autobiographien ...

»Kann ich dir helfen?«

Karolin haßte es, sich auf fremdem Terrain zu befinden. Wie eine Katze, der man die Barthaare gestutzt hatte, kam sie sich vor. Ihr Selbstbewußtsein fiel zusammen unter dem freundlich fragenden Blick.

»Ich suche Kurzgeschichten. Lesbische Kurzgeschichten.«

»Etwas Bestimmtes?«

»Ja«, sagte sie laut. »Von einer Frau, die hier lebt. Sie heißt Frederike ...« Sie kannte ihren Nachnamen nicht.

»Frederike, klar. Du mußt da vorn in dem Regal nachsehen, wo ›Lesbische Literatur‹ steht.« Diese Frau kannte Frederike? Klar. Dies war Bochum, nicht Berlin.

Karolin stand mit schiefgelegtem Kopf vor dem Regal und starrte hinein.

Was tat sie hier? Was versprach sie sich von diesem Unternehmen? Wollte sie überhaupt so viel über Frederike erfahren? Wollte sie wirklich eine Freundschaft mit ihr riskieren? Wurde sie damit nicht automatisch hineingezogen in diese Clique, die so ganz anders war als sie selbst? Was sollte sie mit Frederikes Freundinnen anfangen? Die waren alle so seltsam drauf. Diese feministischen Zwillinge. Oder Ilona, die gegen männliche Computerfachmänner kämpfte. Oder Paula, die Anmachern die Eier verbrühte. Konnte sie mit denen etwas anfangen?

Als Karolin sich gerade abwenden wollte, fiel ihr ein Buchtitel ins Auge, der vielversprechend klang. Es war ein Band über lesbische One-night-stands. Interessant.

Die Frau hinter der Kasse kramte in einer kleinen Kasse nach dem Wechselgeld und steckte ein Lesezeichen zwischen die Seiten.

»Verkauft sich gut«, nickte sie.

Karolin fühlte sich deswegen gleich wohler. Sie konnte als Kennerin gelten, wenn sie kaufte, was vielen anderen auch gefiel. Mutig lächelte sie.

»Stellt sich die Frage, ob aus reiner Neugierde oder aus dem Wunsch, etwas dazuzulernen«, grinste die Frau schelmisch. »Wenn du wieder mal hier vorbeikommst, kannst du mir ja mitteilen, ob du was gelernt hast.« Dabei hielt sie den Kopf leicht gesenkt und sah Karolin von unten herauf an.

Karolin gefiel dieser kleine Flirt, und weil sie seit ihrer kurzen Bekanntschaft mit Frederike und den anderen bereits gelernt hatte, erwiderte sie: »Das wird sich dann ohnehin rumsprechen.«

Jetzt lachte die Irokesenfrau laut. Und sie sah Karolin nach, als die auf die Straße hinaustrat.

Auf dem Weg zum Café hielt Karolin das Buch in der Hand und schwang es vor und zurück.

Das Spätsommerlicht auf den Gesichtern der Menschen stimmte sie fröhlich.

Es blieb noch Zeit bis zu ihrem Schichtbeginn, und so setzte sie sich mit einer Tasse Kaffee in den hinteren Raum und zündete sich eine Zigarette an. Sie schmeckte nicht. Nach wenigen Zügen drückte sie sie aus und schlug das Buch auf.

Im Inhaltsverzeichnis stand Frederike an letzter Stelle. Seite neunundneunzig. Eine Radierung auf der gegenüberliegenden Seite zeigte zwei ineinander verschlungene Frauenkörper. Luftblasen im Bild. Alles unter Wasser.

Karolin las.

Sie las eine Szenegeschichte über eine sehnsüchtige Frau, die vorgab, cool und abgebrüht zu sein. Es war eine schöne Geschichte, witzig und erotisch. Karolin lachte und bewunderte Frederikes Humor.

Aber dann fing es plötzlich an. Da schwang etwas mit. Als zupfe jemand an einer Gitarrensaite. Ein leiser, disharmonischer Ton. Der nicht verklang. Das Café wurde plötzlich kleiner und kleiner, während auf dem Papier alles größer und bedeutungsvoller wurde. Rauhe, grobe Seiten waren angefüllt mit Sehnsucht. Karolin wollte hineinschlüpfen in diese Geschichte. Sie wollte das alles erleben. Vielleicht ihre eigene Sehnsucht stillen, die sie sich noch vor einer halben Stunde nicht einmal selbst eingestanden hätte. Ihr Kaffee wurde kalt. Sie verpaßte zum erstenmal ihren Schichtbeginn. Ferdi sah sie sitzen und lesen, und störte sie nicht.

Als Karolin am Ende angelangt war, starrte sie noch ein paar Augenblicke auf den letzten Satz. Dann zündete sie sich noch eine Zigarette an. Auch die schmeckte nicht. Der Kaffee war kalt und zu süß.

Etwas hatte sich verändert.

Karolin sah auf die Uhr, sah Ferdi vorn ihre Gäste bedienen. Aber sie konnte doch jetzt nicht einfach aufstehen und arbeiten, wie sie es immer tat. Und genausowenig konnte sie diesen Spaziergang als eine Stunde müßiger Plauderei abtun. Es bedeutete ihr etwas. Sie hatte ein Gefühl.

Das Lesezeichen rutschte aus dem Buch und fiel vor ihre Füße. Als sie es aufhob, bemerkte sie das Zitat auf seiner Rückseite: *»Ob ihre zärtlichen Schauder Orgasmen waren oder nicht, wußte sie nicht. Und das machte nichts. Nach und nach kamen sie zu allem, sogar zum Lesen.« Isabel Miller*

»Das hat mir gerade noch gefehlt«, sagte sie und lachte. Aber plötzlich konnte auch ein Lachen sie hier nicht mehr herausretten.

Ich kam vom Spaziergang nach Hause und war müde. Nicht schläfrig und erschöpft, sondern müde; weil ich auf dem Rückweg Pes Straße gemieden und deswegen einen langen Umweg in Kauf genommen hatte. Ich hatte genug davon. Natürlich wußte ich, daß es kein Zeichen von Feigheit war. Es war einfach besser so. Aber dieses Wissen änderte nichts daran, daß ich mich feige fühlte.

Im Briefkasten steckten meine Telefonrechung, eine Notiz von Paula und ein sorgfältig gefalteter grauer Zettel.

Auf Paulas Zettel stand: »Ruf mich sofort an! Bin stocksauer, du Miststück!« Ich seufzte. Auch das noch. Paula drehte mal wieder ihren eigenen Film und war der Meinung, ich hätte irgendeine Todsünde begangen. Natürlich würde ich sie nicht anrufen.

Als ich den grauen Zettel öffnete, vergaß ich, weiter darüber nachzudenken.

In einer geraden, unsentimentalen Handschrift stand da: *»Sie hatten über dieses und jenes gesprochen. Und jetzt befanden sie sich im Niemandsland, irgendwo zwischen Fremdsein und Kennen.«*

Das war wohl der eigentliche Beginn.

7. Kapitel

BLAUE FLAMMEN

Naturwissenschaftliche Ereignisse fanden bisher keine Erwähnung in ihren Geschichten. Aber so wie alles andere entzieht sich auch das plötzlich ihrem Einfluß.

Ich trug den Zettel im Bund meiner Radlerhose und lief mit flatterndem Hemd über den Hof.

Ilona schritt würdevoll hinter mir die Stufen hinauf und hielt an der Kasse noch ein Schwätzchen, während ich mich bereits in den Saal schob.

Karolin hatte am Telefon gesagt, sie sei ab elf hier. Jetzt war es fast Mitternacht, weil Ilona noch vor ihrem Computer gesessen hatte, als ich zur Tür hereinstolperte.

»Komm her, ich zeig' dir das Spiel, das ich in der letzten Woche erweitert habe. Es ist jetzt noch um eine Stufe komplexer«, hatte sie gesagt und war auf ihrem Stuhl ein Stück zur Seite gerutscht.

»Warum bist du noch nicht fertig?« maulte ich. »Ich habe versprochen, daß ich um elf auf dem Schwof sein werde.«

»Wem?« erwiderte Ilona und sah mich merkwürdig an.

»Du bist auch nicht pünktlich. Hast du so lange gebraucht, um dich hübsch zu machen? Ich muß sagen, es ist dir wirklich gelungen. Schönes Hemd.«

Sie sah gekränkt aus.

»Tut mir leid. Aber würdest du jetzt bitte vorwärts machen? Ich möchte nicht noch später kommen.«

Sie stand auf und gab mir einen sehr innigen Kuß. »Klar.« Das hatte sie schon lange nicht mehr getan.

Jetzt drehte ich mich noch mal zu ihr um. Sie stand immer noch an der Kasse und winkte mir ein »Geh schon!« zu.

Im Saal sah ich Karolin in einem geringelten T-Shirt am Bühnenaufgang stehen. Ich sah sie immer zuerst, bevor sie mich sah.

Neben Karolin stand Nele, in deren mächtigen Arm sich Bête schmiegte. Alle drei sahen sie auf die Tanzfläche. Es war ein Bild von angenehmer Spannung. Voll von der Gewißheit, daß irgendeine hier sie beobachtete.

Karolin hob die Hand und strich sich durchs Haar.

Ich wußte, daß diese Geste alle täuschte. Karolin konnte ihnen etwas vormachen mit ihren T-Shirts und Jeans, mit ihrem krassen Haarschnitt und dem geraden Blick. Für alle anderen war sie eine Frau, die nicht um Ecken denkt. Unkompliziert. Eine von denen, die ganz einfach sagten: »Du bist ja eigentlich nett, aber ich brauche niemanden«, und das genauso ernst meinten, wie sie im Supermarkt an der Kasse eine Tragetasche ablehnten.

Aber ich wußte, daß Karolin keine von diesen Frauen war. Der Zettel in meinem Hosenbund, der mich in den Bauch kniff, hatte sie verraten. Was auch immer sie zu diesem Zettel hingerissen haben mochte, er hatte mir alles erzählt, was ich wissen wollte.

In dem Telefonat vor ein paar Stunden hatten wir gerade so viel Zeit, um uns zu verabreden. Zeit für mich, um den Zettel zu erwähnen. Zeit für Karolin, verlegen zu lachen. Dieses verlegene Lachen erschien jetzt auch auf ihrem Gesicht, als sie mich sah, wie ich mich mühsam vorwärts kämpfte. Ihre Brauen krümmten sich auf ihrer Stirn zu einem hilflosen Fragezeichen, statt sich gerade und stumm über ihre Augen zu legen.

Dieses Gesicht mochte ich sofort. Es kam mir der Verdacht, daß ich Karolin zu irgend etwas gebracht hatte, das ganz und gar außergewöhnlich für ihr Leben war.

Als ich die Stufen zur Bühne erklomm, gab mir ihr Blick das Gefühl, alle Stufen mit einem einzigen Schritt genommen zu haben. Sie machte mich verwegen.

Wir lächelten uns an, sie griff nach meinem Arm und ließ ihn sofort wieder los, als hätte sie der Mut verlassen. Sie sah so selbstbewußt, sicher und unbeirrbar aus – aber sie hatte nicht den Mut, meinen Arm länger als eine Sekunde zu berühren.

Bête zerrte mich in ihren Arm, drückte mich fest an sich und flüsterte mir ins Ohr: »Heute nachmittag ist es passiert!«

Über Bêtes Schulter hinweg lächelte ich Nele an.

Kaum hatte Bête mich aus ihren Krakenarmen entlassen, klebten sie und Nele wieder aneinander wie zwei miteinander verschlungene Kaugummis. Es kam mir komisch vor, daß neben Bête nicht auch Belles schmale, kahlköpfige Gestalt zu sehen war. Normalerweise waren die beiden doch unzertrennlich. Aber ich wußte, daß sich dies nach einer Weile wieder ändern würde und dann wie immer la Belle et la Bête der stärkere Kontakt sein würden, an den Nele sich anklicken müßte. Wie Moleküle, die nur die bestmöglichen Verbindungen eingehen, fanden die Zwillinge immer wieder zueinander. Als der erste feste Bestandteil einer beliebig vergrößerbaren molekularen Gruppe.

Karolin wollte meine Aufmerksamkeit für sich haben und nicht an unser beider Freundinnen verschwendet wissen. Sie zeigte auf die Tanzfläche und brüllte mir zu: »Selbst wenn ich bekifft wäre, würde ich so was nicht anziehen!«

Sie meinte eine Frau mit künstlich wirkendem karottenrotem Lockenkopf, die in einem grellgrünen Ledermini auf der Tanzfläche herumsprang.

»Du wirst dich an ihren Anblick gewöhnen müssen«, schrie ich zurück.

»Ich glaube, ich muß mich an vieles gewöhnen«, erwiderte Karolin und deutete vage in den Raum hinein.

Ich folgte ihrem Blick und kniff die Augen zusammen. Was meinte sie? Ich schaute und schaute.

»Was denn?« schrie ich schließlich.

Karolin lachte. Neles Strahlen färbte ein wenig auf sie ab, ließ Karolins Blau tiefer und schimmernder erscheinen, ein leichter Ton von Violett.

»Der Markt ist eröffnet!« brüllte Karolin.

Und dann sah ich es auch: Gebräunte Arme, die aus ärmellosen Blusen ragten, tiefausgeschnittene Bodyoberteile, deren untere Enden in verheißungsvoll gegürteten Designer-Jeans steckten. Frauen lehnten an Pfeilern oder Stehtischen und versuchten amüsiert und interessant auszusehen. Sie wußten, daß sie auf gar keinen Fall zu erkennen geben durften, daß sie allein und auf der Suche waren – damit stiegen und fielen ihre Chancen. Also übten sie sich in reizendem Lächeln, selbstbewußten Zigaretten- oder Bierglasposen.

»Sie sind überall gleich, oder?« sagte Karolin. Dabei beugte sie sich zu mir und ich konnte ihren warmen Körper riechen. Niveacreme, Wetgel und ein ganz eigener Duft nach Waldmeistereis. Ihr Muttermal leuchtete am hellen Hals. Seit unserem Zusammenstoß neulich war es der sinnlichste Moment in meinem Leben.

Bêtes Kopf flog herum.

Am Eingang stand Belle, flankiert von zwei mürrischen Gestalten: Paula und Helmes. Letztere machte selten ein freundlicheres Gesicht. Und Paula hatte wahrscheinlich erfahren, daß sie aus dem Wettkampf als Verliererin hervorgegangen war, was für sie immer schwer zu ertragen war.

Sie erblickte uns als erste und stürmte auf uns zu.

Erst in diesem Augenblick fiel mir ihr Zettel wieder ein. Das sah verdammt nach Ärger aus!

Ich beschloß in Sekundenschnelle, mich auf und davon zu machen.

Karolin wollte ich aber mitnehmen. Als ich mich umwandte, stand sie aber nicht mehr dort. Sie hüpfte gerade hinter Nele von der Bühne hinunter auf die Tanzfläche.

Ich schnupperte, roch aber nur Zigarettenqualm, Schweiß und Bierdunst. Karolin hatte ihren Duft mitgenommen.

Mein romantisches Geschnüffel hielt mich derartig auf,

daß Paula mich doch noch erwischte. Sie war stinkesauer.

»Was ist hier eigentlich los?« fauchte sie mich an, ohne sich lange mit der Begrüßung aufzuhalten. »Du hast gesagt, du machst diesmal nicht mit! Wieso mischst du dich trotzdem ein?«

»Hallo, Paula«, sagte ich. »Hübsche Bluse. Hi, Belle!« Belle streckte den Arm aus und zerwühlte mit einer einzigen Handbewegung meine mühsam hingebastelte In-Frisur. Ihre Stirn lag in drei tiefen Dackelfalten, als läse sie in einem schwierigen Buch. Helmes war auf dem Weg hierher verlorengegangen.

»Frederike! Stell dich nicht so dämlich an!« brüllte Paula. »Du machst mich fertig mit dieser Nummer! Sag mir endlich, woran ich bin. Warum kannst du deine Finger nicht bei dir behalten?«

Weiß der Himmel, woher sie etwas wußte. So was ließ sich erfahrungsgemäß kaum nachvollziehen.

»Was meinst du denn, Paula?« Ihre überschäumende Art machte mir zu schaffen. Wo war Ilona? Sie hätte Paula mit einem einzigen Satz auf den Teppich zurückbefördert. Aber ich konnte sie nirgends ausmachen. »Hab' ich irgendein Gesetz übertreten?«

»Genau das hast du! Du machst dich an sie ran, obwohl abgemacht war, daß nur Bête und ich diesmal im Rennen sind! Nur Bête und ich!«

»Halt die Klappe, Paula!« brüllte Bête, die es nicht gern hatte, daran erinnert zu werden, daß Nele anfangs eine Art Spiel gewesen war. »Es ist sowieso entschieden: Ich habe gewonnen.« Besonders triumphierend klang das nicht. Sie sagte das nur, um mich herauszuhauen. »Herzlichen Dank, das weiß ich bereits!« Paula peitschte die umstehenden Frauen mit ihrem Zopf. Um sie herum entstand ein leerer Kreis. »Es geht hier ums Prinzip. Frederike hat sich nicht hier einzumischen! Und du«, damit wandte sie sich wieder an mich und kam mir so nah, daß ich ihre Sommersprossen tanzen sah, »hast dich nicht an meine K-Frau ranzumachen!«

»Paula, was soll das? Sind wir im Kindergarten? Wir sind sowieso alt genug, um endlich mit diesen blöden Wetten aufzuhören. Das ist doch Schwachsinn, was du da sagst ...«

»Es hat immer funktioniert! Wir hatten alle unseren Spaß, oder? Wieso drehst du jetzt die Regeln um?« Sie machte mir mit ihrem Ernst irgendwie ein bißchen angst. »Aber ich sag' dir was, Frederike: Ich halte mich an das, was gilt. Wenn es mit einer nicht klappt, weg damit! Dann hat sie auch nichts bei uns zu suchen. Sie gehört nicht zur Clique! Wenn Bête mit ihrem Bayernmädel glücklich jodelt, meinetwegen! Immerhin haben wir schon ein Anhängsel der Zwillinge ständig am Bein kleben. Wieso nicht noch eins? Aber die Busenfreundin vom Anhängsel, die hat bei uns nichts zu suchen, klar?!«

»Hör endlich auf, Paula. Du machst dich ja lächerlich! Wer bist du? Die Inquisition? Jede hat doch wohl das Recht, sich mit der Frau zu treffen, die sie mag!«

»Hast du das damals auch gesagt, als Ilona mit Pe loszog?«

Ich sah Bêtes schreckgeweitete Augen, und ich selbst mußte auch erst mal schlucken. Das war ein ordentlicher Hieb unter die Gürtellinie. Belle, die hinter Paula stand, bemühte sich vergeblich, mitzubekommen, worüber wir eigentlich sprachen.

»Was hat das hiermit zu tun?« fragte ich lahm. Ich konnte es Paulas Gesicht ansehen, daß ich irgendeiner Information hinterherhinkte.

»Das wirst du schon noch merken!« Sie wirbelte herum und war so schnell verschwunden, daß ich hinterher den Eindruck hatte, sie sei quer über die Köpfe der Frauen hinweg zum Ausgang gerast.

Bête sah aus, als wolle sie mich um Entschuldigung bitten.

Ich versuchte ein Lächeln. »He, es wird Zeit, daß wir erwachsen werden!« rief ich ihr zu.

Belle schob sich von der Seite an mich heran und kuschelte sich zwischen uns.

Bête warf ihr ein paar Worte zu, und Belle begriff sofort, als verständigten sie sich in einem streng gekürzten Code.

Dann standen wir eine Weile zu dritt da oben und glotzten dumm auf die Tanzfläche. Ich hatte alle Mühe, mich von Paulas Ansturm zu erholen. Ihre Worte echoten mit präziser Genauigkeit in meinem Hirn: »Das wirst du schon noch merken!«

Bête starrte Nele an, die ich mir gut walzertanzend vorstellen konnte. Wenn sie eine besonders nette Drehung vollführte, öffneten sich Bêtes Lippen. Ich beobachtete es fasziniert.

»Mach dir nichts draus!« brüllte Belle mich plötzlich von der Seite an. »Du kennst Paula doch. Wenn es um Liebschaften geht, ist sie eine Spur zu rothaarig. Sie wird sich schon wieder beruhigen.«

»Klar«, sagte ich. Etwas zwickte mich in den Bauch. Ich griff hin und zog den Zettel heraus. Ich faltete ihn auseinander und gab ihn Belle. Sie las ihn sorgfältig, nickte und reichte ihn mir zurück.

»Das klingt gut«, lächelte sie. Wir sahen beide zu Karolin, die sich auf der Tanzfläche langsam zu einem Stück von Annie Lennox bewegte. Durch den dünnen T-Shirt-Stoff zeichneten sich ihre Brüste ab. Ich betrachtete sie ganz genau. Dann sah ich mich ertappt um.

Belle lächelte immer noch.

»Karolin ist sehr zurückhaltend«, rief ich ihr zu. Es war idiotisch, so etwas durch eine Disco zu schreien. »Aber ich weiß, daß sie mich mag. Sie hat nur vor irgend etwas Angst.«

»Wir alle«, konnte ich von Belles Lippen lesen. »Virginia Woolf!«

»Wie?«

»Wir alle haben Angst vor irgend etwas. Das einzige, was hilft, ist Vertrauen; und das baut auf Ehrlichkeit. Virginia Woolf hat geschrieben: ›Ehrlichkeit war so wichtig, daß alle meine Spione ewig wachsam sein mußten, auf dem Ausguck nach Schwindlern.‹«

»Danke. Ich werde dran denken.«

Belles Blick huschte immer wieder zum Eingangsbereich hinüber. Da stand Helmes mit Karin zusammen. Sie steckten die Köpfe zusammen und sahen nicht auf. Karin redete, Helmes erwiderte etwas, worauf beide ihre Hälse bogen und lachten.

Belles Stirn bestand aus drei Falten. Ich knuffte sie freundschaftlich in die Seite und meinte: »Bin schon gespannt, was Helmes gleich zu erzählen hat. Wie ich sie kenne, will sie erst mal den neusten Klatsch aus Karin rauslocken.«

Belle nickte, rückte ihre Brille zurecht und sah nicht mehr hin.

Ich fühlte mich beklommen.

»So, wie ich Helmes kenne ...« Was für ein Spruch! Und wie ich Helmes kannte! Ich hatte ganze Schwofnächte neben ihr gestanden, hatte ihr im Café gegenübergesessen, hatte Belangloses mit ihr gesprochen. Manchmal vergaß ich ihren langen Vornamen, weil wir sie sowieso nie damit ansprachen. Ich konnte mich nicht daran erinnern, je mit ihr geredet zu haben. Viel weniger noch konnte ich mir vorstellen, mit ihr gemeinsam zu schweigen. Die Wahrheit war, daß ich sie überhaupt nicht kannte. Sie hätte mit der ganzen verdammten Szene durch die Betten turnen können, ich hätte es nicht bemerkt.

Karolin, auf der Tanzfläche, sah nicht einmal zu mir her. Sie war weiter entfernt als die vier Meter, die uns trennten. Der Zettel in meinem Hosenbund nahm an Gewicht zu.

Karolin tanzte.

Da hatte sich etwas langsam angeschlichen seit dem Abend im Café. Seit Frederikes nachdenklichem Dornröschen-in-Lumpen-Auftritt mit den Worten: »Heute fühle ich mich so, als sei alles in mir blau.«

In ihr hatte sich etwas in Bewegung gesetzt, hin zu einem unbekannten Ziel. Angestoßen durch diese verrückte Geschichte, die Karolin gelesen hatte. Inzwischen dreimal. Durch Frederikes Telefonstimme, das leise lebendige Lachen. Vielleicht sogar durch die Geste, mit der Frederike heute abend nach dem Bund ihrer Radlerhose tastete.

Hier auf dem Schwof war es wahrscheinlich nicht üblich, miteinander zu reden. Zwischen all den Frauen, die sich begafften und taxierten, ihren Wert einschätzten, und den Pärchen, die einander umschlangen und beim Küssen die Münder aufrissen.

Wie hätte Karolin da sagen können: »Ich habe deine Geschichte gelesen«, und dann auf das Erstaunen in Frederikes Augen gespannt sein?! Nein, das war nicht drin. Aber es gab eine andere Möglichkeit, um mit Frederike in Verbindung zu treten: Sie tanzte. Sie schloß die Augen und wiegte den Kopf über den sacht angezogenen Schultern.

Einige Frauen sahen zu ihr hin und lächelten fröhlich, weil sie in Karolin nur die Verwandte, die Schwester sahen. Andere sahen zu ihr hin und lächelten nicht, denn sie sahen in Karolin eine Geliebte oder Liebhaberin.

Frederike stand am Bühnenaufgang, sah zu ihr hin und lächelte nicht. Karolin tanzte für sie. Sie streckte die Hände aus und fing darin den Takt auf. Sie zeigte ihre Schultern und ihren Hals. Sie war so weich und fließend wie ein Seidentuch.

Nele neben ihr tanzte für Bête. Sie ließ ihre Bluse flattern, sah trotz ihrer Größe leicht aus. Unbeschwert und jung.

Da stand plötzlich eine Frau neben Frederike. Ihre Haare leuchteten im Schwarzlicht. Ihr Mund leuchtete hellrot, während sie die Hände in die Hüften gestützt hatte und auf Frederike einsprach. Frederike hatte die Arme verschränkt und ihren Blick gen Wand gerichtet. Starr und unbeweglich schien sie dieser großen Schönen gar nicht zuzuhören.

Nele folgte Karolins Blick, wie das oft Blicke von Freundinnen tun. Sie zupfte am Kragen ihrer Bluse und verzog den Mund: »Wer ist das?«

Natürlich ergriff sie Partei für Karolin und deren langsam deutlicher wahrzunehmende Sympathie für die Frau mit den unterschiedlichen Augenfarben.

Karolin tanzte mit einem Male mechanisch und eckig und gefiel sich selber nicht mehr. Es war klar, daß Frederike und diese Fremde vertraut miteinander waren. Und verlassen von Frederikes Blicken, machte ihr das Tanzen keinen Spaß mehr.

Karolin hatte keine Ahnung davon, was eine »Szenefrau« an ihrer Stelle getan hätte und was nicht. Die ungeschriebenen Gesetze, nach denen sich alle zu richten schienen, hatten sie nie interessiert. Manchmal stolperte sie über eines und vergaß es dann rasch wieder, weil ihr gleichgültig war, wonach die anderen ihr Handeln richteten. Nur Frederike zuliebe überlegte Karolin einen Moment, ob es in Ordnung war, sich in so eine Situation einzumischen.

Die fremde Frau, die aussah wie ein exotisches Tier, ein Paradiesvogel vielleicht, beugte sich immer wieder vor und wollte nach Frederike greifen. Karolin beschloß, die Regeln zu brechen. Sie ging hin.

Zuerst bemerkten die beiden sie gar nicht. Sie schrien sich an. Frederikes Stimme war noch lauter als die der anderen, denn sie beugte sich nicht zu ihr hin. Sie nahm keine Rücksicht auf amüsierte und abschätzende Gesichter in ihrer Umgebung.

Sie schrie: »Ich will deine Freundschaft nicht! Hau endlich ab!« Und es war klar, daß sie damit sehr weit ging. Hatte sie keine Angst?

»Du haßt mich immer noch!« brüllte die andere. »Wann kriegst du das endlich in den Griff?«

Frederike rollte mit den Augen.

»Wenn du mich in Ruhe läßt. Also hör jetzt auf! Dieses Theaterstück haben wir schon oft genug aufgeführt.«

»Kannst du nicht versuchen, das Ganze endlich anders zu sehen?«

»Anders? So wie du? Vergiß es!«

Der Paradiesvogel erwiderte etwas, aber es war zu leise, als daß Karin es hätte verstehen können. Dann beugte sie sich ungestüm vor, um Frederike zu küssen.

Diese reagierte heftig: »Und rühr mich nicht an, wenn du getrunken hast!« Das bedeutete: »Rühr mich überhaupt nie wieder an!«

Sie machte einen Schritt zurück und trat dabei Karolin auf den Fuß.

»Oh, Entschuldigung ... ach du ...«

Karolin wußte nicht, ob sie lachen oder einfach so tun sollte, als habe sie von dem Streit nichts mitbekommen. Frederike sprach nicht weiter. Aber der Paradiesvogel kannte Frederike sehr genau. Und sie war sofort interessiert. Ungeniert musterte sie Karolin, taxierte Mund, Hals, Brüste, Schenkel. Karolins Gesicht ging in Flammen auf. Ihre Haut brannte, und ihre Arme überzogen sich mit einer Gänsehaut, die alle Härchen aufrichtete.

Die Musik war plötzlich viel zu laut. Und um sie herum hingen nur fremde Augen in der Luft.

»Ich muß mal hier raus«, warf sie Frederike zu, die immer noch mit verschränkten Armen dastand.

Dann bahnte sie sich einen Weg durch die Menge. Dieser bunte Paradiesvogel. Sie hatte etwas an sich. Natürlich. Bestimmt mochten es viele Frauen, wie sie sich gab und wie sie sich anzog. Selbstbewußtsein triefte ihr aus jeder Pore, daß es schon an Gewalttätigkeit grenzte.

Mit Sicherheit besaß sie viel Macht, und diese Macht hatte ihren Reiz. Ließ eine sich auf sie ein, mußte sie damit rechnen, alles hergeben zu müssen. Es fiel Karolin nicht schwer, sich vorzustellen, was der Paradiesvogel von den meisten Frauen wollte. Selten hatte sie solch wilde Lust in einem Blick gesehen, hatte diese Lust auf ihrem Körper wie starke Hände gespürt.

Plötzlich war Frederike neben ihr. War ihr gefolgt, so wie Karolin ihr um die Hausecke nachgerannt war. Sie waren beide ein wenig atemlos und lächelten sich zu. Frederike trat von einem Bein aufs andere, bis sie sich auf die Stufen ans Fenster setzten. Hier hielten sie ihre Gesichter in den Zug kühler Oktobernachtluft.

Karolin konnte nur Frederikes blaues Auge sehen. Darin lag alle Lebendigkeit und Offenheit, die Frederike ausstrahlte. Es war schwer, sich vorzustellen, daß ihr zweites eine andere Farbe hatte.

»Ich hasse öffentliche Auftritte dieser Art«, sagte Frederike verärgert.

Karolin war froh, daß sie nicht versuchte, über den Vorfall zu schweigen.

»Sie versucht wohl immer zu kriegen, was sie will?« fragte sie.

»Sie nimmt es sich«, grinste Frederike achselzuckend. »Aber laß dich nicht davon täuschen. Sie ist nicht wirklich stark, nur aggressiv. Kein Grund, sich einschüchtern zu lassen.«

»Ich war nicht eingeschüchtert!«

»Nein?«

Karolin war die nächsten Minuten vollkommen damit beschäftigt, sich für ihre Unehrlichkeit zu schämen. Es war immer ihre Art gewesen, Verletzungen zu leugnen. Aber Frederikes Frage machte ihr zu schaffen. Natürlich hatte der Paradiesvogel sie beeindruckt. Sie konnte ja jetzt noch diesen Blick auf ihrem Körper spüren.

»Pes Eltern waren eines dieser zerstrittenen Scheidungspaare, die das Kind hin und her werfen wie einen Pingpongball: Immer einmal auftitschen lassen. Vielleicht hat sie deswegen jetzt eine sexuelle und kulturelle Profilneurose und muß beim Erwähnen des Wortes Rücksicht immer wieder im Lexikon nachschlagen? Wir hatten schöne Dinge miteinander, wirklich. Aber gleichzeitig war es eine sehr unglückliche Zeit für mich. Die unglücklichste in meinem Leben, wenn du es genau nimmst. – Und ich rede ziemlichen Unsinn, wie? Interessiert dich das überhaupt?«

Karolin konnte es nicht unterdrücken, über Frederike zu lächeln.

Wie hatte Ilona auf der Grillparty gesagt? »Herrje, sie träumt wieder!«

»Du machst den Fehler, sie verstehen zu wollen«, sagte sie vorsichtig. Das kam in ihren Augen schon fast einer unerlaubten Einmischung gleich. »Jeder Mensch kann an sich arbeiten, oder? Jeder Mensch, der nicht sehr schwach ist.«

Ihr letzter Satz klang sehr giftig, aber sie konnte nicht anders. Wieso versuchte Frederike das Verhalten dieser Frau, die sie offensichtlich unglücklich gemacht hatte, zu rechtfertigen?

In die Pause hinein sagte Frederike plötzlich angewidert: »Sie ist betrunken! Übrigens heißt sie Pe, weil sie alle ohrfeigt, die sie Petra nennen. Der Name ist ihr zu gewöhnlich. Ich war ein Jahr mit ihr zusammen.«

»Warum so lang?« Karolin wußte, daß das die falsche Frage war. Die richtige Frage hätte gelautet: »Warum habt ihr euch getrennt?«

Frederike wandte ihr das ganze Gesicht zu. Ihr Pony fiel zur Seite, und Karolin sah in dem braunen Auge die Sanftheit. Da wurde ihr einiges klar.

Frederike schwieg sehr lange und ließ sich beim Nachdenken beobachten. Das war schon viel mehr, als Karolin selbst erlaubt hätte.

»Ich glaube, es ist unsere Art, mit der Realität umzugehen. Ich spinne mir oft Sachen aus, erfinde Geschichten. Und Pe konnte mich darin verstehen. Sie dreht ständig ihren eigenen Film. Du hast es ja grade live miterlebt«, sagte Frederike dann. »Aber vielleicht war auch einfach der Sex gut?«

»Du bist ja direkt«, sagte Karolin.

Frederike lächelte, und Karolin fiel auf, daß sich um ihre Augen herum bereits kleine Fältchen versammelt hatten.

In Karolin tat etwas einen Schritt nach vorn.

Sie zündete sich eine Zigarette an und versuchte, in die Zukunft zu sehen. Aber es gelang ihr nicht. Frederike als ihre Freundin, mit der sie im Kino sitzen, Abende lang telefonieren und durch den herbstlichen Wald streunen würde? Als ihre Geliebte, deren Mund ihren Bauch streicheln, der sie Haut an Haut lustvolle Momente bereiten und unter der Dusche das Shampoo reichen würde? Als ein unwichtig gewordenes Gesicht in einer großen Menge anderer Gesichter? Karolin sah nichts. Vielleicht hatte sie einen blinden Fleck, was ihre eigene Geschichte anbelangte. Neles Geschichte hatte sie sehen können.

Die Zigarette schmeckte nicht. Der herbe Rauch im Hals paßte nicht zu Frederikes Gegenwart. Es müßte ein süßlicherer Geschmack sein, mit cremiger Konsistenz, viel weiter vorn auf der Zunge.

»Nele und Bête sind wirklich niedlich«, sagte Frederike. Sie lächelte sehr häufig. Karolin mochte die helle Heiterkeit, die Frederike wie eine Wolke umgab.

»Sie sind noch etwas nervös miteinander. Aber das verfliegt bestimmt bald«, sagte sie.

Diesmal lächelte Frederike nicht, sondern lachte laut heraus. »Wie abgeklärt! Denkst du, daß in Liebesgeschichten immer ein gewisses Protokoll eingehalten wird?«

»Meiner Meinung nach ist das so.«

Auf Frederikes Gesicht erschien Ungläubigkeit. Dann zuckten ihre Mundwinkel leicht.

»Nun lach schon! Lach und sag, daß es dumm ist, dieser Meinung zu sein!« dachte Karolin.

Statt dessen sagte Frederike: »Hast du schon mal eine Liebesgeschichte erlebt?«

In diesem Moment erschien hinter Frederikes Schulter Pe in der Tür zum Saal. Sie stand da wie die Ballkönigin. Und tatsächlich drehten sich etliche der Frauen zu ihr um. Aber Pe hatte keine Blicke für sie. Sie sah direkt herüber zu Frederike.

»Oh …«, sagte Frederike nur.

Pe kam mit unsicherem Schritt auf sie beide zu. Anscheinend hatte sie doch ein einziges Glas über die Sektlaune hinaus getrunken. Ihre Augen waren eisig, während den Mund ein eingefrorenes Lächeln zierte.

Karolin wollte sich gerne fortdrehen. Hoffentlich würde Pe sie nicht wieder so taxieren wie gerade noch im Saal. Der Paradiesvogel, der jede mit Blicken ausziehen kann und dabei gleichzeitig sagt: »Was trägst du da bloß für ein lächerliches Ringelshirt, Kleine?!« Dann jedoch, als wollte sie Gnade walten lassen, schwenkte Pe wenige Meter vor der Treppe ab und zog es vor, erst mal die Toilette aufzusuchen.

Dieser kurze Auftritt hatte das Gespräch vollkommen zum Erliegen gebracht.

Frederike umschlang ihre Knie mit den Armen und behielt stumm die Tür mit dem schwarzen D im Auge.

»Hast du Angst?« wollte Karolin fragen. Aber der hell erleuchtete Raum, das Stimmengewirr, die Discomusik aus dem Saal machten diese Gedanken so unwirklich. Sie fragte solche Dinge doch auch sonst nie. Sie war nicht der Typ, der solche Dinge fragte.

Hinter ihr sagte eine Frau mit angenehmer Stimme zu einer anderen: »Ich hab' Doro gleich gesagt, sie soll nicht so viel Techno spielen heute abend. Die Frauen sind eher in Bacardi-Song-Stimmung.« Das war es, worüber sie sich jetzt mit Frederike hätte unterhalten sollen. Aber so etwas fiel ihr nicht ein.

Sie wurde unmutig. Dann wütend. Warum saßen sie hier, und Frederike starrte wie ein gelähmtes Kaninchen auf die Klotür? Warum stand sie selbst nicht auf und sagte: »Laß uns gehen!«?

Karolin kannte diese Trägheit an sich. Sie hockte hier wie in einer Falle und tat nichts. Und in sehr kurzer Zeit käme es ihr so vor, als sei alles gleichgültig, was geschehen würde. Sie war so verdammt »egal«. »Egal« sein bedeutet nichts anderes als »Hilflosigkeit leugnen«, hatte Maren ihr einmal gesagt.

Karolin fand sich selber albern. Sich hilflos zu fühlen war albern. Nur weil sie an diesem Abend nun doch nicht mit Frederike allein sein konnte. Weil sie sie doch nicht kennenlernen konnte, um aus dem Niemandsland hinauszugelangen. Denn das hatte sie sich doch von diesem Abend versprochen. Aber nun würde wohl nichts daraus. Sie saß hier und wartete mit Frederike darauf, daß der personifizierte Ärger aus der Toilette wanken und über sie hereinbrechen würde.

Aber es würde vorübergehen – so wie immer alles vorübergegangen war. Karolin würde die Liste der vielen »Egals« eben erweitern, um einen Abend, von dem sie sich etwas anderes, etwas vollkommen anderes versprochen hatte.

»Nein!« hörte sie sich sagen.

Frederike wandte verwundert den Blick von der Klotür.

»Wie?«

»Das ist nur die Antwort auf deine Frage«, erwiderte Karolin.

»Welche ...?«

»Laß uns schnell abhauen, bevor Petra da rauskommt!«

Frederike lachte auf. In ihren Augen blitzte der Schalk.

»Wahrscheinlich wird sie nach Kotze stinken«, sagte sie.

»Hast du ein Auto?« fragte Karolin.

Frederike zog einen Schlüssel aus dem Hosenbund. Ein Zettel, den sie dort auch versteckt haben mußte, knisterte.

»Wie wäre es, wenn wir irgendwoandershin fahren würden? Irgendwohin, wo wir uns besser unterhalten können.« Karolin wollte nicht, daß ihre Stimme so atemlos klang. Aber es war nicht mehr viel Zeit, und es war nämlich nicht egal, wie dieser Abend verlaufen würde. Es hing ganz einfach von ihr ab, jetzt etwas zu tun!

Frederike sprang auf und lief vor ihr die Stufen hinab. Sie schien es mindestens genauso eilig zu haben wie Karolin.

Als sie nebeneinander zum Ausgang gingen, kamen sie an Helmes vorbei, die mit einer fremden Frau an der Wand lehnte und flirtete.

Frederike steuerte auf sie zu.

»Hi, Helmes.«

»Oh ... Hallo ...«, murmelte die Angesprochene und rutschte unauffällig ein Stückchen zur Seite, etwas von der fremden Frau fort.

»Hallo, Karin.« Frederike runzelte die Stirn und sagte, ohne sich weiter an Karin zu wenden: »Ich glaube, Belle sucht dich, Helmes.«

Karolin beobachtete genau den Treppenaufgang. Solange sie nicht hier raus waren, bestand immer noch die Möglichkeit, daß Pe sie ausfindig machte und doch noch alles ganz anders kam.

»He, du!« Helmes meinte sie.

Karolin wandte sich um und sah, daß Frederike bereits durch die Tür hinausgegangen war. Sie war so sehr mit dem Rückzug beschäftigt gewesen, daß sie darüber Frederike aus den Augen verloren hatte.

»Was?« Karolin ging langsam weiter und wartete ungeduldig, was die blonde Frau mit dem mürrischen Gesicht zu sagen hatte.

»Mach, daß du hinterherkommst. Wenn du dich nicht beeilst, verlierst du den Anschluß. Ich weiß das«, sagte Helmes und lächelte sogar ein bißchen.

Karolin lächelte irritiert zurück, mehr aus Zeitnot als aus Verständnis, und beeilte sich, Frederike zu folgen.

Als Karolin um die Hausecke schoß, stieß sie fast mit ihr zusammen.

»Mit dem Dauerlauf um Ecken haben wir es aber!« meinte Frederike, und sie lachten. »Ich hatte mich gerade gefragt, wo du bleibst. Wir sollten machen, daß wir hier wegkommen. Wenn Pe es sich in den Kopf gesetzt hat, heute abend mit mir über Freundschaft zu diskutieren, dann wird sie alles daransetzen, das auch zu tun.«

Also eilten sie über den Parkplatz.

»Wer war das gerade?« Karolin konnte nicht glauben, daß sie das fragte. Was ging es sie an, mit wem Belles Freundin sich in dunklen Ecken herumdrückte?

Frederike schien nichts bei dieser Frage zu finden.

»Karin? Sie ist eine Busenfreundin von Pe. Weiß der Himmel, was sich da gerade zusammenbraut«, murmelte sie unwillig.

Das Blau des kleinen Autos wirkte verwaschen. Auf seiner Heckscheibe prangten Aufkleber: Ich bremse auch für Tiere! Why be normal! Stoppt Tierversuche! Come out know – ask me how! Und natürlich die Lesbenhände.

Frederike beobachtete, scheinbar amüsiert, wie Karolin alle Aufkleber sorgfältig las.

»Jetzt weißt du schon mehr über mich, oder?«

Karolin konnte nur nicken. Sie fröstelte. Frederike stellte einen Fuß auf die rostige Anhängerkupplung.

»Wohin fahren wir denn?« fragte Karolin. In Gedanken war sie bereits die wenigen Kneipen, die sie erst kannte, durchgegangen und hatte alle als unpassend abgetan.

Jetzt sah sie Frederike an, die ihren Blick nachdenklich erwiderte.

Rasch sah Karolin wieder fort. Sie erschrak. Sie hatte nicht damit gerechnet, daß es darauf hinauslaufen könnte. Es war viel zu früh dafür.

»Wenn du willst, fahren wir zu mir«, sagte Frederike und warf den Schlüssel in die Luft. Sie schaffte es nicht, ihn wieder zu fangen, und er fiel dumpf in den Kies. Frederike lachte nur und hob ihn auf.

Karolin wollte irgend etwas sagen. Zuerst wollte sie sagen: »Lieber nicht!«, dann ergänzte sie ein weiteres Wort: »Lieber noch nicht.« Und dann glaubte sie, Frederike würde es verstehen, wenn sie »Aber ich möchte nicht, daß es passiert« sagen würde.

Trotzdem sagte sie es nicht. Sie war einfach nicht der Typ, der so was sagte.

Diese Worte steckten in ihrem Hals und erschwerten ein wenig das Atmen, während Frederike die Wagentür aufschloß.

Als Karolin sich in den ausgesessenen Sitz fallen ließ, war es auch nicht anders, als würde sie an der Kasse wieder einmal den ermäßigten Eintritt zahlen – wegen schwerer Gefühlsbehinderung.

Frederike hatte Probleme mit dem Rückwärtsgang. Ihre Hand umschloß eisern den Schaltknüppel. Karolin stellte sich vor, wie ein oder zwei dieser Finger in sie hineintauchen würden. Sie testete auf diese Weise, ob sie nicht vielleicht doch »auch wollte« ... Aber da war ein blinder Fleck. Sie konnte irgendwie ihren eigenen Willen nicht erkunden.

Und während die Scheinwerfer die nächtliche Straße vor ihnen erhellten und Frederike erwartungsvoll schwieg, begann sich dieser Wille vollständig aufzulösen. Sie dachte daran, daß es schön werden könnte. Bis sie weiter und weiter rückte zwischen eigenem Unwillen und fremdem Willen. Das war ein neutrales Gefühl. Angenehm. Grau in seiner Farbe. Egal.

Sie schloß die Augen.

Ich bog auf die Autobahnabfahrt und bemerkte plötzlich die blauen Flammen. Fast hatte ich sie übersehen, weil sie nur sanft züngelten.

Sie bäumten sich nicht auf, wie es gelbe Flammen täten, die wild nach Nahrung leckten. Denn so waren sie nicht. Es waren blaue Flammen. Ich kannte sie noch aus dem Chemieunterricht. Als wir auf kleinen Gasbrennern Stoffe in rußgeschwärzten Reagenzgläsern erhitzen mußten.

Die blauen Flammen waren heiß. Sie schlugen nicht

hoch. Deshalb hatte ich sie fast nicht bemerkt. Sie krochen über den Boden dahin und schwelten in jedem Winkel. Sie waren ein blauer Nebel, der sich langsam ausbreitete. Sie hatten Zeit.

Karolin hatte den Kopf an die Nackenstütze gelehnt und die Augen geschlossen. Zweimal hatte sie gegähnt.

Ihre Lider zeigten ihre Verletzbarkeit, zart apricotfarben. Ihre Hände, die in ihrem Schoß lagen, zeigten ihre Stärke.

Und so, wie sie dasaß, ein wenig verletzlich, ein wenig stark, hatte sie mir mit einem Schlag bewußt gemacht, daß die blauen Flammen da waren. Unter diesen Umständen die vertrauten Straßen zu fahren war das Aufregendste, an das ich mich erinnern konnte. Jede Ampel, jede Straßenecke gewann eine neue Dimension.

Ich wußte, daß ich am Anfang von etwas stand. Das schärfte meine Sinne. Ich wollte nichts versäumen. Ich wollte alles wahrnehmen: jede Bewegung, die Karolin auf dem durchgescheuerten Sitz machte. Ich wünschte mir jede Sekunde doppelt so lang.

Das Schweigen im Wagen war angenehm. Eine Kassette mit diesem Schweigen, ja, das wäre etwas: konservierte, friedvolle Stille. Ich beschloß, diesen Satz unbedingt aufzuschreiben.

Als wir vor dem Haus hielten, öffnete Karolin die Augen.

»Was hast du neulich damit gemeint? Daß alles in dir blau ist?« fragte sie.

Ich würgte erschrocken den Motor ab. Ihre Stimme klang hart und ärgerlich. Vorbei die friedvolle Stille.

Mit dieser Frage hatte ich nicht mehr gerechnet. Sie war so entsetzlich intim.

Es war einfach gewesen, einer Fremden meinen Satz zu sagen und mich dann umzudrehen und zu gehen. Aber jetzt vor Karolin, die mir mit jeder Sekunde vertrauter wurde, eine Erklärung abzuliefern, das war unmöglich.

»Sieh mal«, sagte ich. »Auf dem Bürgersteig liegen Kastanienblätter, obwohl es in dieser Straße gar keine Kastanien gibt.«

Karolin schwieg.

»Tja, weißt du … es ist ein Gefühl, das ich mit dir verbinde. Das Gefühl … ist blau.« Und ich hörte mich so an, als sei ich es ebenfalls. Karolin sah mich einfach nur an, und ich kam mir idiotisch vor. Nichts konnte schlimmer sein als ihr klarer Blick unter stummen, geraden Augenbrauen. Dann stieg Karolin einfach aus.

Im Treppenhaus ließ ich ihr den Vortritt. Ich betrachtete sie und erkannte, daß ihre Sprache verändert war: Ihre Schultern waren zu einem Panzer gestrafft, und ihre Hände starrten neben ihrer Hüfte in die Luft. Ihr ganzer Körper versuchte mir zu sagen, daß sie unkompliziert sei, daß es ihr gutgehe, daß sie sich wohl und sicher fühle. Das alles zusammen war Grund zur Beunruhigung.

Ich wollte mich ohrfeigen, weil ich diese Veränderung nicht gleich bemerkt hatte. Ein Wort, eine Geste mußte es gewesen sein. Etwas hatte sie erschreckt.

Vielleicht war Karolin eine von denen, die immer Angst davor hatten, verletzt zu werden. Ganz sicher war sie aber bereit zurückzuschlagen, falls es soweit kommen sollte – und eventuell auch schon, bevor es soweit kam.

Ruhig ging sie in der Wohnung herum, sah die Fotos an der Pinnwand, las die Titel der Bücher im Lesbenregal, befühlte das Seidentuch über dem Sofa, spielte an dem alten Radio vom Trödel, und sagte kein Wort. Ihre Farbe war so dunkel wie noch nie.

Ich stand neben meinem Schreibtisch und hielt mich an der Kante fest.

Als sie an mir vorüberging, konnte ich sie deutlich riechen.

»Karolin«, hörte ich mich sagen und wußte, es würde einer meiner schrecklich wahren Sätze werden. »Ich sage oft direkter, was ich denke, als mir lieb ist. Das wäre noch ganz o. k., schätze ich. Aber das schlimme ist, daß ich meine Freundinnen auch immer sehr direkt frage. Also: Was ist los mit dir?«

»Du zählst mich zu deinen Freundinnen?« fragte sie zurück.

»Du könntest eine werden«, gab ich zu.

Karolin sah mich eine Weile ernst an, und mir wurde angst und bange. Welche grauenvollen Wörter würden gleich den Weg über ihre Lippen finden.

Da sagte sie: »Müssen wir?«

Ich blinzelte ein paarmal.

»Müssen wir was?«

»Miteinander schlafen.«

Mir blieb der Mund offenstehen. Ich brachte mich nur mit Mühe wieder in meine Gewalt.

»Ich wäre nicht dafür«, sagte ich dann.

Karolins Augen wurden riesengroß. Als ich sie angrinste, lächelte sie zögerlich.

»Ich schleppe niemals Fast-Freundinnen vom Schwof, um sie dann in meiner Wohnung zu verführen«, erklärte ich.

Jetzt lächelte sie richtig. »Gut«, sagte sie.

»Und jetzt muß ich aufs Klo«, sagte ich und verschwand im Bad.

Mein Spiegelbild, mit dem ich in anderen Zeiten gerne kommuniziert hatte, sah mich verwirrt an. Na gut, es war vielleicht sowieso nicht der Idealfall, gleich am ersten gemeinsamen Abend miteinander ins Bett zu springen. Aber wollte sie es denn überhaupt nicht? Nicht ein kleines bißchen?

Ich nahm zuviel Klopapier und brauchte fünf Minuten, um den Abfluß wieder frei zu bekommen.

Als ich die Badtür wieder öffnete, drang kein Geräusch zu mir. Das Licht im Wohnzimmer brannte noch. Ebenso in der Küche. Auf dem Tisch stand ein leeres Glas. Die Straße vor dem Haus war nächtlich still. Sie war fort.

Ich überlegte, ob ich lachen oder weinen sollte, weil die blauen Flammen so ruhelos in mir herumkrochen. Aber dann tat ich keins von beidem, trank noch etwas und löschte überall das Licht.

Im Schlafzimmer sah ich als erstes Karolins Socken und ihre Jeans, die ordentlich über den Stuhl gehängt waren. Das T-Shirt hatte sie anbehalten.

Ihre Augen waren geschlossen.

Ich wunderte mich nur einen Moment lang. Dann dachte ich darüber nach, ob sie wohl schnarchen würde oder mit offenem Mund diese leisen Geräusche erzeugen würde, bei denen du nie richtig Schlaf bekommst, weil du immerzu hinhorchst, ob sie den nächsten Atemzug noch zustande bekommt.

Und dann war da noch die Gewißheit über mein Aussehen am nächsten Morgen. Ilona nannte mich zu früher

Stunde gern »Kautschukface«, was das gesamte Spektrum meiner Aufwachmienen treffend umschrieb.

Es gab auch noch diesen peinlichen Augenblick vor dem Zähneputzen, in dem es darauf ankam, beim »Guten Morgen« genügend Abstand zwischen sich und die andere zu bringen.

Ich dimmte das Licht und kletterte umständlich ins Bett.

Karolins Duft hing überall im Raum, und ich überlegte, wie lange ich es würde verantworten können, nicht zu lüften.

Ohne die Augen zu öffnen, sagte Karolin: »Das ist ein seltsamer Abend heute.«

»Es ist seltsam, deine Stimme hier zu hören«, erwiderte ich.

»Mir fällt überhaupt nichts Belangloses ein, das ich mit dir reden könnte.«

Ich stützte den Kopf in die linke Hand und sah sie an.

»Das halte ich aber für ein gutes Zeichen.«

»Du lächelst immer«, kam die gemurmelte Antwort sehr rasch.

Ich hatte nicht gemerkt, daß ich lächelte.

»Kannst du das nicht leiden, wenn jemand immer lächelt?«

»Ist es echt?«

»Wie heißt es immer so schön: Es kommt von Herzen.«

»Dann mag ich es. Vielleicht könnte ich dich einmal malen?!«

»Gerne, wenn du das möchtest.«

»Ja.«

Wir schwiegen eine Weile. Die Stehlampe malte kreisförmige Lichtmuster an die Decke. Ich kannte alle Schatten, die es hier gab. Karolin hatte die Augen geöffnet, betrachtete die Decke und lernte die Schatten soeben kennen.

»Und was reden wir jetzt?« fragte sie schließlich,

»Ich dachte gerade an den Garten, der zum Haus meiner Eltern gehört.« Mir fiel auch nichts Belangloses ein. »Ich mochte am liebsten die entlegenen Winkel: Die Fliederbüsche und Beerensträucher rochen jeder zu seiner besonderen Zeit so gut, und man konnte sich toll darin verstecken. Als ich kleiner war, gab es da viele Kinder. Wir sind einfach über die Hecken geklettert, auf die Grundstücke der Nachbarn. Alle durften das. Auch wenn die Hecken dadurch an manchen Stellen Löcher bekamen. Die wuchsen später zu, als wir älter wurden. Abends habe ich oft mit Mama und meiner Schwester Alice im Garten gesessen. Ich glaube, Juli war die Zeit der Glühwürmchen, oder vielleicht August? Es war lange warm abends, und wir konnten warten, bis sie mit ihren kleinen Laternen am Hintern vorbeigeflogen kamen.«

Karolin schmunzelte. Sie nickte langsam. Und das bedeutete, daß ich weiterreden sollte.

»Mama ist eine kleine Hutzelfrau, die im Sommer bunte Kittel mit Blumenmuster trägt und im Herbst den Töpferkurs in der VHS belegt. So richtig typisch. Sie kennt alle Vorabendserien der neuen Kanäle. Immer, wenn du dich zufällig ins Wohnzimmer verirrst und gerade eine davon läuft, versucht Mama dir zu erklären, worum es geht. Aber sie durchblickt die Namen- und Verwandtschaftsverhältnisse selber nicht so gut. Sie verhaspelt sich meistens so furchtbar, daß du das nächste Mal lieber gleich wieder rausgehst, wenn sie damit anfängt.«

»Wie steht sie zu deinem Lesbischsein?«

»Lesbischsein?« Ich mußte lachen. »Ist das ein Geschwür? ›Herr Doktor, ist das wirklich wahr? Ich habe Lesbischsein?!‹«

Wir lachten. Karolin hatte die Arme hinter dem Kopf verschränkt. Sie hatte kräftige Arme. Dabei hatte ich sie anfangs für zart gehalten. Das lag wohl an ihrem Gesicht. Gerade jetzt war es so hell wie Porzellan. Aber es war nicht zerbrechlich und auch nicht kalt. Ich würde wetten, ihre Wangen wären warm, wenn ich sie berühren würde. Mit den Fingerspitzen nur vorsichtig ihr Kinn, ihre Lippen, ihre Stirn. Aber so wie sie dalag, war es einfach unmöglich, sie anzufassen. Sie sah nicht aus, als wolle sie mich einladen. Deswegen traute ich mich nicht, auch nur die Hand auszustrecken.

»Meine Mutter ist in Ordnung. Sie hat das übliche Gejammer angestimmt wegen der Enkelkinder und so. Aber inzwischen redet sie nicht mehr davon. Und deine? Verstehst du dich gut mit ihr?«

»Ihr zweiter Mann ist die Nummer eins in ihrem Leben. Für mich ist sie eben meine Mutter«, sagte Karolin.

»Hat sie dir beigebracht, daß man höflich sein muß und jede Frage beantworten soll, die einem gestellt wird?«

»Es ist möglich, zu antworten und trotzdem nichts über sich zu sagen«, erwiderte Karolin sehr richtig. Mir war klar, daß sie damit ein Stück ihrer Rüstung ablegte. Sie kam mir plötzlich viel verletzlicher vor.

»Aber mir könntest du doch etwas über dich erzählen«, lächelte ich.

»Wie bist du vorhin darauf gekommen, das zu sagen?«

»Was?«

»Du willst nicht, daß heute nacht etwas passiert.«

»Du doch auch nicht! Das hast du gesagt!«

»Hab' ich. Weil ich finde, daß das eine Sache von Vertrauen ist. Und es gibt Frauen, die nicht sofort jeder vertrauen, mit der sie nach Hause fahren«, sagte ich. Denn ich glaubte, daß das der Grund war, warum sie das vorhin gesagt hatte.

Karolin schwieg. Sie bewegte sich unter der Decke, und da berührte ihr Knie meinen Oberschenkel. So blieb sie liegen, während diese Stelle an meinem Bein brannte. Ich fand es plötzlich grauenvoll, so geduldig zu sein, wollte sie an mich ziehen, um mehr als nur ihr Knie zu spüren. Mein Puls raste mir davon. Es kostete mich wirklich Schweiß, ruhig liegen zu bleiben.

»Was ist mit deinem Vater? Er kam gar nicht vor in deinem Garten«, sagte Karolin. Ihre Stimme klang ganz ruhig. Wie machte sie das nur?

»Papa«, sagte ich. Das Wort fühlte sich auf der Zunge kindlich leicht an. »Er ist so ein ruhiger Intellektueller, der sich für Kunst, Musik, Literatur interessiert. Aber sag jetzt nicht, daß ich nur deshalb schreibe, weil er gerne liest!«

»Das wollte ich gar nicht sagen.«

»Ilona sagt das ständig … – Mein Vater war keiner von diesen, die abends nach Hause kommen und erst mal eine Runde rumbrüllen, egal wen sie grade erwischen. So was gibt es.«

»Ich weiß. Mein Vater war so.« Karolin wandte mir auf dem Kissen ihr Gesicht zu. »Vielleicht haben sie sich deswegen getrennt. Da war ich zehn.« Sie redete, als ginge sie das gar nichts an.

»Und wie war das?« fragte ich.

»Ach, das passiert doch häufig.« Das war natürlich auch eine Antwort. Ich lachte. »Über deine Familie willst du mir anscheinend nichts erzählen. Wie wäre es denn mit etwas anderem? Deinen Ex vielleicht?«

»Ist das hier ein Verhör?« In ihrer Stimme schwang für einen Moment lang Unwille. Ich erinnerte mich daran, wie mir ihre Augen anfangs entgegengeschrien hatten: »Hier nicht weiter!« Jetzt walzte ich sie anscheinend platt mit meinen Fragen. Sie würde mich bestimmt bald satt haben. Wieso mußte ich nur immer alles laut heraussagen, was mir in den Sinn kam?

»Ich möchte dich nur kennenlernen«, murmelte ich dumm.

Sie sah plötzlich so aus, als würde sie sich schämen. Der Druck ihres Knies an meinem Schenkel verstärkte sich.

»Naja«, lachte sie verlegen. »Mit einer schillernden Ballkönigin wie Pe kann ich sowieso nicht aufwarten. Du würdest dich sicher langweilen.«

»Bestimmt nicht! Erzähl mir Geschichten aus deiner Sex-&-Drugs-&-Rock-'n'-Roll-Zeit in Frankfurt!«

»Interessiert es dich wirklich?« wollte sie wissen.

»Fishing for compliments?« fragte ich zurück. Hielt sie sich tatsächlich für so langweilig?

Sie lächelte kokett. »Es gab da ein paar Begegnungen. Aber die hatten alle kein Gewicht. Simple Affären. Du kennst das sicher. Meine erste Freundin hieß Maren. Wir haben uns vor etwa drei Jahren kennengelernt und waren zusammen – bis sie plötzlich nicht mehr für mich da war. Das war eine Zeit, in der sehr viel plötzlich nicht mehr da war …«

Sie brach ab.

Ich brachte so viel Mut auf, um ihre warme Hand zu nehmen, die auf der Decke nah an meiner gelegen hatte. Das war sehr intim. Es war ein guter Beginn.

»Erzähl doch!« sagte ich.

Karolin hielt meine Hand fest.

8. Kapitel

GRÜNDE

Karolin war noch in der Ausbildung und fuhr jeden Tag mit dem Fahrrad zur Schule.

Auf ihrem Weg kam sie an einem kleinen Haus vorbei, das von außen wie ein ganz normales Wohnhaus aussah. Aber da war ein Schild an der Wand: »Mädchen- und Frauenberatungsstelle.«

Karolin fragte sich, was da wohl vor sich ging.

An einem verregneten Donnerstagnachmittag hielt sie bei dem Haus an, stellte ihr Rad ab und ging hinein. Eine junge Frau begrüßte sie, die genau wie sie selbst Doc-Martens trug. Sie hatte eine Brille auf der Nase und eine auf dem Kopf. Das war Maren.

Sie sprachen lange miteinander, und am nächsten Tag kam Karolin wieder.

Nicht, daß sie nur über Marens Arbeit sprachen, sie redeten über vieles. Maren hatte weiche Hände und roch immer nach Zimt. Lange bevor sie Karolin das erstemal küßte, sagte sie einmal: »Du bist lesbisch«, was eine Feststellung war.

Karolin war sowieso schon längst in Maren verliebt. Ihre Männergeschichten. Vorne und hinten hatten sie nicht gestimmt. Und Michael hatte sich nach einem Streit auf sein Motorrad gesetzt und war gegen einen Baum gefahren. Karolin war also mit zweiundzwanzig schon so eine Art Witwe.

Maren war die einzige, die sie nicht auch so behandelte. Maren sagte: »Ich kenne Leute, die Schlimmeres erlebt haben«, und Karolin war froh, in ihren Augen nicht lähmendes Mitleid zu sehen.

Als sie sich besser kannten, merkte Karolin, daß Maren tatsächlich kein großes Interesse an ihrer Tragödie hatte. Sie wurde neugierig auf die Leute, von denen Maren gesprochen hatte. Sie wollte wissen, was die so Schreckliches erlebt hatten, daß sie selbst mit ihrer Trauer neben ihnen verblaßte.

Also begannen die beiden durch die Kneipen zu ziehen. Sie waren nächtelang unterwegs, und Maren zeigte Karolin alle Freaks, die sie kannte. Sie kannte eine Menge. Sie sammelte diese Menschen wie andere Briefmarken oder Biergläser.

Jede Nacht kam Karolin spät nach Hause, manchmal überhaupt nicht. Ihre Mutter machte ihr mindestens eine Szene am Tag: »Diese Maren hat einen schlechten Einfluß auf dich! Siehst du das denn nicht?« keifte sie zum Beispiel.

»Du bist ja nur eifersüchtig«, schrie Karolin dann zurück. »Maren kann mir jetzt helfen, aber du bist einfach nur hilflos. Trauer hin, Trauer her, das Leben geht doch weiter!« Aber ihre Mutter verbarg ihre Ohnmacht weiterhin hinter strengen Ausgehverordnungen, die Karolin nicht einhielt.

Karolin traf Maren manchmal in der »Roten Marylin«. Hier liefen all die Freaks herum, die Maren kannte. Nach einem furchtbaren Streit mit ihrer Mutter fuhr Karolin mit dem Rad dorthin, setzte sich an einen Tisch und hoffte, daß Maren käme.

Normalerweise trafen sie sich nur an bestimmten Wochentagen. Maren bestand darauf, auch mal Zeit für sich allein zu haben, und Karolin verstand sie. Immerhin war Maren ihre Freiheit gewöhnt. Aber an diesem Abend brauchte Karolin sie so dringend. Deshalb hoffte sie, daß Maren hierherkäme.

Ein schmieriger Typ in Cordhosen setzte sich zu Karolin an den Tisch und gab ihr ein Bier aus. Er sagte, er heiße Christus und sei auf Speed.

»Ich will nichts mit welchen zu tun haben, die auf Speed sind«, antwortete Karolin.

»Du bist lesbisch, nicht?!« fragte er.

Karolin lief knallrot an. Sie war es noch nicht gewöhnt, diese Frage zu beantworten.

»Das ist super!« sagte Christus und tätschelte ihren Arm. Wie es sonst alte Opis tun, die zu schwach sind, um noch was anderes zu versuchen.

»Weißt du, ich hab' 'nen Kumpel, der ist echt dufte, sag' ich dir. Nur, der hat ein kleines Problem. Verstehste? Ist so'n bißchen pervers. Da hinten sitzt er: Ernie, der Stiefellecker.«

Ernie sah nicht halb so heruntergekommen aus wie Christus, trug ein gestärktes weißes Hemd und polierte Cowboystiefel. Er saß vor seinem Bier und starrte traurig hinein. Irgendwie tat er Karolin leid.

»Es müssen aber nicht unbedingt Stiefel sein, so echte, mein' ich. Schuhe tun's auch. Oder auch barfuß. Hauptsache Fuß, verstehste? Er schlabbert so'n bißchen rum und fertig. Sonst nichts. Dafür zahlt er'n Hunni. Na?«

Christus sabberte ein wenig aus dem Mundwinkel und stank. Karolin wollte eigentlich nur weg. Das alles war so jämmerlich. Und sie wollte heute keine mehr sehen, die noch schlimmer dran waren als sie selbst. Heute war Karolin mal dran mit dem Bemitleidetwerden. Sie hatte sich schließlich mit ihrer Mutter gestritten und war wütend und traurig. Und sie vermißte Michaels Stimme. Sie wollte zu Maren und sich von ihr trösten lassen.

»Du! Ich geh' jetzt rüber zum Ernie und hol ihn her, ihr könnt euch ja mal angucken. Und wenn was draus wird, gibste mir die Hälfte für die Vermittlung, ne?!«

Sie wollte aufstehen, aber er war ziemlich stark.

»Sagen wir dreißig, o.k.? Dreißig für mich, siebzig für dich. Das ist doch fair. Für so'n bißchen Schuhehinhalten. Vielleicht zahlt er noch was drauf, wenn er hört, daß du's sonst nur mit Weibern machst.«

Karolin überlegte, daß es die einfachste Lösung wäre, Christus zu Ernie rüberzuschicken und sich dann blitzschnell aus dem Staub zu machen. Also nickte sie.

Christus brüllte durch den ganzen Laden: »Eh, Ernie, komm doch mal her!«

Alle glotzten zu ihnen herüber. Manche grinsten blöd.

Ernie stakste zu ihnen an den Tisch und sah Karolin an. Er hatte Augen wie schwarze Kirschen.

»Gefällt sie dir, Ernie? Sie ist 'ne echte Lesbe. Keine Tricks, kein doppelter Boden. Und für Hundertfünfzig läßt sie dich an ihre süßen Füße.«

Ernie sah Karolin immer noch an.

»Du trägst Doc Martens mit Stahlkappe, Größe neununddreißig«, sagte er und lächelte. Er hatte nicht unter den Tisch geguckt.

»Weinrot«, sagte sie.

»Verpiß dich«, sagte Ernie zu Christus, und der stand auf, zwinkerte Karolin zu und schlurfte zur Bar.

»Woher weißt du, welche Schuhgröße ich habe?«

Ernie prostete ihr zu. Eigentlich sah er ganz normal aus. Er hatte unheimlich hübsche, lange Wimpern.

Würde er wirklich so viel Geld hinlegen für das Ablecken ihrer Schuhe? War er so verzweifelt? Wahrscheinlich saß er jeden Abend hier. Sie konnte sich plötzlich wieder an sein Gesicht erinnern.

»Das ist Übung. Ich schätze gut. Wahrscheinlich kenne ich die Schuhgröße von jedem und jeder, die hier zur Tür reinkommen.«

»Und ihre Gesichter?«

»Meistens sind ihre Füße schöner.«

Sie lachten.

»Hast du heute abend eine Frau gesehen, so groß wie ich, dreißig Jahre, braunes Haar und mindestens eine Brille?«

»Du meinst Maren? Nein. Die kommt dienstags immer spät. Bist du ihre Geliebte? Sie hat sehr schöne Füße.«

»Das finde ich auch.«

»Im Sommer trägt sie immer Sandalen ...«

Karolin hatte noch nie einen Mann von Füßen schwärmen hören: »Sie sind so weit weg vom Kopf. Sie lassen sich nicht so lenken wie Hände, mit denen man streichelt oder schreibt. Sie können nur fühlen. Ich glaube, sie sind das Ursprünglichste und Triebhafteste am ganzen Körper. Ist das nicht wundervoll?«

Sie hatte noch nie darüber nachgedacht, aber wahrscheinlich hatte er recht.

»Darf ich dich etwas fragen? Es ist sehr persönlich, du brauchst nicht zu antworten«, sagte sie.

»Was denn?«

»Warum stehst du so darauf, die Schuhe fremder Menschen abzulecken? Was ist denn so toll daran?«

Ernie starrte sie mit schwarzen Augen an. »Du bist die erste, die mich das fragt.«

»Das ist doch eine naheliegende Frage.«

Er blickte in sein Bierglas und schüttelte verwundert den Kopf.

»Vielleicht. Aber nur unter Normalen.«

Karolin war verblüfft. Sie hatte ihm gesagt, daß sie eine Lesbe war, und trotzdem hielt er sie für »normal«. Wie lange hatte sie selbst dazu gebraucht, um das so zu sehen!

»Ich bin mal bei einem Psychoheini gewesen. Ich wollte einfach sein wie alle: Ein bißchen bumsen mit der Freundin, irgendwann Kinder, Family. Irgendein Platz, an dem man geborgen ist.« Ernies Hand zitterte, als er nach dem Glas griff. »Ein halbes Vermögen hab' ich in diese Eine-Stunde-pro-Woche gesteckt. Aber das einzige, was dabei herauskam, war, daß mein Vater mich mit seinen Arbeitsschuhen verprügelt hat. Er war Straßenarbeiter, hatte Schuhe mit Spikes untendrunter. Tat höllisch weh, wenn er damit zuschlug. Ich hab' ihn gehaßt. Aber dieser Psychoheini meinte, ich steh' auf Füße und Schuhe, weil ich in Wahrheit meinem Vater nah sein will, diesem

Schwein. Das Schwein hat mich grün und blau geschlagen.« Karolin dachte: »Deshalb siehst du so traurig aus.«

»Gut möglich«, sagte er, und sie merkte, daß sie es laut ausgesprochen hatte.

Sie saßen eine Weile nur da und schwiegen.

Es überraschte Karolin, als Ernie sich plötzlich räusperte und sagte: »Und du? Warum siehst du so traurig aus?«

Karolin erschrak. Jeder, der das wollte, konnte also auch in ihrem Gesicht lesen. In diesem Augenblick faßte sie den Entschluß, ihr Gesicht so gut beherrschen zu lernen, daß ihr das nicht mehr passieren konnte.

»Hat dein Vater dich auch geschlagen?« fragte Ernie.

So dachten doch alle: Immer in der eigenen, kleinen Welt mit dem eigenen, beschränkten Erfahrungshorizont.

Karolins Vater war ein kleiner, dickbäuchiger Mann mit roten Wangen gewesen, der in seiner Schreinerwerkstatt Holz bearbeitete. Er hatte Karolin einmal geohrfeigt, als sie mit vier Jahren aus einem Kanister mit Verdünnungsmittel trinken wollte.

»Nein, aber mein Stiefvater wollte mich vergewaltigen«, hörte sie sich sagen. Es war das erste Mal, daß sie davon sprach.

Ernie blickte von seinem Bierglas auf. Karolin sah ihm an, daß er in ihr plötzlich einen Menschen zu erkennen glaubte, dem er trauen konnte.

»Aber das war schon das Ende davon. Vorher ist viel passiert, ein paar Jahre lang.«

Ernie nickte, als sei das alles ein guter Grund. Er hielt sich für kompetent genug, um das beurteilen zu können.

Als er gerade ansetzen wollte, etwas zu sagen – und Karolin hätte wirklich gern gewußt, was es war – stand plötzlich Maren am Tisch und stellte ihr Glas vor ihnen ab.

»Was machst du denn hier?« Ihre Stimme hatte nicht den üblichen warmen Klang. »Und dann noch mit dem da.« Ein Nicken zu Ernie.

»Wir haben uns nur unterhalten«, antwortete Ernie rasch.

»Unterhalten? Ich kann mir vorstellen, was du mal wieder vorhattest. Aber daraus wird nichts, klar?! Laß sie in Ruhe. Los, hau ab!«

Ernie wollte aufstehen und kampflos gehen.

»Aber wir haben uns wirklich nur unterhalten, Maren«, warf Karolin ein. »Ich will nicht, daß er geht.«

Maren blickte erst sie an und dann ihn. Ernie hob die Hände und rückte seinen Stuhl vom Tisch weg. Als er aufstand, sah er Karolin noch ein einziges Mal an, und sie dachte, daß sogar Leute wie Maren daran schuld waren, daß er so traurig aussah.

Er zahlte und ging hinaus. Karolin wäre an seiner Stelle auch nicht hiergeblieben, wo die Hälfte der Kneipe die Szene beobachtet hatte.

»Was um Himmels willen tust du hier in diesem Laden? Hast du auf mich gewartet?« Maren setzte sich nicht, sondern blieb vor Karolin stehen.

»Ich hatte Streit mit meiner Mutter. Und ich fühlte mich mies. Ich ...«

»Ich will das nicht! Ich will nicht, daß du hinter mir herläufst. Tu das nie wieder.«

»... fühlte mich so beschissen. Immer mußte ich daran

denken. An den Unfall. Daß er nie wiederkommt. Ich bekam es nicht aus meinem Kopf.«

»Ich will nicht, daß du auf mich wartest!«

»Wieso nicht?«

»Weil mich das unter Druck setzt. Ich habe dann das Gefühl, daß ich unbedingt zu dir kommen muß. Und wenn ich es nicht tue, wartest du und bist enttäuscht.«

»Aber so ist es doch.«

»Ich will das nicht!«

»Aber es ist so, Maren. Das ist immer so, wenn man jemanden braucht.«

Maren starrte sie mit offenem Mund an, packte sie am Arm und zog sie hoch. »Komm mit!«

Dem Mann hinter der Theke rief sie zu: »Ich zahl' morgen!« Er winkte nur.

Draußen lehnte Karolin sich gegen die Hauswand, deren rauhe Struktur sich angenehm unter ihren Händen anfühlte: ganz real und beständig.

Maren stand ein Stück weiter weg im Kegellicht einer einzelnen Lampe und starrte ab und zu herüber.

Karolin verstand nicht, was passiert war. Sie hatte Maren gesagt, daß sie sie brauchte. Aber sie hatte ihr doch schon hundertmal vorher gesagt, daß sie sie liebte. Natürlich gab es das eine auch ohne das andere – aber doch nicht hier, in einer Liebesbeziehung zwischen zwei Frauen. Oder?

Schließlich kam Maren heran und sah an Karolin vorbei auf die graue Wand. »Du fängst an, mir über den Kopf zu wachsen«, sagte sie. »Komm, ich fahr' dich nach Hause.«

Sie luden das Fahrrad in den Kofferraum des Wagens, und Maren fuhr los.

In Karolin gab es eine Stelle, die ihr oft weh tat. Manchmal dachte sie, es sei der Magen. Manchmal der Blinddarm oder die Nieren. Auf dieser Fahrt tat es ganz besonders weh. Es brannte wie Feuer und sandte seinen Schmerz in alle Winkel ihres Körpers.

Als sie an einer Ampel halten mußten, hatte Maren sich gesammelt, und ihre Stimme hatte wieder diesen vertrauenerweckenden Klang.

»Hast du eigentlich eine Ahnung, was das für ein Typ ist, mit dem du da gerade gesprochen hast?«

»Das war Ernie, der Stiefellecker«, antwortete Karolin brav.

»Er ist ein Perverser. Wenn du den einmal ranläßt, bekommst du ihn nicht mehr los. Er windet sich vor dir auf dem Boden und will, daß du ihn trittst. Er kriegt deinen Namen raus, ruft dich an, schickt dir Päckchen mit Dreihundertmarksstiefeln. Wo er dich erwischen kann, hängt er an dir dran, will immer mehr: Erst die Füße, dann die Schenkel, dann die Möse. Und bei allem sollst du ihn möglichst treten. Er geht dir so auf die Nerven, daß du nachts plötzlich aufwachst, seinen Anruf fürchtest und dir plötzlich wünschst, ihm den Schädel zu zerschmettern. So ist das nämlich mit dem guten Erni. Sei froh, daß ich vorbeigekommen bin. Eigentlich wollte ich erst viel später auftauchen.«

Die Ampel wurde grün.

»He, Kleines, nun sag schon was. Sei nicht eingeschnappt.«

Karolin konnte an nichts anderes denken als daran, wie sehr sie sie liebte.

»Liebst du mich?« fragte sie.

Maren legte ihre Hand, die sie sonst zum Schalten brauchte, auf ihr Knie: »Ja, ich lieb' dich.«

»Warum erschreckt es dich dann, wenn ich dich brauche?«

Maren antwortete nicht.

»Maren, ich weiß nicht mehr, wohin mit mir. Es tut so weh. Hier.« Sie zeigte auf die Stelle, die schlimmer brannte als ätzende Säure. »Man kann doch nicht immer im Leben so stark sein, daß man alles allein schafft, oder? Maren, ich bin so allein.«

Maren sagte nichts. Sie schwiegen, bis das Haus in Sicht kam.

9. Kapitel

NELE

Nele war Mitte zwanzig, als Karolin ihr vor sieben Jahren begegnete. Sie trafen sich auf einer zusammengewürfelten Silvesterparty bei Freunden von Karolins Vater.

Karolin war selbst gerade achtzehn.

Während die anderen mit viel Geschrei Zinn gossen, die Männer in jeder skurrilen Form Titten oder Schenkel, die Frauen in denselben Formen Babystrampler oder verwunschene Frösche sahen, zogen Karolin und Nele sich in eine Ecke zurück.

Karolin schätzte sie auf etwa dreißig. Sie war zu dick, und ihre Bewegungen waren so langsam, als sei sie unendlich müde. Ihre Hände streichelten den seidigen Stoff ihrer Bluse.

»Hast du einen guten Vorsatz für das neue Jahr?« fragte sie Karolin.

Sie selbst sah aus, als hätte sie zu jedem Silvester einen ganzen Haufen solch guter Vorsätze.

»Klar.« Karolin deutete auf vier junge Männer, die um die improvisierte Theke standen und laut lachten. »Siehst du den im roten Hemd?«

Nele sah hin.

»Dein Freund?«

»Nicht mehr lange. Mein erster Vorsatz für das neue Jahr ist, mit ihm Schluß zu machen. Wir gehen erst seit drei Wochen miteinander, und er langweilt mich jetzt schon zu Tode.«

Nele kicherte nervös und warf einen raschen Blick zu einem anderen Mann, der sich angeregt mit dem Gastgeber unterhielt.

»Und der da ist dein Freund?« fragte Karolin. Er sah gut aus.

»Ja, Alexander«, flüsterte Nele ihr zu und leerte ihr Sektglas in einem Zug. Dann setzte sie hinzu: »Der Große.«

»Oh ...«

»Wie?«

»Ich sagte nur ›oh‹.«

»Ah.«

Karolin schenkte Nele aus der Sektflasche nach, die sie in der Hand hielt und aus der sie dann und wann nippte.

»Warum ›oh‹?«

Wenn Nele nicht verstohlen vor sich hin kicherte, wirkten ihre Augen groß und waren voller Verwunderung.

»Ich sagte ›oh‹, weil du so ein Gesicht gemacht hast bei dem Wort ›der Große‹«, erklärte Karolin ihr. »Das sah nicht so aus, als würdet ihr euch so bombastisch verstehen. Wie lange seid ihr schon zusammen?«

»Drei Jahre. Fast auf den Tag genau. Meine Güte ...« Nele seufzte und zerwühlte ihre ohnehin schon zerrupfte Frisur. »So lange schon.«

Alexanders Stimme schallte zu ihnen herüber. Er sprach von seinen Erfolgen an der Universität. Jurastudium.

»Er gibt wohl gern an?«

»Wie kommst du darauf?«

»Weil du ihn ›den Großen‹ genannt hast.«

Nele starrte sie einen Augenblick verblüfft an, kicherte heftig los und lief rot an. Sie verschüttete etwas Sekt auf ihre glitzernden Schuhe und trank deshalb den Rest vorsichtshalber aus.

»Ich meinte damit ... verstehst du? Ich meinte damit nicht ... Was ich damit meinte, ist ...«

»Ja?« Karolin war fasziniert von ihren Kichersalven.

»Ich meinte seinen ... seinen ...« Es folgte eine eindeutige Handbewegung.

Puterrot saßen Nele und Karolin jetzt auf der Bank und kicherten beide. Karolin sah ihren Vater, der verwundert zu ihnen herblickte. So ausgelassen kannte er sie gar nicht.

»Ist es nicht furchtbar, wenn sie so groß sind? Ich hasse es!« Nele verzog das Gesicht.

»Ich kenne erst zwei«, gestand Karolin.

»Wirklich? Ich müßte mal zählen ... Aber die anderen waren kleiner. Naja, zu klein ist auch nicht schön. Einmal hatte ich einen, der war vielleicht winzig, sozusagen völlig unbedeutend.« Sie kicherten wieder. Karolin befürchtete, die Kontrolle zu verlieren und nicht mehr damit aufhören zu können.

»Ich kann es nicht leiden, wenn er auf mir liegt. Dann stochert er in mir herum, als müsse er einen Akkord brechen, und ich liege nur doof rum. Ich sitze lieber oben«, sagte Nele. Ihre Lippen zitterten ein wenig. Sie war nervös. Vielleicht fragte sie sich gerade, was sie hier tat.

»Ja, ich auch«, erwiderte Karolin, überrascht, daß es so

einfach war, so etwas zu sagen. »Dann habe ich die Kontrolle über alles, Und wenn ich Glück habe, komme ich dann auch.«

Karolin hatte nie mit jemandem darüber gesprochen, wie es für sie war, mit einem Mann zu schlafen. Aber wenn es unbedingt hier und jetzt sein sollte, warum nicht.

»Ach, es ist immer das gleiche«, erwiderte Nele und drehte an einem ihrer vielen Ringe. »Für unseren Spaß müssen wir doch eigentlich selber sorgen. Die wenigsten haben es raus. Am besten, man nimmt ihre Hand und zeigt ihnen, was einem gefällt.« Sie betrachtete sinnend ihre Hand, die immer noch das Sektglas hielt.

»Redest du mit deinem Freund darüber?« wollte Karolin wissen.

Nele war so locker. Sie wußte anscheinend genau, was sie wollte.

»Reden?« wiederholte Nele. »Mit einem Mann?«

Karolin dachte darüber nach, woran es wohl lag, daß sie mit manchen Menschen auch nach mehrmaligen Treffen nie über den Schulkram, die vier Lieblingsbands und den letzten Urlaub hinwegkam.

»Und wie ist es, wenn du es allein tust?« fragte sie.

»Wie gut, daß das erfunden wurde!« platzte Nele heraus, und sie kicherten wieder.

»Manchmal frage ich mich, ob wir sie überhaupt brauchen«, flüsterte Nele, und ihre Handbewegung deutete vage in den Raum hinein, meinte nicht nur Alexander und Den-im-roten-Hemd. »Ich meine, du kannst schon Spaß mit ihnen haben. Aber brauchen tun wir sie doch nicht, oder?«

»Ich finde es geil«, sagte Karolin.

»Ja, ja, ich auch«, beeilte Nele sich zu sagen.

Karolin horchte ihren Stimmen nach. Sie hatte etwas durch und durch Positives sagen wollen, denn sie fand, Sex sollte durch und durch positiv sein. Aber jetzt fand sie plötzlich, daß dieses Wort nicht nach Lust und Freiheit klang, sondern nach einer unübersehbaren Lücke.

Nele richtete ihre Augen in die Ferne, obwohl der Partyraum nur knapp sechs Meter maß. Ihr Parfüm zog an Karolin vorbei. Es roch nach milchsatten Kätzchen. Ein zufriedener Geruch, der Karolin einhüllte mit seiner süßlichen Müdigkeit. Er paßte zu Neles fast geschlossenen Lidern, ihrem Blick, der jetzt wie ein Gespenst durch Wände glitt.

»Meinst du, daß da noch irgend etwas kommt?« fragte Karolin und zögerte plötzlich. Ihr war gerade eingefallen, daß sie sich überhaupt nicht kannten.

Nele sah sie an und schwieg.

10. Kapitel

UNERWARTETES

Als sie mit ihrem Schreiben das Leben zu überholen beginnt, überholt plötzlich ihr Leben ihr Schreiben und stellt die Ordnung der Dinge auf den Kopf.

Alles in Karolin glühte weiß. Wie über dem Feuer erhitztes Eisen.

Es war klar, was in dieser Nacht nach dem Schwof hätte passieren können. Es wäre normal gewesen, jetzt den ersten Schlaf zu bekommen. Eingehüllt in den Duft von Schweiß und Liebessäften.

In der Dämmerung, die sie durch den Vorhang erspürt hätten, wären sie wieder erwacht, hätten sich halb noch im Schlaf aneinandergeschmiegt und den Körper der anderen aufs neue erkundet. Das Weiche, das Starke, das Zarte und das Wilde. Sie hätten nicht aufhören können mit dem Streicheln und Tasten und hätten sich plötzlich aufgeregt und hitzig noch einmal geliebt. Und am Morgen noch mal.

Aber vor langer Zeit war etwas geschehen, das diese schönen Dinge für Karolin so schwer machte.

Jetzt dachte sie daran davon zu reden, sich Zeit zu lassen und Vertrauen zu finden. Und Nähe. Aber dann fiel ihr ein, daß ihr Gerede völlig umsonst sein konnte, wenn Frederike es in diesem Augenblick nicht selber erkannte.

»Weißt du, was ich ganz traurig finde?« sagte die plötzlich.

Sie hielten sich immer noch an der Hand, und es fühlte sich schon nicht mehr fremd an. »Wir tun immer alle so cool und laufen mit unseren Masken durch die Welt. Aber das traurige daran ist: Die meisten haben verdammt gute Gründe, um so zu sein.«

Als sie am Morgen erwachten, hatte in Karolin etwas einen sehr großen Schritt nach vorne gemacht.

»So geht das nicht!« erklärte Bastian. »An dieser Stelle hier müssen wir unbedingt noch etwas über die gängige Lichtsetzung in den Fünfzigern sagen. Der ganze Kontext wird auseinandergerissen, wenn wir das nicht tun.«

»Vielleicht könnten wir den Lichtabschnitt hier einbauen?! Vor dem Kapitel über die Filmmusik«, schlug ich vor.

Wir saßen auf dem Boden in meinem Wohnzimmer und hatten um uns herum Berge von handgeschriebenen Zetteln verteilt, die wir für eine Hausarbeit zusammenordnen wollten.

»Ja, das könnte funktionieren.« Er schichtete ein paar Seiten um. »Ich kann es immer noch nicht glauben: Du hast mit Karolin schon im Bett gelegen, und es ist nichts passiert!«

»Was ist so schlimm daran? Sie hat mir viel von sich

erzählt. Das ist mir wichtiger, als sofort mit ihr rumzumachen. Ich will sie schließlich kennenlernen.«

»Ich lerne meine Freunde auch erst kennen«, mokierte sich Bastian. »Aber wenn wir dann im Bett landen, dann landen wir auch richtig im Bett!«

»Ich bin wirklich froh, daß das bei Karolin nicht so ist. Es wäre einfach nicht richtig gewesen. Das ist keine Hoppla-hopp-Frau. Und weißt du was? Genau das mag ich an ihr! Ich mag es, daß sie erst wartet, daß sich etwas Tiefes zwischen uns entwickelt. Das ist doch eine tolle Beziehung. Ich möchte noch viel mehr von ihr wissen.«

»Dann wirst du endlich wissen, wieso sie dich am Anfang immer so melancholisch gemacht hat. Du kannst dieser Frau auf den Grund gehen, wie bei der Filmanalyse.«

»Sebastian! Bitte!«

»Ernster, natürlich. Mit dem notwendigen, menschlichen Ernst, der angemessen ist. Aber mit der Erfahrung einer Filmwissenschaftlerin. Wenn du so an die Sache rangehst, was fällt dir dann als erstes ein?«

»Daß meine Freunde und Freundinnen fast alle spinnen, die Schwulen allen voran! Es handelt sich hier nicht um einen inszenierten abendfüllenden Spielfilm, mein Guter. Es ist ihr Leben.«

Bastian winkte ab.

»Das ändert nichts an der Tatsache, daß diese Frau analysiert werden sollte. Sonst wirst du doch nie aus ihr schlau.«

»Ich will sie aber nicht untersuchen, Bastian. Ich will sie einfach nur …«

»Na? Was?«

»... glücklich machen.«

»Oje, bei dir ist ja alles verloren.«

»Verloren!« wiederholte ich energisch. »Das ist das richtige Wort im Zusammenhang mit Karolin. Sie hat so viel verloren.« Ich betrachtete Bastian, der ganze Kapitel unserer Hausarbeit auf dem Teppich herumschob. Konnte ich mich auch auf diesem privaten Gebiet so gut auf ihn verlassen, daß ich ihm von Karolins Geschichte erzählen durfte?

»Verlust?« fragte Bastian.

Meine Türglocke schrillte. Wir sahen uns fragend an.

»Ich erwarte niemanden.«

»Geh doch mal an die Tür. Vielleicht ist es Karolin.«

Ich wußte, daß Karolin niemals einfach so hier auftauchen würde. Trotzdem ließ ich mich von dieser Möglichkeit verleiten.

»Hoffentlich ist es nur nicht Paula. Auf ihre Bemerkungen über männliche Besuche in meiner Wohnung habe ich keine Lust«, maulte ich. Und in die Sprechanlage brüllte ich: »Wer ist denn da?«

Es krachte und knackste. Dann kam eine Antwort.

Ich drückte auf den Türöffner und steckte meinen Kopf wieder ins Wohnzimmer.

»Es ist mein Vater!« sagte ich verblüfft.

Als ich im Treppenhaus sein Gesicht auftauchen sah, erkannte ich an seiner Miene deutlich, daß etwas passiert war. Mein Rücken verkrampfte sich zur Unbiegsamkeit eines Surfbrettes.

»Ist was mit Alice?« brachte ich heraus, als er vor mir stand. Die Epilepsie meiner Schwester hatte mich meine ganze Kindheit hindurch immer wieder in Schrecken versetzt. Jederzeit konnte etwas Unvorhergesehenes passieren. Einen plötzlichen Besuch meiner Eltern, die mir eine Horrorbotschaft brachten, hatte ich bereits in mehr als einem Alptraum durchlebt.

Papa klopfte mir auf die Schulter und lächelte etwas steif: »Nein, nein, alles in Ordnung. Ich kam hier grad vorbei und dachte, ich besuch' dich mal.«

Ich wich ein paar Schritte in die Wohnung zurück, und er folgte mir in den Flur.

»Du hast neu gestrichen«, stellte er fest und betastete vorsichtig die Wand, als befürchtete er, die Farbe sei noch feucht.

»Vor einem halben Jahr schon«, antwortete ich und starrte ihn gebannt an. Bastian im Wohnzimmer hatte ich vollkommen vergessen. Ich könnte mich jetzt über den gelungenen Überraschungsbesuch freuen. Allerdings wirkte das vertraute Gesicht wie ein Fremdkörper in meinem kleinen Flur. Ich wurde den Verdacht nicht los, daß irgend etwas nicht stimmte.

Papa war erst wenige Male in meiner Wohnung gewesen. Meistens zu meinem Geburtstag, mit Mama und Alice zusammen. Sie kündigten sich jedesmal schon Wochen vorher samt Kuchen und Geschenken an. Unangemeldet war noch kein Mitglied meiner Familie hier angerauscht.

Papa legte auch nicht gleich mit irgend etwas Wichtigem los, wie er es sonst tat. Er fragte nicht nach meinem Studium oder meinen Fortschritten im Schreiben. Statt dessen hielt er sich verdächtig lange beim Wetter auf, das er für Oktober als zu warm, subjektiv aber als sehr angenehm empfand.

Ich hörte ihm eine Weile zu, dann unterbrach ich sein Gerede mit meiner üblichen Direktheit:

»Papa, was ist eigentlich los?«

Es rührte mich ungemein, als ich jetzt den Kampf in seinem Gesicht miterlebte: Es war ein Hin und Her, ein Für und Wider darin zu erkennen.

»Komm erst mal rein«, sagte ich und deutete ins Wohnzimmer. »Möchtest du Tee?«

»Oh, ja, Freddy, dank' dir.«

Ich mußte blinzeln. »Freddy« hatte er sehr lange nicht mehr zu mir gesagt. Ich war für diesen kindlichen Spitznamen zu alt geworden. Papa folgte mir ins Wohnzimmer, und als er Bastian erblickte, blieb er stehen.

»Oh, Besuch …«

»Hi!« sagte Bastian artig und reckte Papa seine Hand entgegen. »Sebastian Steinberg-Holtey. Für den Doppelnamen sind meine Eltern verantwortlich. Ich bin ein Kommilitone von Frederike.«

»Hi«, erwiderte Papa und schüttelte Bastians Hand etwas hektisch. Dann folgte er mir in die Küche.

»Ich wußte nicht, daß du Besuch hast«, flüsterte er.

»Wir haben gerade an einer Hausarbeit gewurschtelt. Nichts Wichtiges«, erklärte ich. »Wir sind auch fast fertig. Wenn du willst, schmeiß' ich ihn raus?!«

Ich kannte meinen Vater immer als entschlußfreudig. Jetzt machte er den Eindruck, als wisse er nicht, was er wolle.

Er fuhr sich mit der Hand durch das dünne Haar an der Stirn und lächelte zögerlich: »Ich bin etwas verwirrt.«

»Ich merke auch schon so was. Hoffentlich ist das nicht ansteckend«, lachte ich.

Während der Tee in die Kanne tröpfelte, machte ich schnell einen Abstecher ins Wohnzimmer. Aber Bastian hatte bereits die Lage begriffen und packte schon seine Unterlagen zusammen.

»Sie brauchen jetzt aber nicht zu gehen, nur wegen mir«, beteuerte Papa, der plötzlich hinter mir stand.

»Sie glauben nicht, wie willkommen mir das ist«, erwiderte Bastian mit betont gequältem Gesicht. »Ihre Tochter darf sich rühmen, hochgradig arbeitssüchtig zu sein. Sie will immer alles an einem Tag schaffen.«

Papa sah mich erstaunt an, als kenne er mich nicht schon länger.

»Manche Sachen kannst du einfach nicht an einem Tag schaffen!« sagte ich.

Bastian stand auf und nahm seine Tasche.

»Das ist wunderbar, daß du das jetzt einsiehst«, grinste er und küßte mich sehr brüderlich auf die Wange. Papa sah trotzdem weg

»Tja, ich geh' dann. Wir sehen uns ja morgen sowieso in der Uni.«

»Immer fleißig, hm?« scherzte Papa lahm. Ich wunderte mich. Aber ich sollte mich noch viel mehr wundern. Plötzlich kam Leben in meinen zuvor noch so zögerlichen Vater, und ihm fiel – jetzt in dieser Sekunde – wieder ein, daß er noch einen dringenden Termin hatte.

So stapften er und Bastian dann gemeinsam die Treppe hinunter. Ihre Baßstimmen verklangen, als unten die Tür ins Schloß fiel.

Ich ging in die Küche und setzte mich an den Tisch. Der verschmähte Tee tröpfelte in die Kanne.

»Was war denn das?« sagte ich zu meinem Ficus auf dem Fensterbrett.

Die Grünpflanze, die wegen starken Blattverlustes eher an ein abgeerntetes Lorbeerbäumchen erinnerte, diente mir des öfteren als Gesprächspartner.

Natürlich hatte Papa mir etwas sagen wollen. Etwas lastete ihm schwer auf der Seele, war aber anscheinend noch um einiges schwerer auszusprechen.

Könnte er Krebs haben? Krebs fiel mir bei Leuten über vierzig immer als erstes ein, wenn sie mit mir reden wollten. Allerdings war mein Vater doch nicht der Typ, der bei so einer Lage seine Tochter durch unerwartete Auftritte in Angst und Schrecken versetzen würde. Diese Möglichkeit kam also eher nicht in Frage.

Hatte er vielleicht Schulden? Ein uneheliches Kind? Ach, das war doch alles Unsinn!

Es schellte wieder an der Tür.

»Aha!« sagte ich zum Ficus. »Da ist er wieder. Hat es sich wohl überlegt. Na, da bin ich aber gespannt.«

Es waren lange Schritte im Treppenhaus zu hören.

Ich huschte zurück in die Küche und goß meinem armen, gebeutelten Vater schon mal eine Tasse Tee ein. Im Schrank fand ich auch noch etwas Rum, der von einer »Jamaicatortenschlacht« übriggeblieben war.

Als ich aufsah, stand aber nicht Papa im Türrahmen, sondern Pe.

»Da bin ich wieder mal«, sagte sie. Vorsichtshalber hatte sie die Wohnungstür noch nicht hinter sich geschlossen. »Du erwartest jemanden?«

»Meinen Vater«, antwortete ich fast wahrheitsgemäß.

Pe schloß die Wohnungstür. »Der ist grad mit seinem Wagen weggefahren.«

»Hast du unten gewartet, bis die Luft rein war?« Ich konnte nicht anders, als sie mal wieder für ihre Geduld und Findigkeit zu bewundern.

»Bekomme ich auch einen Tee?« Pe setzte sich zu mir an den Tisch.

»Nimm dir!« Nun war Pe also in meiner Wohnung. Und wenn ich nicht hyperunhöflich sein wollte, konnte ich sie nicht einfach wieder rausschmeißen. Da gab es nur eines: Ich bediente mich am Rum; und nicht zu knapp. Pe bedachte mich mit einem erstaunten Blick.

Meine Tasse war rasch leer, und ich sah verwundert auf ihren schmierigen Boden, wo sich ein kümmerlicher Rest bräunlicher Flüssigkeit sammelte.

Pe saß an meinem Tisch, als sei sie nie weggewesen. Ich wartete ab, was dieser Tag noch für mich bereithielt.

»Sebastian hab' ich auch gesehen. Sieht gut aus.«

»Er hat was mit einem Steinbock«, erklärte ich ihr.

Sie lachte. Und wir musterten uns ausgiebig.

»Du fragst mich gar nicht, warum ich gekommen bin«, stellte Pe nach einer Welle des Schweigens fest.

»Ich nehme mal an, daß du mir das gleich selber sagen wirst.«

»Weißt du, daß du zum ersten Mal seit sechs Monaten freundlich zu mir bist?« sagte Pe und nippte an ihrem Tee. Mir fiel auf, daß sie nicht geschminkt war. Sie trug keinen Lippenstift und keine Wimperntusche. Nicht mal Kajal hatte sie aufgetragen.

»Es liegt daran, daß du deine Kriegsbemalung weggelassen hast«, erklärte ich ihr. »Das hemmt meine Aggressionen, die ich gegen Pe Feldmann hege.«

Wir schafften es, uns anzulächeln.

»Und somit wären wir auch schon beim Thema«, sagte Pe. »Ich möchte gern mit dir reden – über deine Pe-Feldmann-Aggressionen. Ich würde gerne etwas dagegen tun. Ich vermiss' dich, Rike. Natürlich weiß ich, daß es nicht mehr so sein kann wie früher. Aber ich möchte mit dir befreundet sein. Ich möchte mit dir umgehen können wie mit einer guten Freundin, in deren Nähe ich sein kann. Aber du bist zu mir immer nur abweisend. Wenn es dagegen ein Mittel gibt, dann wüßte ich es gern.«

»Hormonspritzen?« schlug ich vor. Aber ich konnte ihrem gezwungenen Lachen ansehen, daß es ihr ernst war. Ich seufzte. Allmählich hatte ich einfach keine Nerven mehr für die Dramen, die Pe mir ständig aufzwingen wollte.

»Gegen diese Aggressionen, Pe, da gibt es kein Mittel – außer vielleicht die Zeit. Ich brauche Ruhe, Abstand. An eine Beziehung mit dir kann ich nicht so einfach eine Freundschaft anknüpfen.«

»Aber ich will es«, sagte Pe. Natürlich! Sie wollte mal wieder etwas. Das erinnerte mich an diesen ersten Morgen nach der ersten Nacht. Ihr Kniefall vor mir und wie sie mit heißem Atem in meinen Schoß gesprochen hatte. Sie hatte mich so sehr gewollt, daß ich trotz dieses unguten Gefühls schließlich gesagt hatte »Versuchen wir es!«.

»Es geht nicht«, sagte ich nun mit fester Stimme. »Noch nicht.« Diese zwei Worte verdankte ich diesem bekloppten Gefühl, das mir sagte, irgend etwas sei doch »gut« gewesen in der Zeit mit ihr.

Pe schwieg. Sie fragte nicht nach dem »Warum?« so wie ich es erwartet hatte. Sie saß gerade und gefaßt auf meinem Küchenstuhl, als wäre es ihrer, und trank meinen Tee. Ihre schlanken, langen Finger hielten die Tasse locker und gelassen, klammerten nicht.

Ich wußte nicht, was ich mit ihr anfangen sollte, wenn sie einfach schwieg. Das hatte sie so gut wie nie getan. Einfach meine Entscheidung über sich ergehen lassen. War das tatsächlich Pe, die da vor mir saß?

Sie hatte doch immer gefragt, immer hatte sie das »Warum?« wissen wollen.

Darin waren wir so unterschiedlich wie Feuer und Wasser. Ich ließ den Dingen Ruhe und Zeit. Aber Pe hatte gegen diesen Teil in mir rebelliert, hatte mich tyrannisiert mit ihrem »Warum?«, hatte mich nicht in Frieden gelassen. Das hatte mich jedesmal verzweifeln lassen.

Aber jetzt schwieg sie. Jetzt war sie still. Warum? Hatte sie tatsächlich etwas über mich gelernt? Oder wußte sie einfach, daß diese Stille die einzige Möglichkeit war, um mich wieder zum Reden zu bringen.

»Du fragst ja gar nicht«, konnte ich mir dann auch nicht verkneifen.

Ich stand auf, um mir noch etwas Tee einzugießen. Aber als ich stand, wackelte plötzlich der Boden unter mir, und ich mußte mich wieder hinsetzen.

»Ein Erdbeben!« sagte ich verwundert zu Pe.

Sie lächelte liebevoll, fast so wie damals, als ich mein eigenes Spiegelbild beschimpfte.

»Ich tippe eher auf den Rum«, bemerkte sie.

Natürlich. Das hatte ich vollkommen vergessen.

»Scheint ganz so, als müßtest du dich in meiner Gegenwart regelrecht zwanghaft betrinken.«

Darauf antwortete ich lieber nicht. Schließlich war sie diejenige, die nach einem Streit mit mir regelmäßig ein Glas über die Sektlaune hinaus getrunken hatte. Statt etwas zu erwidern, startete ich einen zweiten Versuch, die Teekanne zu erreichen, und diesmal blieb der Boden ruhig. Ich verschüttete nicht mal etwas. Aber der Rum hatte es in sich. Ich war eine komplette Idiotin.

»Du fragst gar nicht, warum es nicht geht.«

Pe hielt immer noch den Mund. War das nun eine neue Taktik? Ich ärgerte mich. Pe schwieg einfach und brachte mich damit völlig aus der Fassung.

»Es hat nichts mit dir zu tun«, sagte ich. Das stimmte. Aber trotzdem hielt ich Pe für einen Wolf im Schafspelz, für ein kleines menschliches Schwein, eine egoistische und falsche Schlange. Das sind eine ganze Menge Tiere, oder?

»Es liegt an mir selber. Ich wußte schon nach einer kurzen Weile, daß das mit uns nie gutgehen könnte. Aber ich habe es trotzdem nicht aufgegeben. Ich habe es weiter versucht, obwohl ich wußte, daß es sinnlos war. Ich kann mir selbst eben nicht verzeihen. Und das hat ziemlich wenig mit dir zu tun.« Ich dachte, daß der Mensch lieber alle Schuld auf sich nimmt, als daß er sich seine Ohnmacht eingesteht. Hilflosigkeit ist so ziemlich das Schlimmste.

Pe sah mich nicht an. Ich konnte auch so in ihren Wimpern einen Tropfen hängen sehen.

Ich stellte die Teekanne ab und wußte dann nicht, wohin mit meinen Händen. Eine fand ich plötzlich auf Pes Schulter wieder. Ihre Finger berührten zaghaft meine.

»Du hättest nicht alles beenden sollen«, schluckte sie. »Wir waren viel zu sehr aneinander gekettet. Du warst an mich gefesselt, weil du mich trotz allem geliebt hast. Trotz allem, was schiefgelaufen ist, hast du mich geliebt.«

Jetzt stand sie vor mir, in ihrer vertrauten Größe. Ich betrachtete verwundert ihren Kragenaufschlag. Die drei obersten Knöpfe an ihrer Bluse waren offen. Pe umarmte mich nicht, sie legte nicht den Arm um mich oder zog mich heftig an sich. Sie beugte sich nur ganz langsam ein Stückchen herunter zu mir und küßte mich zart auf den Mund.

Ich wurde schlagartig wieder nüchtern.

»Jetzt hätte ich fast meine gute Erziehung vergessen. Da heißt es nämlich: Knutsch nicht mit Ex-Frauen in deiner Küche, solange du unter Alkoholeinfluß stehst.«

»In vino veritas«, erinnerte mich Pe. »Das hast du selber immer gesagt. Wenn du betrunken bist, tust du das, was du wirklich tun willst.«

Ich war tatsächlich betrunken genug, um kurz darüber nachzudenken. Aber alles, was mir einfiel, war Karolins Gesicht.

»Weißt du, daß jeder Mensch in sich eine Farbe trägt? Welche Farbe ist in dir?« fragte ich Pe. Sie richtete sich wieder zu ihrer vollen Größe auf.

»Eine Farbe?« Ihre Stimme klang immer noch liebevoll und sanft.

Ich sah auf ihren Mund und fand es absurd, daß ihre schmalen Lippen gerade noch meine berührt hatten.

»In mir ist Lindgrün. Aber manchmal färbe ich mich blau, tiefblau, vor Traurigkeit«, erklärte ich ihr.

»Worüber bist du traurig?« fragte Pe mißtrauisch und kramte in den Hosentaschen. »Wo sind meine Zigaretten?«

Keine Ahnung, worüber ich traurig war. Wußte Karolin es von sich? Von ihr ging schließlich meine ganze Traurigkeit aus.

Als ich nicht antwortete, wurde Pe nervös. Ich hatte auf ihre Fragen immer geantwortet. Sie setzte sich hin, und stand wieder auf, weil ich auch noch stand. Sie mochte es nicht, wenn ich größer war als sie. Und sie mochte es nicht, wenn ich auf ihre Fragen nicht antwortete.

Ich dachte, daß das vielleicht auch eine Möglichkeit gewesen sei: Wenn Pe die Hälfte ihrer »Warums?« nicht gefragt und ich die andere Hälfte der »Warums?« nicht beantwortet hätte, dann hätte es vielleicht klappen können zwischen uns. Vielleicht.

»Wer war die Frau auf dem Schwof neulich?« brach es plötzlich aus Pe heraus.

Das war mir unheimlich. Ich stellte mir vor, sie habe direkt in meinen Kopf gegriffen und von dort Karolins Gesicht hervorgezerrt.

»Frage um Frage«, sagte ich langsam. »Zuerst du: Welche Farbe ist in dir?«

Pes grauer Blick, da war er wieder. Wieder kämpften wir miteinander unseren alten Kampf, bis sie die Augen niederschlug und sich an den Tisch setzte. Seit wir getrennt waren, trug ich öfter mal einen Sieg davon.

»Ich hab's gleich gewußt. Als ich dich mit ihr gesehen habe, wußte ich, daß du in sie verliebt bist. Ich kenne dich so gut.«

Ich ärgerte mich, daß ausgerechnet Pe diejenige war,

die es zum ersten Mal aussprach, aber trotzdem schlug mein Herz ein wenig rascher.

»Ist es deswegen?« fragte Pe nun doch. Sie konnte eben nicht aus ihrer Haut heraus. Wer kann das schon? »Willst du deswegen keinen Kontakt mehr zu mir, weil du dich auf diese neue Liebe konzentrieren willst?«

»Was für ein Unsinn!« platzte ich heraus. »Als ob ich nur Platz für einen Menschen hier drin hätte.«

»Vielleicht braucht Karolin sehr viel Platz mit ihrem farblosen Gesicht und dem Ringel-T-Shirt«, erwiderte Pe.

Meine Wut kam so schnell zurück, als sei sie überhaupt nicht weg gewesen. Daß Pe Karolins Namen kannte, war schon Grund genug, um sehr sehr sauer zu sein. Aber sie hatte auch noch die Frechheit, den Namen vor mir auszusprechen. Sie wollte mir mal wieder zeigen, daß sie immer bestens über mich informiert war. Ich haßte sie.

»Raus!« sagte ich leise.

»Was findest du an ihr? Sie macht doch überhaupt nichts aus sich. Was nützt ihr das hübsche Gesicht, wenn sie so langweilig ist?« antwortete Pe.

Ich machte einen Schritt auf sie zu.

»Verschwinde auf der Stelle!« knurrte ich. Die Worte grollten in meiner Kehle herauf, als hielte ich dort nur mit Mühe ein ziemlich wildes Tier gefangen.

Ich faßte Pe am Arm und schob sie rasch Richtung Wohnungstür.

»Jetzt ist Schluß! Du spielst keine Rolle mehr in meinem Leben! Ich hab' endgültig die Schnauze voll. Mach, daß du hier rauskommst, dalli! Und ich rate dir, dich nicht noch mal einzumischen. Halt dich bloß fern von mir, Pe!

Und halt dich fern von meinen Freundinnen! Versuch bloß nicht wieder irgendwelche Fäden zu ziehen.«

»Deine doofe Clique! Als ob ich interessiert an denen wäre. Diese Kopflastigen, die erst zehnmal überlegen, ob es auch moralisch in Ordnung ist, mit der-und-der Frau ins Bett zu gehen.«

»Du bist zum Kotzen! Kannst du an nichts anderes denken? Mach endlich, daß du aus meiner Wohnung rauskommst! Und laß dich hier nicht mehr blicken!« Ich riß die Tür auf und schubste sie unsanft ins Treppenhaus.

»Rike«, sagte Pe und stellte ihren Fuß in die Tür. »Die Farbe! Meine Farbe ist Rot!«

»Steck dir deine Farbe in den Arsch!« fauchte ich, kickte ihren Fuß zur Seite und schmiß die Tür zu.

Ich hörte, wie sich ihre Schritte langsam entfernten und schließlich unten die Tür zufiel.

Nachdem ich ein bißchen durch die Wohnung getobt war, ließ ich mich aufs Bett fallen. Der verdammte Alkohol haute mich um.

Das sah Pe mal wieder ähnlich. Sie tanzte ungeschminkt hier an, weil sie auf dem Schwof gleich registriert hatte, daß Karolin auf Make-up und dergleichen verzichtete. Pe hatte sogar noch gewußt, daß Karolin ein geringeltes T-Shirt getragen hatte. Und ich hatte geglaubt, ich sei die einzige, die das noch mit Gewißheit hätte sagen können.

Meine Nackenhaare sträubten sich bei dem Gedanken, daß ich Pe freiwillig in meine Wohnung gelassen und ihr Tee angeboten hatte.

An den Kuß, den ich zwar nicht gewollt, aber auch nicht verhindert hatte, dachte ich lieber erst gar nicht.

Papa war daran schuld! Er hatte mich mit seinem Besuch und dem Herumgestottere durcheinandergebracht.

Ich überlegte kurz, ihn anzurufen und ihn zur Rede zu stellen. Doch dann fiel mir auf, wie gut dieser Streit in eine Geschichte passen würde. Ich fand, ich sollte die Gunst der Stunde nutzen. Also stand ich auf und setzte mich an meinen Arbeitstisch, um zu schreiben.

Pe wußte nicht nur Karolins Namen. Die Szene war ein verläßlicher Brei aus Informationen. Es war gar nicht schwer gewesen, etwas über die Neue herauszufinden, zum Beispiel, wo sie wohnte.

Pe ging mit großen Schritten. Es hatte also nicht geklappt, die Schminke und all das wegzulassen. Vielleicht würde ihr der Lippenstift jetzt helfen? Sie kramte ihn aus der Jackentasche und benutzte den Rückspiegel eines geparkten Autos. Dieses knallige Rot machte sie ein bißchen stärker.

Das würde sie jetzt vielleicht brauchen.

Pe lächelte, als sie durch die Straßen ging. Frederike war wirklich eine besondere Frau. In ihr brannte eine Leidenschaft fürs Leben, zu der nur wenige andere den Mut hatten. Es war doch unmöglich, von ihr abzulassen. Notfalls mußte Pe eben einen Umweg nehmen in Frederikes Leben. Und dies war ein Notfall.

Sie fand Karolins Klingelknopf sofort. Die schlichte Handschrift berührte Pe unangenehm: ein persönliches Zeichen ihrer Konkurrentin.

Als sich auf ihr Klingeln nichts rührte, wurde Pe langsam ärgerlich. Sie schellte noch mal. Lange anhaltend. Niemand öffnete.

Pe stand vor der Tür herum, und ihr Lächeln verschwand endgültig. Sie konnte unmöglich noch mal wiederkommen. Sie mußte jetzt etwas tun. Frederikes »Raus! Verschwinde!« hatte sie in eine Wut hineingedemütigt, die sie jetzt – und nur jetzt – in wunderbaren Charme verwandeln könnte.

Wo steckte diese verdammte Frankfurterin?

Pe wußte, daß Karolin kellnerte. Aber sie wußte nicht wo. Bochum ist eine kleine Stadt – aber es gibt ziemlich viele Kneipen, Cafés, Bistros.

Pe trat gegen die Haustür, klingelte noch mal.

Über ihr öffnete sich ein Fenster, und eine alte Frau starrte feindselig auf sie herunter. Es kam Pe so vor, als sei das gesamte Haus plötzlich ein Gegner, der sie finster musterte. Im gleichen Augenblick fiel ihr etwas ein. Sie drehte sich um und rannte los.

Als sie ankam, atmete sie ein paarmal tief ein und drückte dann auf den Klingelknopf. Die Tür öffnete sich, und sie ging den Gang entlang zur hinteren Wohnung.

In der Tür stand eine Frau mit blondem Pferdeschwanz und schmaler Brille. Ihr Blick war kritisch, aber nicht unfreundlich.

So standen sie eine Weile voreinander und sahen sich an, ohne etwas zu sagen. Pes Lippe zitterte. Es war so still hier. Und es kam darauf an, was die ersten Worte sein würden. Die ersten Worte zwischen ihnen waren entscheidend.

»Komm rein«, sagte Ilona.

11. Kapitel

NACHTS

Die Figuren handeln plötzlich anders als geplant. Sie hassen, obwohl sie doch sanftmütig sein sollen, oder sie verlieben sich in die Falschen. Manchmal lachen sie in nichtkomischen Situationen. Manchmal bekommen sie Falten.

Ich drehte mich um und bemerkte, daß der Sommer plötzlich vorbei war. Die Ahorne vor dem Haus schienen von gestern auf heute ihre Blätter verloren zu haben. Paff, weg waren sie. In der Stadt sind die Jahreszeiten nicht daran zu erkennen, daß Laub auf dem Boden vermodert. Es wird rasch zusammengeharkt und in grünen Bullis der Stadtreinigung abtransportiert. In der kurzen Zeit, in der es liegen darf, hinterläßt es einen erdigen Geruch, der zusammen mit der Kälte und den Autoabgasen in die Kleidung kriecht.

Hoch oben auf den dünnen Zweigen der Bäume taumelten ein paar verlassene Elsternester im Sturm. Die Laternen über der Straße schwangen hin und her, warfen gespenstische Lichter und wildbewegte Schatten auf den Gehweg unter den Bäumen.

Es war Samstag abend. Das war deutlich an den Geräuschen zu erkennen. Ich brauchte nur die Augen zu schließen und darauf zu achten: Vom Südring näherten sich Motoren, die sich von weitem durch rhythmisches Stampfen ankündigten. Waren sie neben mir, konnte ich Stimmen unterscheiden, Baßgitarre, Schlagzeug, Technotechnotechno. Sie waren irgendwohin unterwegs, wo dieselbe Musik gespielt würde, noch viel lauter.

Manchmal kurbelten junge Männer, die Scheibe herunter und riefen etwas herüber. Dann hob ich gelangweilt den Mittelfinger.

Endlich kam Karolin.

Sie trug ihre schwarze Lederjacke, die alle Lesben stark macht und einen lila Schal, der ihr bis über die Ohren reichte. Über seinem Rand flitzten ihre Augen an mir rauf und runter.

»Tut mir leid, daß ich zu spät bin, Nele. Wir haben uns festgequatscht. Und darüber haben wir beide doch glatt unsere … sie hat ihre Verabredung mit Bête fast verschwitzt. Sie wollten sich im Frauencafé treffen.«

»Prima! Gehen wir auch hin!«

Auf dem Weg zum Café mußten wir die Stadt durchqueren. Wir gingen los, und nach wenigen Schritten hakte Karolin sich bei mir ein.

Ich spürte das Gewicht und die Wärme an meiner Seite und wurde sehr friedlich. Manchmal tat sie so etwas, berührte mich. Seit neulich nacht machte sie mir damit dann und wann klar, daß wir Freundinnen waren.

Ich preßte meinen Arm an den Körper und quetschte ihren damit in meine Seite.

»Nele weiß nicht, was sie tun soll. Demnächst steht bei

ihnen eine Beförderung ins Haus. Mehr Geld, gute Arbeit und so. Sie will die Stelle unbedingt haben. Aber es gibt einen Haken.«

»Ihr Konkurrent ist ein Mann«, sagte ich. Das war doch immer so.

Karolin nickte: »Und er heiratet bald, will Familie gründen und so, sülzt rum, daß er den Job jetzt braucht, obwohl er schon seit Jahren verlobt ist.«

»Die kämpfen wirklich mit allen Mitteln!« unterbrach ich sie.

»Er hat sich auf diese Tour die Karriereleiter doppelt so schnell nach oben geschleimt, wie Nele gebraucht hat, um da zu sein, wo sie jetzt ist«, fuhr Karolin fort.

Dazu gab es nichts weiter zu sagen.

Wir gingen eine Weile schweigend. Meine friedliche Stimmung, ausgelöst durch Karolin an meiner Seite, ließ nach. Ich belauerte einen jungen Mann, der uns begegnete, ob er eine von uns unangebracht fixierte. Ich hatte Lust zum Rumpöbeln.

»Nele hat Scheiß gebaut«, sagte Karolin. »Sie hat diesem Schleimscheißer vor den Kopf geknallt, daß sie auch verlobt ist.«

Ich pfiff durch die Zähne: »Eins zu eins!« Und dann mußte ich lachen.

»Du kannst darüber lachen?!«

»Soll ich weinen? Welche Lesbe hat sich noch nie so eine Zwickmühle gebastelt? Wahrscheinlich wird sie das nicht noch mal machen. Aber wie kommt sie da jetzt um Himmels willen wieder raus?«

»Es kommt noch dicker: Ihr Chef will unbedingt, daß sie ihren Verlobten mitschleppt zu einem Essen, das demnächst geschmissen wird. Wahrscheinlich fällt an dem Abend die Entscheidung.«

»O Gott. Das ist ja ein schöner Schlamassel. Nele ist doch bestimmt völlig verzweifelt?«

»Ich hab' heute gesehen, wie sie die gelben Seiten nach Callboys absuchte.«

Ich mußte stehenbleiben. Ich mußte so sehr lachen, daß ich nicht mehr grade gehen konnte.

Karolin beobachtete mich mit zärtlicher Kritik, die ich mehr spürte als durch den Tränenschleier erkennen konnte.

»Daß du immer über alles lachen mußt!« sagte sie dann vorwurfsvoll und reichte mir ein Tempo. »Kannst du dir nicht vorstellen, in was für einer beknackten Situation Nele steckt? Das war eine Notlüge! Aber wie soll sie sich da jetzt rausmogeln? Sie riskiert Kopf und Kragen. Und du lachst nur! Als könnte dir das nicht passieren.«

»Tut mir leid«, keuchte ich. »Aber stell dir doch vor: Bête und Nele suchen gemeinsam einen Verlobten aus. Bête wird alle nach ihrer Einstellung zum Feminismus befragen, und sie läßt sich in dieser Hinsicht bestimmt nicht hinters Licht führen. – Natürlich kann es mir genauso passieren. Glaubst du, irgendeine ist dagegen gefeit?«

»Bête denkt bestimmt, sie ist es.«

Karolin zog mich näher zu sich. Unsere Schultern stießen in einem freundlichen Stupser aneinander. Als sie aufsah, traf ihr Atem direkt mein Gesicht.

»Wahrscheinlich schreibst du das alles in dein gräßliches Notizbuch, um es dann in irgendeiner Geschichte zu verwerten.«

Wir lachten. Ich etwas lauter, weil es wirklich so war.

»Erzähl mir von deinem Roman. Kommen auch Freundinnen darin vor?«

Ich dachte, daß ich niemals über Karolin schreiben könnte, so wie sie war, denn ihre Gedankensprünge waren in konventionellen Geschichten nicht üblich. Ihre Gedanken huschten durch ihr Hirn wie kleine Mäuse: mal hier, mal da, wo es gerade was zum Knabbern gab.

»Klar. Freundinnen«, antwortete ich.

»Das stelle ich mir schwierig vor. Man kann sich so viel ausdenken und daraus dicke Bücher machen. Aber Freundinnen hat jede. Ist es nicht schwierig, andere zu erfinden?«

»Es ist scheinbar unmöglich«, lachte ich. »Besonders meine Freundinnen sind in dieser Hinsicht absolut grauenvoll. Sie schleichen sich bei jeder Gelegenheit wieder aufs Papier. Und später stelle ich dann fest, daß die eine oder andere Figur genauso redet oder mit den Händen wedelt, wie es vielleicht Belle tut oder Ilona. Ist das nicht verrückt?«

»Und Eltern? Kannst du die erfinden?« Karolin wollte alles wissen.

»Kein Problem. Sie sind schon so weit weg. Meine Familie, das sind jetzt andere Menschen, nicht mehr meine Eltern.«

Sie nickte ernsthaft zu meinen Worten.

»Wenn ich meine Mutter malen sollte«, sagte sie plötzlich, »würde ich sie wohl mit hochrotem Kopf und im Nachthemd zeichnen. Wie sie keuchte: ›Das war das letzte Mal, daß du erst mitten in der Nacht heimkommst!‹, und sie wollte Maren wegschicken. Sie drehte völlig durch und drohte mit ihrem Mann. Es gab einen echten Ringkampf. Meine Mutter im weißen Nachthemd, ich plötzlich zu allem entschlossen. Ich hab' sie zum ersten Mal angebrüllt. Hab' ihr die Wahrheit über ihr Arschloch von Mann ins Gesicht gebrüllt. Ja, ich glaube, ich sollte das mal malen. Einen Boxkampf. Irgendwie gehen beide in der ersten Runde k. o. Sie sitzen in ihren Ringecken und starren sich an. Und schweigen.«

Ich wünschte mir manchmal, noch kleinere Hände als der Regen zu haben. Extra für Karolin. Sie gab nichts von sich preis, wenn ich es erwartete. Statt dessen platzte manchmal etwas aus ihr heraus, wenn ich überhaupt nicht damit rechnete. Eine Samenkapsel, die bei einer Berührung nur leicht schaukelt und bei einer anderen explodiert und ihren Inhalt weit in die Gegend schleudert.

»So ging die Geschichte also weiter«, sagte ich.

»Ja, so ging sie zu Ende.«

»Ist sie zu Ende?«

»Ich weiß nicht. Kann diese Art von Geschichte je zu Ende sein?« sagte sie. »Also, dein Roman. Zwei Frauen lernen sich kennen?«

»Und sie verlieben sich.«

»Und wie geht es weiter? Sie kommen natürlich zusammen. Und dann? Trennen sie sich wieder?«

»Nein, es ist keine von diesen Geschichten.«

»Was dann?« fragte Karolin. Sie war plötzlich ungeduldig. Ich fand es toll, daß sie sich bei mir manchmal mehr erlaubt als bei anderen.

»Ich kann dir erzählen, was ich heute geschrieben habe. Es geht nicht um die frische Liebesbeziehung der beiden Frauen, sondern darum, was eine von ihnen erlebt hat.«

Ich machte eine Pause, in der ich »Willst du das hören?« hätte fragen können. Karolin nickte. Wir hatten uns fest eingehakt, und sie wärmte mich.

»Sie war damals, das ist schon Jahre her, mit einer Frau zusammen, deren größte Lüge darin besteht, daß sie immer behauptet, sie hätte ein großes, warmes Herz. Ich habe nicht erfunden, wieso sie so ist.

Das ist nämlich egal.

Die Frau, um die es geht, hat einen scharfen Blick und könnte ihre Geliebte durchschauen, aber sie liebt sie sehr und ist deswegen blind. Deswegen muß es zu diesem schmerzlichen Augenblick kommen, in dem meine Figur endlich ihre Geliebte durchschaut. Und zwar passiert das so: Sie besuchen gemeinsam eine Freundin der Geliebten, eine Drogenberaterin. Sie hat gerade einen jungen Mann in ihrer Wohnung. Er versucht einen kalten Entzug, was wirklich ein Horrortrip ist, denn er sieht ständig Monster und seinen Vater, der in seinen Träumen auch ein Monster geworden ist. Der junge Mann läuft in der Wohnung auf und ab, während die Frauen reden. Meine Figur langweilt sich bald. Der schlotternde und sabbernde Junge tut ihr leid, und sie fängt ein Gespräch mit ihm an. Er erzählt ihr seine Geschichte, vom Klauen, dem Polizisten in seiner Zelle, dem Strich am Bahnhof. Und dann, als Stunden vergangen sind und die Frauen wieder gehen wollen, dreht er plötzlich durch. Vielleicht, weil sie rauskönnen, während er bleiben muß. Vielleicht auch, weil es nacht ist und er die Dunkelheit nur schwer ertragen kann. Er sagt zu ihrer

Geliebten: ›Ich kenne dich! Du bist eine Verbündete des Teufels.‹

Die Frau ist darüber erschrocken, doch ihre Geliebte lacht: ›Ich bin keine Verbündete von ihm. Ich bin der Teufel!‹, und sie selbst möchte am liebsten rufen: ›Erzähl nicht so'n Scheiß! Was soll das?‹ – aber dann sagt der Junge schon: ›Wenn du der Teufel bist, dann schließ mit mir einen Pakt: Du machst mich richtig clean bis morgen früh, und dafür gebe ich dir meine Seele.‹

Ihre Geliebte lacht wieder und sagt: ›Die hab' ich doch schon‹, und zeigt ihm ihre Faust, als hielte sie darin wirklich etwas fest. Sie hören noch draußen auf der Straße sein wildes Geschrei: ›Gib sie mir zurück! Bitte! Gib sie mir zurück!‹

Aber ihre Geliebte ist müde und will ins Bett. Sie fühlt sich nicht verantwortlich. Also gehen sie weg.«

Auf der linken Seite der Straße lag der Kortumpark. Karolin blieb stehen und sah hinüber. Im Sommer wären um diese Uhrzeit die Bänke mit Pennern belagert gewesen. Jetzt lag die Wiese unter den Bäumen ganz still im Dunkel. Der Springbrunnen war geleert und mit Laub gefüllt worden, als wolle man nicht dieses große, blau gekachelte Loch herzeigen.

»Komm, laß uns in den Park gehen.«

»Dahinter liegt der Friedhof«, sagte ich vorsichtig.

»Ich hab' keine Angst vor Toten.« Karolin zog mich über die Straße. Das ist eine gesunde Einstellung, wenn du noch nie Schauermärchen gehört oder Gruselfilme gesehen hast.

Wir blieben auf dem Weg und spähten nach links und rechts in die kahlen Büsche und Sträucher. Ein Zweig knackte sehr laut. Unsere Stimmen zwischen den Bäumen klangen wie aus einem Traum. Manchmal knirschte ein Kiesel unter unseren Schuhen. Die Geräusche der Stadt wurden leiser und leiser. Dafür gab es sehr viele neue. Ich konnte den Wind deutlich hören, wie er um die Stämme strich oder Blätter über den kurzen Herbstrasen trieb. Tiere huschten an Mauern entlang oder in ihre Löcher.

Ich liebte es wirklich, mit Karolin allein zu sein.

»Was du schreibst, gefällt mir«, sagte sie unvermittelt und blieb stehen. »Erzählst du mir irgendwann mehr davon?«

Mein Herz raste mir davon. Vor Freude. Vor Aufregung.

»Möchtest du es nicht lieber lesen?« fragte ich atemlos.

»Auch«, sagte sie. »Aber vorher möchte ich es von dir hören. Ich mag es, wenn du mir etwas erzählst. Mir hat nie ...«

Wir sahen uns an. Dies war ein anderer Blick. Ihre Augen, die ich als abwehrend erhobene Handflächen kennengelernt hatte: Jetzt griffen sie nach mir. Das war einer von den Momenten. Ganz bestimmt.

Wir standen miteinander in einem dunklen Park, in dem sich jede von uns allein gefürchtet hätte. Alles war genau richtig so.

Karolin legte die Hände auf meine Schultern, und ihre Fingerspitzen wühlten sich durch meinen Schal, streichelten meinen Hals. Sie schloß ihre Augen nicht, als sie mich küßte. Es war warm in der Kälte. Die Zungen weich. Ich sah meinen Atem die Haut ihrer Wange streicheln, wo winzige Haare wuchsen. Alles war zerbrechlich und machte mich glücklich.

Sie faßte in meinen Nacken, fuhr mit der Hand ins Haar und hielt meinen Kopf fest. Sie sah mich ganz genau an, studierte mich. Zuerst mit den Augen, dann mit ihrem Mund. Ihre Lippen berührten meine Nase, meine Stirn, meine Lider. Ihr rascher Atem streichelte mein Gesicht. Wir küßten uns wieder und wieder, bis wir rote Wangen hatten.

»Meine Güte, du bist ...«, flüsterte ich. Mehr als ein Flüstern gab meine Stimme nicht her, sonst wären mir die Knie eingeknackst.

»Du aber auch«, sagte Karolin. Ihr Gesicht sah ganz verändert aus, so nah. Es leuchtete von innen heraus. Sie sah aus wie eine Kerzenflamme, die nach allen Seiten strahlte.

»Ich kann es nicht glauben«, sagte sie leise und küßte und küßte. »Daß du es wirklich alles verstanden hast. Und nicht nur das. Du schreibst es auf, machst eine Geschichte draus. Du hast es verändert, aber ich habe es trotzdem erkannt. Du hast mich verstanden.«

Ich hielt Karolins zitternde Hände und nahm die Ankunft des Glücks deutlich wahr. Es verwunderte mich nur, daß es gleichzeitig auch weh tat. Karolins Verletzbarkeit bohrte sich mir an hundert Stellen ins Fleisch. Aber Vergangenes war nicht rückgängig zu machen. Geschehenes nicht auszulöschen in Herzen. Ich würde Karolin nicht vor zukünftigen Verlusten schützen können. Wie also konnte ich hoffen, die vergangenen Schmerzen lindern zu können?

»Sag *mir*, daß du mich brauchst«, bat ich, »und daß du mich nie wieder gehen läßt und daß du bei mir bleibst, ganz eng.«

Sie lächelte. Ich wollte all diese Sachen wirklich hören. Aber sie sagte sie nicht. Also tat ich das nächstliegende: Ich küßte sie wieder. Ihr Schal war verrutscht. An ihrem Hals fand ich das Muttermal. Ich küßte es. Es war das erste von Karolins Muttermalen, das ich küßte. Karolin schmiegte sich in meinen Arm, hielt mir den Mund hin, die Augen, den Hals, den Nacken. Jede Stelle sog die Wärme der Küsse auf wie ein Schwamm. Bis der Schwamm voll und satt war und selber zurückgeben wollte. Bis er wieder aufnehmen wollte. Bis er wieder geben wollte.

Nach einer Welle bekamen wir kalte Füße.

»Das ist ein Problem, über das man sich nie Gedanken macht, wenn man einen Film sieht. Da blenden sie einfach aus«, lachte ich. Wir traten von einem Bein aufs andere und betrachteten unsere glühendrot geküßten Lippen.

»Laß uns schnell ins Café gehn und uns aufwärmen«, sagte Karolin und rührte sich nicht von der Stelle.

»Ja, laß uns gehen«, sagte ich auch. Wir setzten uns nur langsam in Bewegung, als hätten wir in der Zwischenzeit das Gehen verlernt. Langsam schlenderten wir den Weg zurück, blieben immer wieder stehen, um uns noch mal anzusehen oder dringend noch mal Stirn, Nase, Lippen zu küssen.

Ich wollte nichts davon vergessen. In meinem Kopf formten sich Bilder, die ich aufschreiben wollte. Ich konnte den Worten und Sätzen nicht ausweichen. Ich fühlte mich poetisch und begabt – hauptsächlich zu lieben.

Karolin blieb stehen, legte den Kopf schief und schloß die Augen.

Sie sah wunderschön aus, und ich ertappte mich dabei, sie mit offenem Mund anzustarren.

Wir hielten uns im Arm und hörten auf der Straße vereinzelt Autos vorbeifahren. Aus einem der Häuser klang Tanzmusik. Ein Hund bellte sich heiser.

»Es ist viel stiller als am Tag«, stellte Karolin fest.

»Es ist sicherer, sich zu verkriechen, wenn es dunkel ist. Denn dann kannst du von denen, die hungrig draußen herumlaufen, nicht gefressen werden«, erklärte ich ihr.

»Das hieße ja, daß alle, die nachts unterwegs sind, die anderen fressen?!«

»Ja.«

»Aber ... Was machen wir dann hier?«

Wir liefen los und ließen einige unserer Schatten im Dunkel zurück.

Auf der Straße vor dem Café standen zwei, die vollkommen ineinander versunken waren.

»Hi, wollt ihr schon gehen?« rief ich, als ich sie erkannte. Es waren Nele und Bête. Beide hatten rote Wangen und rochen nach Milchkaffee. In unser Begrüßungsgeplänkel mischten sich heimliche Verschwörerinnenblicke zwischen den Freundinnen. Ich bekam mit, daß Nele Karolin zuzwinkerte.

»Wir sind müde«, sagte Bête, die gar nicht müde aussah. Sie blickte zu Nele hoch, die sie um einen halben Kopf überragte und ein verlegenes Gesicht machte.

Ich fühlte mich innig verbunden mit allen Liebenden der ganzen Welt.

Im Vorübergehen kickte Bête fröhlich an meinen Po und streckte mir die Zunge heraus. Ich kannte ihre Sprache. Sie war glücklich.

»Nele!« rief ich noch. Sie wandte sich zu mir um.

»Ich habe vielleicht eine Lösung für dein Problem: Mein Freund Sebastian. Er ist groß, gutaussehend und – was wichtig ist – schwul. Ich glaube, er würde den perfekten Verlobten für dich abgeben. Soll ich ihn mal fragen, ob er bei der Sache mitspielen würde?«

Selbst auf die Entfernung zwischen uns konnte ich erkennen, daß Nele ein bißchen blaß wurde, während auf Bêtes Gesicht ein großes Fragezeichen aufblinkte. Ich hörte Karolin an meiner Seite leise seufzen.

»Das wäre nett. Danke.« Nele rang sich noch ein Lächeln ab, drehte sich rasch um und ging weiter. Bête eilte hinterher. Ich konnte ihr von hinten ansehen, daß sie vor Neugierde brannte.

»Ist es möglich, daß ich da gerade etwas Falsches gesagt habe?« fragte ich ahnungsvoll.

»Bête weiß noch nichts davon. Nele wollte es ihr in aller Ruhe erklären«, murmelte Karolin, als schäme sie sich ein wenig für die Verzögerungstaktik ihrer besten Freundin. Aber dann lächelte sie wild entschlossen: »Ich will jetzt nicht darüber nachdenken!«

Im Café saßen Ilona, Belle und Paula an unserem Stammtisch und aßen Gemüseauflauf. Es sah nach dicker Luft aus.

Belle lächelte verloren. Ihr dicker Norwegerpulli war zu groß für sie. Ilona nickte uns zu und blickte mir scharf ins Gesicht. Paula ließ sich nicht mal dazu herab, von ihrem Teller aufzusehen. Über ihr schwebte eine pechschwarze

Gewitterwolke, aus der sie hoffentlich nicht wieder Blitze auf mich abschießen würde.

Ich lächelte Karolin zu, deren Wangen immer noch gerötet waren, dann eröffnete ich die Schlacht: »Was ist denn mit euch los? Ihr hängt hier wie ein Waggon Sülze in der Kurve.«

»Ich verschluck' mich gleich vor Lachen«, brummte Paula.

»Es ist das Wetter«, erklärte Ilona. Sie stocherte lustlos in ihrem Essen herum.

»Was ist denn mit dem Wetter? Ich finde es herrlich«, erwiderte ich gutgelaunt. Karolin legte unter dem Tisch plötzlich ihre kalte Hand auf mein Bein.

»Scheißwetter!« stieß Paula mit vollem Mund hervor. Belle lächelte traurig und rührte in ihrer heißen Zitrone, in der es nichts zu rühren gab.

»Du hast einen neuen Job?« fragte Belle Karolin, interessierte sich aber auch sehr für ein Salatblatt auf ihrem Teller.

»Ich habe nächste Woche ein Vorstellungsgespräch«, antwortete Karolin ruhig. Sie erzählte von der Stellenausschreibung, und Belle hörte ihr zu. Wo Paula und Ilona hinhörten, konnte ich nicht erraten. Keine meiner Freundinnen machte sich die Mühe, Karolin genau anzusehen. Karolin, die ihren Panzer noch nicht wieder angelegt hatte. Merkten die anderen das denn nicht? Die Augen, die weichen Lippen. Eine strahlende Kerzenflamme. Sie mußten blind sein.

Ich bemerkte, daß Ilona mich anstarrte. Irritiert starrte ich zurück, und Ilona wandte verlegen den Blick ab.

»Dir scheint's ja gutzugehen«, murmelte sie, ohne sich

um Karolin und Belle zu kümmern, die sich über Vor- und Nachteile von Teilzeitarbeit unterhielten. Ich hörte zu, wie Karolins Stimme wieder sachlich wurde statt warm, wieder freundlich statt liebevoll. Karolin spürte wohl, daß hier irgend etwas im argen lag, und verschloß sich vor meinen launischen Freundinnen wie eine Auster.

»Ja, mir geht's gut. Sehr gut«, beantwortete ich Ilonas Frage.

Ich bestellte quer durch den kleinen Raum. Als ich mich wieder umwandte, haftete Ilonas Blick immer noch an meinem Gesicht.

»Ich kriege dich ja kaum noch zu sehen …«

Plötzlich überkam mich das schlechte Gewissen. Die Sorte, die dich nur befällt, wenn du glücklich bist und dir mit einem Schlag bewußt wird, daß es nicht allen so geht.

»Tut mir leid, Ilona, ehrlich. Wir können uns doch mal wieder treffen. Vielleicht morgen? Nein, nicht morgen. Aber übermorgen. Kannst du übermorgen?«

»Natürlich.« Natürlich. Ilona konnte immer. Ihrem Computer war es egal, wenn sie ihn versetzte.

»Es gibt bestimmt viel zu erzählen. Ich kriege kaum was mit von der Szene. Irgendwie bin ich ständig beschäftigt«, sagte ich. Ilona warf einen Blick zu Karolin hinüber.

Überhaupt flitzten Blicke über den Tisch. Hin und her. Von Paula zu Karolin. Von Karolin immer wieder zu mir. Von Ilona zu mir, zu Karolin. Von Belle zur Tür, zur Tür, zur Tür.

Ich war hoffnungslos überfordert. Karolin und ich allein im Park. Das hatte ich gerade noch verkraften können. Ich würde nie wieder verstehen können, was all diese Blick zu bedeuten hatten.

»Paula, dein Haar«, sagte Belle. Eine lange rote Strähne hing über Paulas Teller.

»Scheiße!« fluchte Paula. »Ich schneid' sie ab, diese verfluchten Zotteln. Ständig hängen sie einem irgendwo drin oder stören sonstwie. Beim Sex muß ich sie immer zusammenbinden, und das Gummi ziept, daß ich Kopfschmerzen kriege. Was ist? Was guckst du denn so?« Damit war ich gemeint.

Ich öffnete den Mund. Karolin schob ihre Hand auf meinem Schenkel ein Stückchen höher. Ich schloß den Mund wieder und zählte innerlich bis zehn.

»Ich frage mich nur, was hier los ist. Wieso seid ihr alle so hypermies gelaunt?«

»Es ist das Wetter, verdammt. Das beschissene Wetter«, fauchte Paula rothaarig. »Seit Wochen geht das nun schon so. Ich frage mich, ob sich das je wieder ändert.«

Da begriff ich es endlich. Paula war allein. Seit mehreren Wochen. So lange, wie angeblich das Wetter schlecht war.

»Ach«, murmelte ich und wollte meine Hand auf ihren Unterarm legen. Aber sonderbarerweise war der plötzlich nicht mehr da.

Wieder Paulas Blick zu Karolin. Ihre K-Frau. Das wäre sie gewesen. Ich nahm meine Hand zurück und griff nach der Karte, die ich auswendig kannte.

Daß Paula mir die Schuld für ihr Alleinsein gab, fand ich nicht fair. Wenn sie nicht so wählerisch mit ihren bekloppten Buchstaben wäre, wäre sie längst frisch verknallt. Trotzdem fand ich ihre Gefühle nachvollziehbar. Ich glaubte Paula, daß es ihr diesmal ernst gewesen war. Ich glaubte daran, denn ich konnte mir nicht vorstellen, daß diese Frau nicht um ihrer selbst willen gewollt wurde, sondern nur wegen des Ks in ihrem Namen. Die Frau mit den ernsten Augen, die ihre Hand so ruhig und schwer auf meinem Bein liegen ließ.

Ich las die Auflistung aller Getränke und blätterte nach hinten zu den warmen Gerichten, malte mir zwischen Ginger Ale und überbackenen Zucchini aus, ich säße hier an Paulas Stelle am Tisch. Karolin mir gegenüber. Karolin, die lachte und zerstörerisch frisch und verliebt aussah, deren Haare vom Wind und zärtlichen Händen zerzaust waren, die ein Fremdkörper zu sein schien im Kreis der vertrauten Gesichter und Stimmen, und das alles an der Seite einer anderen, die unglückseligerweise eine gute Freundin war.

Paulas Gesicht über dem Tellerrand, ihr Mund, der einzelne Gurkenscheiben von der Gabel pflückte, rührte mich plötzlich, Ich mußte sie eigentlich bewundern für ihre Stärke und Selbstbeherrschung. Ich selbst hätte an ihrer Stelle wohl ganz anders reagiert, hätte gelähmt auf meinem Sitz gehockt und appetitlos in meinem durchweichten Auflauf herumgestochert, ohne den Blick zu heben. Und irgendwann hätte ich mich bestimmt nicht mehr zurückhalten können, und ich wäre rasch aufgesprungen.

»Sorry«, murmelte Ilona, stieß ihren Stuhl heftig zurück und verschwand eilig zur Toilette. Ihr durchweichter Auflauf blieb verlassen auf ihrem Teller zurück. Sie hatte das Essen kaum angerührt.

Karolin baute ein wackeliges Haus aus Bierdeckeln.

»Und du hast nun also vor, dich uns anzuschließen?« brummte Paula unerwartet in ihre Richtung.

»Anschließen?« wiederholte Karolin verwirrt.

»Dazugehören. Mitmachen. Mitglied der Clique sein«, spießte Paula mit ihrer Gabel Löcher in die Luft. Karolin blinzelte mit den Augen.

»Ich wußte gar nicht, daß ihr ein Verein seid«, sagte sie dann zu mir, als hätte ich ihr eine wichtige Information vorenthalten.

Belle kicherte in ihre heiße Zitrone.

»Du hast Nerven«, brummte Paula, konnte sich aber nicht entschließen, sauer zu sein. »Das Bayernmädel ist auch so gut drauf wie du. Sie hat vorhin gesagt, daß sie mit ihrer Frisur die typischen Lesbenhaarschnitte boykottiert. Jetzt sieh mich an: Habe ich einen ausrasierten Nacken? Ihr habt echt noch keine Ahnung von der Szene.«

»Vielleicht wollte Nele nur einen Witz machen?« schlug Karolin vor. »Oder sie will vielleicht gar nichts über die Szene wissen?«

Paula sah mich an und rollte mit den Augen. Das war die Miene, die sie normalerweise für Helmes reservierte. Ich hatte immer darüber gelacht. Aber jetzt fühlte ich zum ersten Mal Belles Groll gegen diese Faxen. Als ich mich gerade ärgerlich über den Bistrotisch zu ihr beugen wollte, spürte ich wieder Karolins Hand. Als ich sie anblickte, rollte sie ebenfalls mit den Augen. Sie imitierte Paulas Schielen so perfekt, daß sogar Paula grinsen mußte.

»Aber das eine sag' ich dir«, drohte Paula ihr. »An den Wochenenden gehört Frederike uns. Mir egal, was ihr in der Woche treibt oder ob du samstags mitkommst, an den Wochenenden ist Cliquentime, klar?!«

Karolins Maske war so perfekt, daß selbst ich es nicht schaffte, dahinterzuschauen.

»Mir ist es auch egal, ob du samstags dabei bist«, erwiderte sie nur.

Paula stieß das Bierdeckelhaus um.

»Habt ihr von Tina und Meike gehört?« Belle schob ihren leeren Teller zu Seite, behielt aber die Gabel wie eine provisorische Waffe in der Hand. Ihr war Paulas Laune wohl auch nicht geheuer. »Sie sind angegriffen worden.«

»Oh, nein!« sagten Karolin und ich gleichzeitig. Karolin kannte Tina und Meike gar nicht.

Paula kratzte mit dem Messer auf dem Porzellan herum und zog sich Ilonas Teller näher. Sie kannte die Geschichte schon.

»Sie sind gestern aus Bremen gekommen, um endlich das Kanu hier runter zu schaffen. Auf der Rückfahrt sind sie auf einen Parkplatz gefahren. Sie wollten wohl nicht mehr bis zu Hause warten ... Als sie dann richtig loslegen wollten, klopft doch jemand an die Scheibe und blinkt mit einer Taschenlampe rein. Die beiden natürlich nix wie raus aus der Karre und Riesengeschrei gemacht. Es waren zwei Berge von Typen, sagt Tina, so Einsfünfundneunzigfleischklopse ...«

»Scheiße«, knurrte Paula, die bei bekannten Geschichten gern kommentierte.

»... Die beiden haben sich bestimmt gefreut: Lesben! Die kann man ja nicht nur zusammenhauen, mit denen kann man auch noch Spaß haben.« Belle nahm einen Schluck von ihrer Zitrone und verzog das Gesicht. »Was die Kerle aber nicht wußten: Meike ist ein Sport-As in mindestens drei Kampfsportdisziplinen. Eine davon arbeitet mit Stöcken; Stöcken, die etwa so lang und so schwer sind wie ein hölzernes Paddel. Meinetwegen ein Kanupaddel ...«

Ich prustete los. Karolin staunte. »So schnell wie Meike das Paddel vom Dach runter hatte, konnten die Typen gar nicht gucken. Und während Tina herumsprang und einen markerschütternden Karateschrei nach dem anderen losschmetterte, klopfte Meike die beiden Fleischklopse etwas weich. Die mußten dann leider den Rückzug ins nahgelegene Waldstück antreten.«

Wir lachten.

»Es ist ein entschiedener Fehler, Lesben beim Sex zu stören!« gackerte ich und spürte sehr deutlich, wie beim Erwähnen des Wortes »Sex« ein Ziehen von Karolins Hand in mein Bein ausging.

Paula, die sich inzwischen über Ilonas erkalteten Auflauf hermachte, erzählte die Geschichte mit vollem Mund weiter: »Tina und Meike haben zwei Stunden im mollig warmen Auto gesessen, und jedesmal, wenn die beiden Klopse wieder aus dem Dickicht geschlichen kamen, eine neue Attacke gestartet. Es war unter Null letzte Nacht. Die werden sich die Ärsche abgefroren haben!« Mit ihren ausholenden Gesten verstreute sie die Reste des Abendessens rund um den Tisch.

Als Ilona nach verwunderlich langer Zeit von der Toilette zurückkam, fand sie eine recht heitere Runde vor. Belle hatte mit ihrer Geschichte genau das erreicht, was sie wollte: Die dunklen Gewitterwolken über unserem Cliquentisch hatten sich verzogen. Nichts funktionierte besser, um Solidaritätsgefühle unter Frauen auszulösen, als diese Horrorgeschichten, die jede von uns schon mal erlebt hatte.

Also erzählten wir uns noch eine Weile von auf Schwänze abgerichteten Cockerspanielhündinnen, in Boxershorts versenkten Bananensplits, Verfolgungsfahrten »Lesbenauto contra Fußgänger« in dunklen Parkhäusern, dem Eierklammergriff, dem Härter-als-Zähne-Siegelring und der sogenannten »Krawocka-Einkaufstasche«, gefüllt mit zwei Flaschen Cola und einem Gurkenglas.

Wir lachten viel. Und jede von uns wußte, daß wir über Ausnahmen redeten. Wir sprachen über Dinge, die normalerweise ganz anders liefen.

»Ich glaube nicht, daß wir jemals andere Zeiten erleben werden«, sagte Karolin, als wir zahlten und alle zusammen das Café verließen.

»Wir müssen alles dafür tun!« erwiderte ich. Ich mochte trübe Zukunftsaussichten noch weniger als die meisten Menschen. Ich war einmal sehr wütend geworden, weil jemand vermutet hatte, es gäbe am Wochenende Regen.

»Und hoffen«, sagte Belle und sah die Straße herunter, so wie sie drinnen immer zur Tür geschaut hatte. Ich merkte erst jetzt, daß Helmes nicht dabei war. Der stumme, ewig mürrische Schatten fehlte. Kaum zu glauben, aber ich hatte es vorher einfach nicht gemerkt.

Es war kalt. Alle bohrten ihre Fäuste in die Taschen und zogen die Schultern hoch.

»Bevor wir das unschlüssige Rumstehen anfangen, verabschiede ich mich lieber für heute«, sagte Paula. »Dieses verdammte Wetter.«

»Ich bin auch müde«, gähnte Belle und warf einen letzten resignierten Blick die Straße hinunter. Das Café würde bald schließen, und niemand käme mehr hierher. Am allerwenigsten die blonde Frau, auf die sie schon den ganzen Abend gewartet hatte.

»Soll ich dich zu Hause absetzen?« Paula hatte ihr schrottreifes Auto immer dabei. »Was ist mit dir, Ilona?«

Ilona schreckte auf, als habe sie geschlafen. Eine Strähne hatte sich aus ihrem Pferdeschwanz gelöst. Sie hatte schon den ganzen Abend so fahrig und abwesend gewirkt.

»Wie? Nein, ich fahre mit der Bahn.«

»Wie du willst.«

Belle umarmte uns alle der Reihe nach, auch Karolin.

»Nacht, ihr Süßen.«

Paula winkte nur kurz. »Ja, ja, schon gut, schon gut. Komm jetzt, Belle. Ich will nach Hause.« Die beiden hakten sich unter und gingen davon. Paulas nörgelnde Stimme war noch zu hören, als sie bereits um die Ecke verschwunden waren.

Ilona schnaubte: »Sie braucht diese Show einfach. Geht ihr Richtung Innenstadt? Dann komme ich mit.«

Als wir uns umdrehten, schob Karolin wieder ihre Hand unter meinen Arm. Ich hatte nicht geträumt. Das Kapitel im Park war tatsächlich passiert. Ilona blickte angestrengt in die andere Richtung. Wir gingen schweigend.

Ich war ganz und gar damit beschäftigt, auf Karolins Atem zu lauschen und die Sätze im Kopf zurechtzulegen, die sich mir vorhin im Park aufgedrängt hatten.

Karolins Muttermal, stellte ich bedauernd fest, war wieder unter dem dicken Schal verborgen. Aber ich hatte es geküßt. Ich konnte mich deutlich daran erinnern.

Es war nur ein Detail unter anderen, die alle sehr wichtig waren. Jede Geste, jedes Wort war von Bedeutung. Ich konnte es kaum erwarten, alles aufzuschreiben und es vor mir zu sehen.

Am schönsten war, daß sie meine Geschichte als ihre eigene erkannt hatte. Und wie sie mir daraufhin noch mehr preisgegeben hatte.

Karolins Anteilnahme und ihre Anerkennung hatten mich beflügelt. Sie fand gut, was ich schrieb. Das trieb mich weiter an. Hatte ich vorher schon mit großem Eifer an meiner Geschichte geschrieben, sah ich mich jetzt Tag und Nacht an meinem Schreibtisch sitzen. Seite um Seite würden sich in einem beständigen Fluß füllen, mühelos. Das Telefon würde ungehört schrillen. Die Nachbarn unter mir würden an die Decke klopfen, weil ich noch nachts auf der Tastatur herumhämmerte. Aber nichts würde mich abhalten können. Ja, genau so würde es sein. Genau so.

»Frederike?« Ilona sah mich verwundert an. Karolins Gesicht drückte amüsiertes Verständnis aus. Sie ahnte vielleicht, woran ich dachte.

»Wie?«

Ilona blieb stehen und rückte entnervt ihre Brille zurecht: »Ja, ist es denn wahr?! Ich plage mich hier ab, um es dir schonend beizubringen, aber du bist mal wieder in eine deiner fünfundzwanzig himmelsgleichen Traumwelten abgetaucht! Kannst du nicht mal zuhören, wenn ich dir was zu sagen habe?!«

Karolin gab so etwas wie ein Kichern von sich, das mich mehr verblüffte als Ilonas Entrüstung.

»Tut mir leid. Was willst du mir schonend beibringen?«

Ilona holte tief Luft.

»Es geht um Pe. Sie stand neulich vor meiner Tür, brauchte jemanden zum Reden. Ich hab' sie reingebeten, und wir haben uns unterhalten. Das ist alles.«

»Oh«, war mein ganzer Kommentar. Karolin sah in die Schaufenster, an denen wir vorüberkamen, und ging sehr aufrecht.

»Ja, oh«, imitierte Ilona mich. »Ich wollte nur nicht, daß du es von irgendeiner erzählt bekommst und dann für Monate eingeschnappt bist.«

»Das hat sich Paula also neulich verkneifen müssen.«

»Was denkst du darüber?« wollte Ilona wissen.

Ich tastete meine Schläfe ab.

»Pes Stelle in meinem Kopf ist leer«, sagte ich vorsichtig. »Mein Kopf ist so voll mit anderen Dingen. Da ist Pe einfach irgendwann rausgeflogen. Das nennt man wohl Zentrifugalkraft.«

Ich hatte tatsächlich Mühe, überhaupt etwas zu denken. Da war einfach nur so eine beschissene Ahnung, daß ich gerade den Anfang von etwas ziemlich Schwierigem erlebte.

»Ich hoffe, du fällst nicht wieder auf sie rein. Wenigstens hat sie momentan keine Freundin, die sie betrügen kann«, sagte ich schließlich.

Ilona zuckte mit dem Kopf, blieb aber stumm.

Ich hatte damit das Siegel aufgebrochen, das wir damals über diese Sache gepappt hatten. Mit heißem Wachs hatten wir es zugeschmiert und unsere Handflächen hineingedrückt – als Versprechen. Es sollte nie ein Vorwurf daraus entstehen, der unsere Freundschaft zerstören könnte.

In mir regte sich plötzlich Rot. Pes Farbe. Grelle Farbe

von Wut und Ohnmacht. Warum mußte sie zurückkommen? Warum konnte sie nicht in Hamburg bleiben und dort Frauen betrügen, Freundschaften zerstören? Warum hielt sich Ilona nicht von ihr fern? Warum wußte ich so wenige Antworten?

»Wenn du mit Pe befreundet sein willst, ist das deine Sache. Zwischen uns wird das nichts ändern. Immerhin haben wir ja alle unser eigenes Leben«, sagte ich und hätte am liebsten auf meiner Stirn ein Warnsignal aufleuchten lassen: »Gut gemeinte Lüge!« Ich hoffte, daß Ilona mir nicht glaubte und deshalb Pe nicht weiter an sich ranlassen würde.

Karolin löste sich aus meinem Arm, blieb vor einem Schaufenster stehen und ließ uns ein paar Meter weitergehen, ehe sie uns folgte.

Ich sah Ilona auffordernd an, aber sie schwieg.

»Wieso streitest du nicht mit mir? Wir können doch über alles streiten. Wir lieben uns. Wir können so was aushalten. Wir haben es doch schon mal ausgehalten, damals. Wieso sagst du nichts?«

Ilona schwieg.

»Ist das etwa eine Art Rache, daß du dich jetzt mit Pe triffst?« fragte ich.

Ich sah Karolin, die ihren Schal fester stopfte. Ich fror plötzlich auch und fand das Wetter Scheiße. Es stürmte.

»Unsinn«, sagte Ilona nach einer Pause, die für so eine Antwort viel zu lang gewesen war. »Rache? Weswegen denn?«

Ich betrachtete sie genau. In ihre tiefe Stimme hatten sich ein paar hohe Töne eingeschlichen. Ich hatte sie aus ihrer geliebten stoischen Ruhe gebracht.

»Ich hatte nicht gerade viel Zeit für dich ...«, begann ich, aber diesmal kam die Antwort so schnell, daß ich zurückprallte.

»Du glaubst, die ganze Welt dreht sich nur um dich! Alle veranstalten einen Heidentanz darum, was *du* wohl als nächstes tun wirst, mit wem du gesehen wirst und über wen du eine deiner blöden Geschichten schreibst. Aber *ich* habe noch ein paar andere Dinge im Kopf, verstehst du?«

Ich war sprachlos. So hatte ich Ilona noch nie erlebt. Warum war sie denn plötzlich so sauer auf mich? Schließlich hatte sie sich heimlich mit Pe getroffen und riskierte damit einen Krach zwischen uns. Aber sie war so wütend, als sei das alles meine Schuld.

Ich drehte mich um. Karolin lächelte mir mit ernsten Augen zu.

»Ich sag' euch was«, meinte sie. »Ich bin hundemüde. Ich werde hier die Straße reingehen, und dann bin ich ja quasi schon zu Hause.«

Ilona sah sie nicht an. »Nacht, Karolin.«

Ich konnte es nicht fassen. Ilona brach hier grade einen Streit vom Zaun, der sich völlig überflüssigerweise ausgerechnet um Pe drehte. Und deswegen sollte ich auf die Fortsetzung meiner Liebesgeschichte verzichten? Karolin konnte doch nicht einfach gehen.

Ilona schlenderte ein Stück voraus. Karolin stand sehr nah bei mir.

»Ihr solltet euch aussprechen«, sagte sie leise. »Ich würde nur stören. Morgen haben wir Zeit für uns.« Die blauen Flammen loderten plötzlich hoch.

»Ich denk' an dich«, sagte ich.

»Schlaf gut, träum schön.« Karolin war kaum zu verstehen. Sie hauchte alles in die Kapuze meiner Jacke, die über meine Schulter fiel. Dann küßte sie mich. Dann war sie weg.

Ilona stand frierend vor dem Schaufenster einer Parfümerie. Hinter der Scheibe standen schon seit Wochen diese blauen Flaschen. Das war Karolins Duft. Ich hatte eine solche Flasche in ihrem Bad stehen sehen.

Wieder merkte ich erst nach einer Weile, daß Ilona mich anstarrte. Wieder starrte ich zurück, und sie wandte den Blick ab.

»Glücklich?« fragte sie und suchte in ihrer Jackentasche nach irgend etwas. Ein Schlüsselbund klimperte. Ich wußte genau, daß er an einem schwarzen Lederbeutel hing, dessen Unterseite ein Loch hatte. Ich kannte jeden Schlüssel an diesem Bund.

»Glücklich«, sagte ich. Mein Lächeln gelang mir nur schief, denn die Nacht streckte sich plötzlich in einer Vielzahl von Stunden vor mir aus; Stunden ohne Karolin. »Ich gerate nur leider etwas in Panik, wenn wir uns verabschieden. Es ist gräßlich, sie weggehen zu sehen.«

»Ich denke nicht, daß sie für länger als einen Tag weggehen wird«, murmelte Ilona. Ich war ihr dafür sehr dankbar.

»Weißt du noch, unsere Lesbenskala?« sagte ich. »Diese Punkte, die wir immer abgehakt haben: Gesicht, Figur, Haare, Stimme, Bildung, Humor ... Bei ihr ist das alles so unwichtig. Es ist, als ob ich diese verdammte Liste ... als ob ich diese Punkte ...«

»Als ob du sie nicht mehr brauchen würdest«, sagte Ilona. Sie schneuzte in ein Taschentuch und verbarg dahinter ihr Gesicht. Nur ihre Augen beobachteten mich auf ihre eigene, kritische Weise.

»Ich habe ihr von meinem Roman erzählt. Es hat ihr gefallen. Sie hat verstanden, was ich damit meine. Vielleicht hatte sie beim Zuhören ein ähnliches Gefühl wie ich beim Schreiben. Glaubst du, das ist möglich?«

Ilonas Nase war rot und blank gerieben. Meine Freundin sah müde aus.

»Laß uns einen Schritt schneller gehen. Ich will die nächste Bahn noch erwischen«, sagte sie.

Ich wollte nicht, daß sich etwas zwischen uns änderte, nur weil Pe wieder auf der Bildfläche erschienen war. Ich wollte Ilona etwas Nettes sagen. Etwas, worüber sie sich freuen würde. Wir gingen so schnell, daß Ilonas Pferdeschwanz hin und her wippte.

»Warum trägst du dein Haar nicht offen? Das steht dir so gut. Dein Gesicht sieht dann ganz weich aus«, sagte ich.

Ilona gab einen Laut von sich, der zwischen Erstaunen und Wut hing: ein geräuschvolles Einziehen der Oktoberluft.

»Rike, du kannst einen zur Verzweiflung treiben!« Sie meinte es ernst. »Tagelang, wochenlang, monatelang siehst du nichts anderes als deine Geschichten und Spinnereien, und neuerdings auch noch Karolin. In diesen Zeiten würdest du doch nicht mal merken, wenn ich plötzlich braune Augen hätte oder einsfünfundachtzig groß wäre oder mir mein rechtes Bein fehlen würde. Du bist mir gegenüber so sensibel wie ein Stein im Schuh. Aber dann … sagst du plötzlich so etwas!«

So hatte sie noch nie mit mir gesprochen. Ilona war

anders heute abend. Ihre Blicke waren anders. So als wäre sie seit Tagen im Traum von jemand anderem herumgeirrt und hätte plötzlich die eigenen Grenzen verloren.

Als Ilona mitten im raschen Gehen zum Zopf griff und das Gummi herauszog, sah ich sie an. Ilona lachte kurz. Dann schwiegen wir beide.

Weil mir diese Stille unheimlich war, fragte ich: »Ist es wirklich so schlimm mit mir?«

»Du bist furchtbar!« antwortete sie. »Du springst herum, kennst alle, magst alle, verstehst alle. Aber in Wirklichkeit bist du abwesend. Bist du jetzt überhaupt hier?«

Ich nickte, obwohl ich nicht sicher war, ob das einer Antwort bedurfte.

»Es ist ziemlich lange her, seit du das letzte Mal so was wie gerade zu mir gesagt hast. Ich glaube, du hast es nicht mehr getan, seit wir damals das Wochenende in deinem Bett verbracht haben«, sagte Ilona.

Sie und ich. In meinem Bett. Konnte ich mich daran überhaupt richtig erinnern? Hatte ich nicht bereits vieles vergessen? Konnte ich mir noch die Farbe und Form ihrer Brustwarzen vorstellen?

»Ach, das ist doch schon hundert Jahre her«, murmelte ich. »Das ist doch schon gar nicht mehr wahr.«

Und dann sah ich Ilonas Gesicht im nächtlichen Kunstlicht der Stadt. Keine Ahnung, warum ich es plötzlich wußte. Wahrscheinlich hatte sie diese Hinweise immer und zu jeder Zeit bereitgehalten. Ich hatte sie nur einfach nicht gesehen. Warum jetzt? Und was sollte ich nun tun? Ich starrte angestrengt die Straße entlang. Komischerweise überraschte es mich nicht. Ich mußte es die ganze Zeit irgendwie schon gewußt haben. Aber ich hatte es nicht sehen wollen. Ich hatte es von mir geschoben wie etwas vollkommen Abwegiges. »Ilona? Aber sie ist doch meine beste Freundin!« Plötzlich schämte ich mich. Es beschämte mich, daß ich es nicht schon früher klar gesehen hatte.

Mir wurde heiß und dann kalt. Ich begann zu schwitzen. In meinem Kopf herrschte dumpfe Leere. Meine Zunge war anscheinend gelähmt. Und was hätte ich auch sagen können? Gab es eine Frage, die ich mir nicht selbst beantworten konnte? War nicht immer alles klar gewesen zwischen uns? Gab es nie einen Zweifel an der Art meiner Freundschaft? Überhaupt keinen Zweifel?

Ich verschluckte mich und mußte husten. Ilona lachte über meinen hochroten Kopf und klopfte mir auf den Rücken.

»Woran hast du gedacht?« lachte sie. Sie war nicht traurig. Sie war nicht verbittert. Warum sah ich es ihr nicht an? Warum stand es nicht auf ihrer Stirn?

Scham, dieses unerfreuliche Gefühl, das ich in meiner Kindheit zurückgelassen glaubte. Das ich irgendwo verloren hatte zwischen unglaublichen Lügengeschichten und jähzornigen Schlägen, die damals meine Schwester abbekam.

Jetzt erkannte ich, daß die erwachsene Scham noch schlimmer war als dieses kindliche, unbeholfene Schuldgefühl. Ich schämte mich, weil ich automatisch annahm, mein plötzliches Erkennen würde auch Ilona erreichen. War für sie denn alles wie immer? So wie viele Male vorher, wenn ich mich in irgendeine verknallt hatte oder vom Sex mit Pe schwärmte?

Ilona hatte wohl wirklich nicht gemerkt, daß ich gemerkt hatte, was los war. Hatte sie längst aufgegeben, darauf zu warten oder es zu fürchten? Weil ich sie ja sowieso nicht sah. Weil ich nicht mitbekam, was mit ihr war. Weil ich es nicht merken würde, wenn ihr rechtes Bein fehlte.

»Ilona, ich …« Ich verstummte.

Sie sah mich an und lächelte liebevoll.

»Träumerin!« sagte sie zärtlich.

Wir erreichten ihre Haltestelle.

»Ich habe beschlossen, nicht mehr zum Bochumer Schwof zu gehen. Das liegt zu weit draußen. Wie leicht kann da was passieren. Was sollte dann aus Selma werden? Sie würde sterben im Tierheim.« Ilona fing einfach ein neues Thema an. War für sie alles gesagt?

Ich starrte sie an und dachte an ein Uniseminar, das Bastian und ich belegt hatten: Absurdes Theater. Ich war eine Figur in einem dieser Stücke. Eine absurde Figur in einem absurden Stück mit einem absurden Dialog.

»Da guckst du! Ich meine es ernst. Wenn sie zu Fuß kommen, rumpöbeln, dich vergewaltigen wollen, dann funktioniert das alles, woran du jetzt denkst: Du kannst schreien, wegrennen oder ihnen dein ›Ich-geh-abends-weg-Messer‹ in den Bauch rammen. Aber was ist, wenn ihnen das nicht genügt? Vielleicht lassen sie erst gar nicht zu, daß du an sie rankommst? Vielleicht siehst du sie nicht einmal? Du kriegst nur plötzlich von irgendwoher einen harten Gegenstand an den Kopf geschmissen, der zufällig ein Molotowcocktail ist. Und spätestens dann wirst du von den karatetrainierten Schutzlesben in wilder Panik totgetrampelt.«

Plötzlich begriff ich, wieso Ilona sonst immer alles mit dem Verstande anging. Sie benutzte ihn als Waffe. Die einzige Waffe, die Ilona vor mir schützen konnte. Aber war das wirklich notwendig gewesen? Hatte sie sich denn von Anfang an vor mir schützen müssen? Hatte es denn nie eine Möglichkeit gegeben für uns?

Auch wenn ich mich nicht mehr genau an dieses Wochenende in meinem Bett erinnern konnte, wußte ich doch, daß es schön gewesen war. Aber daraus war nichts gewachsen. Wieso nicht? Ilona hatte es doch gewollt. Und ich? Ich war doch damals auch irgendwie verknallt in sie. Hatte sie einfach aufgegeben, ohne es je zu versuchen? »Manchmal bewundere ich deinen klaren Verstand«, sagte ich. Sie stutzte, hatte so einen Satz nicht erwartet. »Du kommst oft besser durchs Leben mit deiner Art, die Dinge zu sehen. Du erreichst damit meistens, was du willst. Aber es gibt auch Situationen, in denen du dir damit selbst im Weg stehst. Was bringt es dir dann, zu analysieren und im voraus zu berechnen, was die Zukunft bringt? Warum lebst du nicht einfach?«

Jetzt starrte Ilona mich mit offenem Mund an, als hätte ich ein drittes Auge zwischen den beiden anderen. Womöglich in einer dritten Farbe. Klar. Für sie klang ich nach völligem Schwachsinn. Sie merkte nicht, daß wir hier gerade vollkommen aneinander vorbeiredeten. Oder?

»Was erzählst du da! Wenn ich eine Gefahr erkenne, ist es doch wohl nicht dumm, ihr auszuweichen.«

Ich versuchte, es ihr zu erklären: »Aber vielleicht umschiffst du nur jahrelang eine vermeintliche Gefahr! Bevor du etwas aufgibst, solltest du doch wenigstens die Chance nutzen zu leben!«

Ilona schüttelte den Kopf. »Hilfe! Wo bin ich? In einer deiner Geschichten? ›Die Chance nutzen zu leben?‹ Was ist das? Der Untertitel zu einer Kurzgeschichte über Ilona P.? Vielleicht lebe ich verstandesgesteuert, wie du immer sagst. Aber ich will nichts versuchen, wovon ich weiß, daß es in die Hose gehen kann.«

Ich stampfte auf wie Rumpelstilzchen. Warum verstand sie denn nicht, was ich meinte?!

»Ein verdammter Feigling bist du! Warum hast du nie versucht, die Dinge in die Hand zu nehmen? Hattest du Angst, deine Selbstbeherrschung zu verlieren? Kannst du nur etwas riskieren, wenn du nicht mit deinem Herzen daran hängst? Oder was soll dieses Spielchen mit Pe sonst bedeuten?«

»Was hat das mit Pe zu tun? Was hat das mit Selbstbeherrschung zu tun? Ich habe Angst, daß mir etwas passiert. Und es könnte etwas passieren! Da kommt meine Bahn. Willst du noch etwas sagen? Aber versuch nicht, mich rumzukriegen! Ich habe mich entschieden: Ich mag den Schwof genausogern wie du, aber ich werde nicht mehr hingehen!«

Die Bahn hielt. Zischend glitten die Türen auf.

»Ich rede nicht von diesem verdammten Schwof!« brüllte ich.

Ilona wandte mir bereits den Rücken zu und ließ mich stehen. Sie stieg ein, nahm einen Platz gleich neben der Tür am Fenster. Ihre Schultern in der dicken Winterjacke. Ihr Haar hinter die Ohren gestrichen. Sie war eine fremde Person, die in die Ecke eines fluoreszierenden Bildes gemalt worden war.

Ich sah sie so lange an, bis die Bahn anfuhr, und versuchte, in ihrem Gesicht etwas zu erkennen. Ein Nicken. Ein Verstehen. Hatte sie denn tatsächlich nicht gemerkt, wovon ich die ganze Zeit geredet hatte? Aber Ilona hob nur die Hand und formte mit den Lippen ein »Schlaf gut!«.

Die Bahn fuhr als eine Kette aneinandergereihter leuchtender Rechtecke davon. Ich sah ihr nach und fragte mich, woran es lag, daß an manchen Tagen jeder kleine Abschied schwerfällt.

Nele war sehr leidenschaftlich und Bête sehr vorsichtig. Nele wollte Bêtes Bluse herunterzerren und an ihren Brüsten saugen. Aber sie spürte Bêtes Zögern und öffnete langsam Knopf für Knopf und küßte mit trockenen Lippen den Hals hinunter. Bête benahm sich so zurückhaltend, als lebe sie jetzt gerade mehr im Kopf als im Bauch.

Nele hatte Lust auf Körpersäfte. Sie wollte Bêtes Speichel mit ihrem vermischen. Sie wollte Schweiß schmecken, wollte ihr Gesicht benetzen mit Bêtes Feuchtigkeit. Es war ein Genuß, von dem sie nicht genug bekommen konnte. Das war irgendwie animalisch. Es hatte etwas mit der Gier auf Essen zu tun. Auch etwas mit Durst, der sich in die Magenwände brennt und trocken in der Kehle schabt.

Anfangs hatte sie noch manchmal an Alexander gedacht und sich gewundert. Acht Jahre lang hatte es ihr nie so viel Freude bereitet, seinen Penis anzufassen.

Sie hatten Spaß miteinander gehabt, natürlich. Aber mit Bête war es einfach alles besser. Nele wollte sie immerzu berühren und sie fühlen. Sie war einfach unersättlich, wollte immer mehr finden. Ihre Lehrerin war sie selber. Bête war ihre Gefährtin, die sie begleitete auf dem Weg zu immer Neuem, die manchmal ihre Ungeduld bremste, damit Nele innehalten konnte, um einfach nur zu staunen.

Nele hatte selten Zeit auszuruhen, so sehr gierte sie nach mehr. Sie war ein Gefäß, das sich nicht füllte.

Es dauerte ihr viel zu lang, bis sie endlich beide nackt auf dem Boden lagen, ihre Hand zwischen Bêtes Knie wandern konnte. Sie rutschten herum, verbrannten sich die Haut an den rauhen Teppichfasern. Nele rutschte an Bête herunter und wollte sie schmecken, aber Bête faßte in ihr Haar und zog sie zu sich herauf.

»Wieso kannst du ihnen nicht ganz einfach die Wahrheit sagen?« fragte sie. Es bestand kein Zweifel, daß sie die ganze Zeit an nichts anderes gedacht hatte.

Nele, die sich auf eine unbekannte Art gedemütigt fühlte, griff nach ihrem T-Shirt.

»Es geht nicht. Versteh das doch! Mein Chef ist ein Arschloch. Ich würde die Stelle bestimmt nicht bekommen, und ich müßte vielleicht mit Schlimmerem rechnen.«

»Sie können dich nicht feuern, nur weil du Lesbe bist«, sagte Bête.

Nele kam sich neben ihr plötzlich alt vor.

»Es wäre nicht das erste Mal, daß so was passiert. Ich will nicht auf einem Schleudersitz hocken.«

»Das hast du selbst verbockt. Wie konntest du ihnen vorlügen, du seist verlobt? Da kommst du nie wieder raus!«

Nele zog ihr Shirt an. Es roch nach Bêtes Parfüm.

»Ach Bête, muß das jetzt sein? Das Ganze ist doch kein Drama. Ich fühle mich auch nicht wohl damit. Irgendwann werde ich es besser hinkriegen, das verspreche ich. Aber es ist nun mal passiert. Der Arsch verdient den Job einfach nicht. Und wenn Frederikes Freund bereit ist, einzuspringen, nimmt das Ganze vielleicht noch ein gutes Ende.«

Bête zupfte Flusen vom Teppich. »Ganz im Ernst, Nele, willst du das wirklich tun? Wie kannst du das hiermit vereinbaren? Dein Mund ist noch ganz klebrig. Willst du in der Nacht bei mir anrufen und fröhlich sagen: ›Stell dir vor: Sie haben es geschluckt!‹? Was werde ich fühlen, wenn du mit einem Typen dahin marschierst?«

»Er ist schwul.«

»Er ist ein Mann. Und er wird auf meinem Platz an deiner Seite sitzen. Das ist nicht fair, Nele!«

So hatte Nele das noch nicht betrachtet. Bêtes ärgerlich gerunzelte Stirn beschämte sie plötzlich.

»Du mißverstehst mich«, stammelte sie. »Ich schäme mich doch nicht für dich, für mein Leben mit Frauen. Aber dieser Abend ist wichtig für meinen Job. Ich …«

»Du fällst allen stolzen und mutigen Lesben in den Rücken!«

Nele schwieg. Das wollte sie nicht. Sie wollte niemandem in den Rücken fallen. Nele spürte ihr Rückgrat zerbrechen. Genau in der Mitte krachte und knackte es. Sie saß plötzlich in zwei Teilen dort. »Ich möchte dazu stehen«, sagte der obere Teil. »Und ich wünschte, ich wäre so stark wie du, um mich dem jetzt schon zu stellen. Ich muß lernen, für mich als Lesbe einzustehen. Jede muß schließlich bei sich selbst anfangen.«

Bête nickte. Ihre Stirn klärte sich zögerlich auf.

»Alles ist noch so neu. Ich entdecke gerade meine lesbische Sexualität. Alles ist fremd. Die Discos, die Kneipen, ich selbst, eine verkehrte Welt. Wie soll ich etwas selbstbewußt vertreten, wenn ich noch auf wackeligen Beinen stehe? Ich muß mir Zeit lassen«, sagte Neles unterer Teil. »Und jetzt möchte ich gern das Thema wechseln. Der Abend ist doch viel zu kurz. Wir sollten ihn nicht mit Diskutieren verplempern, oder?«

Bête seufzte tief. Sie streckte sich auf dem Teppich aus und kaute an einem Fingernagel.

Nele legte ihre Hand auf den warmen Bauch.

»Nein«, sagte Bête. »Ich mag jetzt nicht mehr.«

12. Kapitel

KAROLIN

Karolin erwachte im Dunkeln. Im ersten Augenblick dachte sie, sie läge in Frederikes Bett. Sie glaubte, neben sich den anderen Atem zu hören, ein schwacher Geruch hing im Raum, und da war eine Bewegung. Aber es war nur Zipp, der über ihren Beinen gelegen hatte und nun vom Bett sprang, um nachzusehen, ob über Nacht das Frühstück in seinen Freßnapf gefallen war.

Karolin streckte sich. Die Wärme um sie herum war so wohlig, als sei da noch ein anderer Körper unter der Decke, dessen Schenkel sie mit dem nackten Knie berühren könnte.

Neulich nacht bei Frederike, nach dem Schwof, war nichts zwischen ihnen geschehen, was die Heerscharen von Klatschmäulern der Szene hätte befriedigen können. Nachdem Karolin ihre Geschichte erzählt hatte, waren sie, durch ihre Hände verbunden, eingeschlafen. Aber Karolin war immer wieder aufgewacht. Sie hatte festgestellt, daß sie einen Meter gewandert war, gekrümmt lag sie halb auf der anderen Matratze, nur noch halb zugedeckt. Sie war wieder eingeschlafen, rutschte so tief, daß ihre Füße unten aus dem Bett hingen, tiefgefroren, mit

Eisklumpen als Zehen. Verrenkt. Schwitzend. Oder frierend. Die Decke unter sich oder über dem Kopf. Das Kissen zu Fußballgröße zusammengeschlagen.

Sie hatte dann immer zu Frederike geguckt. Aber die war eine ordentlich Schlafende. Sie lag entspannt, den Kopf auf dem Kissen, die Füße unter der Decke, die auch noch die Schultern bedeckte. Karolin war neidisch geworden auf diesen Frieden. Diese Selbstsicherheit, die sie nur ungläubig bestaunen konnte. Hatte diese Frau keine Kämpfe auszutragen?

»Ich trage meine Kämpfe nicht mit mir allein und schon gar nicht im Bett aus«, hatte Frederike am nächsten Morgen gelächelt. »Sondern da, wo sie hingehören.«

Karolin lächelte bei der Erinnerung auch. In wenigen Stunden würde sie Frederike sehen. Sie würde sie küssen. Sie würde sich küssen lassen. Vielleicht würden sie tatsächlich wegfahren, über den Rummelplatz ziehen, in der Geisterbahn kreischen, Zuckerwatte im Gesicht verschmieren, mit geballter Übelkeit aus der Achterbahn steigen und dann in einer stillen Ecke sitzen und miteinander lachen. Vielleicht.

Karolin stellte sich vor, wie sie das nicht täten. Statt dessen würden sie aufs Bett fallen oder – besser – im Flur an der Wand hinunterrutschen, Karolin wollte Frederikes Po in ihren Händen halten und sie dabei bewundernd ansehen. Sie könnten sich gleich im Flur lieben, wo sie leise sein mußten, denn ihre Stimmen durften nicht ins Treppenhaus dringen.

Karolin hatte Lust. Sie stand auf und zog die große Schublade auf, in der es so viele Farben gab. Sie probierte ein paar Stoffe aus, rieb Seide an ihrer Wange oder Samt über ihren Arm. Bis sie einen dunkelgrünen BH fand, dessen Spitze auf der Haut prickelte. Sie zog ihn an, den passenden Slip dazu ebenfalls. Dann stand sie lange vor dem Spiegel der Kommode und betrachtete die schönen Stellen ihres Körpers. Sie hatte übrigens heute morgen nur schöne Stellen.

Sie leckte an ihren Fingern und strich damit über ihre Brüste. Sie streichelte ihren Hals, wo er gestern abend noch von Lippen berührt worden war. Sie warf sich leise lachend aufs Bett, wo sie auf den Bauch rollte, auf die Seite, auf den Rücken, sich aufsetzte. Sie hatte zu wenig Hände, um sich überall da zu berühren, wo sie erspürt werden wollte. Sie dachte nicht einmal kurz an fremde Gesichter oder ungewolltes Begehren. Sie hatte einen so mächtigen eigenen Willen. Sie fühlte sich neu und vertraut. Sie flüsterte ihren Namen.

»Frederike«, sagte sie. Sie hielten sich im Arm. Zipp strich um ihre Beine. In der Wohnung roch es nach frischer Farbe.

»Würde es dir etwas ausmachen, das noch einmal zu sagen?» bat Frederike.

»Frederike«, sagte Karolin noch einmal direkt in ihr süßes Ohr.

»Ich bin viel zu früh.«

»Du bist genau richtig.«

»Wonach riecht es hier? Hast du gestrichen?«

Karolin schob Frederike ins Zimmer hinein. Sie genoß die Berührung, Frederikes höfliches Zögern.

»Ich habe heute morgen etwas gemalt.« Es war fast

noch nacht gewesen. Sie war satt gewesen von der einen Lust, dem wilden sanften Sex mit sich selbst. Aber dann hatte sie eine andere gepackt: der Wunsch, in Farben zu baden und eine Geschichte zu erzählen. Und jetzt, in diesem Moment, eroberte sie bereits wieder eine neue: »Ich hab' einen Bärenhunger! Magst du aufgebackene Brötchen?«

»Klar. Hast du Erdbeermarmelade?« Frederike trat ans Licht, um einen Blick auf die Staffelei zu werfen.

Karolin öffnete in der Küche die Tüte mit den Brötchen. Für sie war es so, als sei Frederike hier gewesen, als hätten sie die Nacht miteinander verbracht. Sie war Karolin auf intime Weise vertraut. Sie deckte den Tisch, legte Servietten hin und zündete eine Kerze an. Alles sollte so schön und romantisch sein wie die Lust der Nacht. Sie wollte Frederike gern vorschwärmen, von dem wunderbaren sexuellen Erlebnis, das sie beide heute nacht bereits gehabt hatten. Aber das mußte noch ein wenig warten. Als erstes mußte jetzt das Frühstück her! Mit leerem Magen liebte es sich nicht gut.

Als Karolin wieder hinüberging, betrachtete Frederike immer noch das Bild. Karolin versuchte, mit ihren Augen zu sehen. Es war eine Szene aus einer Puppenstube. Da gab es eine Großmutter, die Mutter und ein halbwüchsiges Mädchen, die zu dritt am Küchentisch saßen und Skat spielten. Die Großmutter trug eine goldene Nickelbrille, und ihr Kopf war kahlrasiert wie bei Ghandi oder Sinéad. Das Mädchen war ihr wie aus dem Gesicht geschnitten, aber ihre Frisur war ein vorwitziger Bubikopf. Sie krauste frech die Nase. Die Mutter dagegen, ebenfalls mit Brille, trug ihr blondes Haar in einem strengen Pferdeschwanz geordnet. Sie strich eine verirrte Strähne mit der einen Hand zurück, während sie gerade aus ihrem Blatt eine Karte herauszog, die sie ausspielen wollte.

Der Vater der Familie versuchte sein Interesse am Spiel hinter seiner mürrischen Miene zu verbergen, linzte aber dennoch der lächelnden Großmutter über die Schulter, um etwas mitzubekommen. Der halbstarke Sohn turnte um den Tisch herum. Das rote lange Haar flog ihm ums lachende Gesicht mit den vielen Sommersprossen. Er versuchte, allen in die Karten zu gucken, um über den Spielverlauf genaustens informiert zu sein. Die beinahe erwachsene Tochter lehnte am Stuhl der Mutter. Ihre unterschiedlich farbigen Augen waren verträumt auf die Karte gerichtet, die gerade auf dem Tisch lag. Es war die Herzdame.

»Wie machst du das?« fragte Frederike. Karolin freute sich darüber mehr als über jedes andere Lob. »Du hast mir nicht erzählt, daß du das so gut kannst.«

Es war nicht klar, ob sie das Malen oder das Beobachten meinte.

»Als ob wir schon alles voneinander wüßten«, sagte Karolin frech.

Frederike staunte und folgte ihr in die Küche. Sie aßen und dachten beim Milchkaffee beide an ihre erste Begegnung im Café.

»Heute morgen ist nichts um dich herum blau«, sagte Frederike da plötzlich. »Aber ich selber fühle mich ein bißchen so.« Sie machte eine kleine Pause, als müßte sie überlegen, ob es tatsächlich stimmte, was sie sagen wollte.

»Ich glaube, ich bin für Ilona mehr als nur eine Freundin.«

»Das war mir klar«, erwiderte Karolin. »Das war mir klar von dem Augenblick an, als ich euch beide das erste Mal zusammen sah. Von ihr schwingt etwas in deine Richtung, ein Hauch von Rot und Blau und Violett.«

Frederike sah auf ihren Teller, als schäme sie sich.

»Ich habe das nicht gemerkt. Erst gestern abend, ganz plötzlich. Aber ich hatte nicht den Mut, sie darauf anzusprechen. Ich habe mich dumm angestellt, wir haben aneinander vorbeigeredet. Sie war so ganz anders gestern.«

»Sie spürt, was mit uns los ist. Deshalb ist sie anders als sonst«, sprach Karolin es zum ersten Mal aus. Dieser Satz machte sie glücklich.

Frederike zeigte ihr beide Farben ihrer Augen und lächelte.

»Ich sollte es ihr nicht noch schwerer machen. Ich glaube, ich sollte mir besser nichts anmerken lassen und so sein wie immer.«

Karolin glaubte eher, daß Ilona es hassen würde, wenn eine Entscheidung über ihren Kopf hinweg getroffen wurde. Aber Ilona war Frederikes Freundin. Sie konnte sich da ja nicht einmischen.

»Du hast uns alle so gründlich durchschaut, Karolin«, sagte Frederike kleinlaut.

»Warum ist Paula so wütend auf dich?« fragte Karolin.

Frederike überlegte nicht lange. »Sie ist der Meinung, ich hätte dich ihr weggenommen.«

Karolin lachte.

»Kein Wunder. Sie ist auf mich angesprungen wie wild. Wie hoch standen die Wetten?«

»Die meisten haben auf Paula gesetzt. Nur Belle hat dran geglaubt, daß Bête bei Nele schneller das Rennen macht. Wahrscheinlich, weil sie sowieso immer an ihren Zwilling glaubt.«

Karolin setzte sehr langsam ihre Tasse ab.

»Was sagst du da?«

»Paula hatte nicht gerade ihre Gewinnerphase. Bête hatte einfach einen Vorsprung«, wiederholte Frederike.

»Ihr habt tatsächlich gewettet?«

Sie sahen sich an. Das Lachen in Frederikes übermütigen Augen verschwand.

»Nimm es nicht so ernst.«

Karolin sah an ihr vorbei aus dem Fenster. Es war ein schöner Tag mit blauem Himmel.

»Wer hat sich so eine Scheiße ausgedacht?« fragte sie.

Frederike öffnete den Mund. Dann schloß sie ihn wieder. Dann öffnete sie ihn wieder.

»Es tut mit leid. Ich wollte nicht, daß du es erfährst.«

»Du hättest es mir nicht gesagt!« stellte Karolin fest. Sie konnte sich selbst dabei zuhören, wie ihre Stimme kühl und sachlich wurde. Sie hatte sich schon oft dabei zugehört. Sie sagte sich, daß es immer so war. Du wirst verletzt, wenn du gerade verwundbar geworden bist. Sie sagte sich, daß so etwas passieren kann. Früher hatte es immer geholfen, wenn sie sich das gesagt hatte. Aber jetzt tröstete es sie überhaupt nicht.

»Es tut mir leid«, wiederholte Frederike. »Aber das hat nichts mit uns zu tun. Ich war gar nicht im Rennen. Es ging nur um Bête und Paula. Mit mir und dir hat das gar nichts zu tun. Ehrlich.«

Karolin konnte »Ehrlichs« nicht ausstehen.

»Soll ich jetzt gehen?« sagte Frederike schließlich.

»Ich möchte allein sein«, erwiderte Karolin. Das war eine Lüge, denn sie wollte nicht allein sein. Sie wollte nie wieder allein sein. Aber es schien die passende Antwort zu sein.

Frederike stand rasch auf und schlüpfte in ihre warme Jacke. Ihre Bewegungen waren panisch schnell. Sie sah nicht ein einziges Mal auf. Sie vergaßen, sich zu verabschieden. Die Tür fiel ins Schloß.

Karolin tat alles doppelt so schnell wie gewohnt. Sie brauchte für vertraute Wege nur die halbe Zeit. Sie lief durch die Stadt, die ihr plötzlich nur noch halb so groß erschien. Sie tat alles mit einer Geschwindigkeit, als ob sie viel vorhätte. Beim Spülen zerbrach sie Geschirr.

Weil sie so schnell war, blieb am Ende des Tages so viel Zeit über. Sie versuchte fernzusehen, aber sie hatte keine Geduld. Sie telefonierte mit Bekannten, aber die waren so träge; Karolin konnte kaum abwarten, bis sie ausgesprochen hatten. Sie kamen alle nicht auf den Punkt.

Karolin konnte sich nicht daran erinnern, jemals so wütend gewesen zu sein.

Sie ging zu dem Vorstellungsgespräch und prallte mit solcher Wucht durch die Tür, daß niemand an ihrem Einsatz zweifelte und sie zum nächsten Ersten anfangen sollte.

In der Nacht lag sie wach. Sie versuchte sich geschmeichelt zu fühlen, daß auf sie gesetzt worden war. Aber stattdessen empfand sie Verachtung. Sie erkannte die Selbstgerechtigkeit in diesem Spiel. Sie verstand, daß sich in solchen spielenden Köpfen nur die Egos selbst befanden:

Sie dachten nur an sich. Sie dachten nicht an die, um die gespielt wurde.

Die Nacht hatte acht Stunden. In der einen Stunde war Karolin wütend, trank ungezuckerten Tee und spülte mit jedem Schluck ihren Mund aus von Küssen, die sie vergessen mußte.

In der nächsten Stunde lag sie mit kalten Füßen im Bett und sehnte die Wärme zurück, wußte, daß sie nicht vorgetäuscht gewesen war, wußte, daß alles ehrlich gewesen war. Dann weinte sie und versuchte, ihren neuen Willen zu bezwingen. Sie sehnte sich ihr Egal herbei, ihre Gleichgültigkeit, damit sie Frederike anrufen und diese dumme Sache vergessen konnte. Aber es funktionierte mit einemmal nicht mehr. Auch ein Lachen rettete sie nicht mehr überall heraus. Dieser Ausweg war versperrt.

Karolin konnte ihren Willen plötzlich nicht mehr zerbröseln wie einen Zwieback.

Sie wünschte sich, Frederike hätte gelacht und gerufen: »Stell dich doch nicht so an! Reiß dich mal zusammen, blöde Gans. Was ist denn schon dabei?«

Aber statt dessen hatte Frederike ihre Verletzung anerkannt und war schweigend, demütig fortgelaufen. Sie hatte nicht versucht, Karolin ihren Willen aufzuzwingen. Verflixte Frederike. Sie war schuld daran, daß »Egal« nicht mehr half.

Karolin wußte viel zu genau, was sie wollte und was sie fühlte. Vorbei waren die Zeiten, in denen sie sich einfach in die Hände anderer geben konnte.

Sie hatte ein Gefühl; es war Enttäuschung. Sie hatte ein Gefühl; es war Hoffnung.

Nach ein paar Tagen hatte Karolin sich immer noch

nicht an diese Wut gewöhnt. Sie erwartete die Ankunft des Egalseins, aber es blieb aus. Ruhig vor Zorn trat Karolin morgens aus der Wohnungstür und rechnete jeden Augenblick mit seiner Ankunft. Aber es kam nicht. Es wurde nicht das eine, weitere Mal »Egal!«.

Karolin hatte einen klaren, scharfen Blick: Sie war verliebt in Frederike, die ein dummes, ein kindisches Spiel mitgespielt hatte, in dem Karolin nur eine Spielfigur war. Ein kleines blaues Plastikfigürchen, mit dem mal die eine, mal die andere über das Spielbrett zieht.

Als sie aus dem Café heimkam, klingelte das Telefon. Sie hielt Zipp im Arm und starrte auf den lila Hörer. Dreimal. Viermal. Fünfmal. Sie hoffte, daß es Frederike war, die versuchte, sie zu erreichen. Aber sie würde nicht drangehen.

Sie erinnerte sich noch zu gut an alles: Frederikes Stimme am Telefon hatte nicht zu jeder Tageszeit gleich geklungen. Morgens mußten sie viel lachen, wenn sie miteinander sprachen. Frederike versprühte ihren Witz, und Karolin kam aus dem Staunen nicht heraus. Ihre eigene, volle Stimme, wie sie unbekümmerte Laute reinen Vergnügens ausstieß und melodisch klang. Das war ihr so wenig vertraut, daß sie immer wieder darauf lauschte.

Wenn sie mittags miteinander telefonierten, war Frederike nervös. In diesen Telefonaten wurde nämlich entschieden, ob sie sich sehen würden. Karolin hatte diese Mittagstelefonate geliebt. Sie waren voller Perspektiven und Möglichkeiten.

Das wunderbarste aber waren die leisen, geraunten Gespräche in der Nacht gewesen. Dabei hatte Karolin sich vorgestellt, Frederike hielte sie an der Hand. Alles an diesen Abendtelefonaten war warm gewesen. Durch den Draht floß warme Traurigkeit, weil sie nicht beieinander waren.

Frederikes Stimme war Karolin in ihre Träume gefolgt, begleitete sie auf ihren Reisen. Und Karolin hatte das Bedürfnis gehabt, ihr ständig zu antworten. Im Schlaf hatte sie oft gelächelt und fand morgens ihr Spiegelbild zum Verlieben.

Es war alles so perfekt gewesen. Aber jetzt war es wieder fort.

»Soll ich jetzt gehen?« hatte sie gefragt. Karolin wollte nicht allein sein, aber da war die Wut in ihr, die sich plötzlich nicht mehr zügeln ließ. Sie wußte, daß sie ein Recht darauf hatte. Aber warum mußte sie erst verlieren und dann daraus lernen?

Ihr Terminkalender hatte weiße Blätter. Denn dann könnte niemand nachvollziehen, ab wann ein Name plötzlich nicht mehr auftauchte auf den hellen Seiten. Nichts ist so einfach, wie es auf den Blättern eines Terminkalenders scheint.

Karolin hatte den Eindruck, sie bekäme wieder einmal von einer Menschenschlange nur die Rückseite zu sehen. Und nun stand auch Frederike in dieser Reihe.

Das Telefon klingelte ein letztes Mal. Dann schwieg es.

Karolin hätte unmöglich hingehen können, nicht wahr?

Schließlich nahm es immer diesen Verlauf. Es war voraussehbar, sagte sie sich.

Aber überrascht stellte sie fest, daß sie sich da gar nicht mehr so sicher war.

13. Kapitel

FREDERIKE

Sie kann plötzlich nach rechts gehen oder nach links oder geradeaus. Überall findet sie Wege. Das neue daran ist, daß sie sich selbst zu jedem Ziel mitnimmt.

Das Haus meiner Eltern liegt in einer Siedlung, in der sich alle Nachbarn mit Vornamen ansprechen. Niemand geniert sich, nach einer Tasse Reis fürs Mittagessen oder einem Babysitter zu fragen. Nach anderem wird selten gefragt, das bekommen alle zwangsläufig zu hören. Gibt es irgendwo einen lautstarken Krach, weiß das ein paar Tage später der ganze Block. Die Nachricht von Todesfällen verbreitet sich wegen ihrer Dringlichkeit innerhalb von wenigen Stunden bis in den letzten Winkel.

Es ist wie unsere Lesbenszene auch: Es gibt sorgsam gepflegte Freundschaften, ebensolche Feindschaften, bittersüßes Lächeln in Gesichtern, die wir alle kennen, aber nicht unbedingt alle mögen.

Ich kehrte nicht besonders gern hierher zurück. Nur dann und wann tat ich Mama den Gefallen, so wie heute. Sie hatte mich mit Käsekuchen und meinem Lieblingssalat hierher gelockt. Aber als ich nun vor dem Haus den Motor ausstellte, bereute ich diesen Ausflug fast. Die sich sacht bewegenden Gardinen hinter den Fenstern der Nachbarhäuser machten mir immer wieder bewußt, daß in den Köpfen hinter den Gardinen eine Frage herumsurrte wie ein überdimensionaler Moskito: »Warum hat die Kleine noch keinen Freund?«

Es hatte mal Gerede gegeben, als Pe noch mit hierher kam. Mama war in höchster Alarmbereitschaft: »Küßt euch bitte nicht auf der Straße! Das würde hier niemand verstehen, und sie würden auf uns herumhacken.«

Ich mochte es gar nicht, hier zu sein. Ich war aus dieser Gegend herausgewachsen wie aus meinen Kinderschuhen.

Wir blieben ein paar Minuten im Auto sitzen. Belle betrachtete mich nachdenklich, wie treue Freundinnen dich betrachten, wenn sie von deinem Liebeskummer wissen.

Ich hatte zuerst Ilona angerufen. Aber als ich sie am Apparat hatte, blieben mir die Worte im Hals stecken.

»Was ist denn? Du hast doch was?« hatte sie gefragt. Aber ich konnte nur von einem »kleinen Streit mit Karolin« stammeln, ohne auch nur annähernd an den Kern der Sache zu gelangen. Ich hatte es vermasselt. Ich hatte alles versaut.

Ich schaffte es nicht, vor Ilona zu weinen, weil ich Angst vor ihren eigenen Tränen hatte – denn sie hätte doch auch Grund dazu, dachte ich.

Also legten wir auf. Ich unbefriedigt und ruhelos, Ilona verwirrt und ahnungsvoll.

Sebastian mußte zu Hause sein. Warum ließ er denn

das Telefon so endlos klingeln? Er hörte wahrscheinlich über Kopfhörer Musik mit einer Lautstärke, die mir das Trommelfell zerschmettern würde. Na toll, er amüsierte und entspannte sich, während ich auf meinem Zahnfleisch vorm Telefontischchen auf und ab kroch.

Bêtes Stimme aus dem Hörer klang so deprimiert, daß ich fast wieder aufgelegt hätte. Nein, Belle sei nicht zu Hause. Und bevor ich einen weiteren Ton sagen konnte, erklärte sie mir die Krisensituation zwischen Nele und ihr. Nele wollte einfach nicht von ihrem Standpunkt weichen. Bête fand, Nele habe die Hosen voll und lasse sich vom Patriarchat einschüchtern. Nach einer Weile fragte sie mich, warum ich eigentlich anrief. Als ich es ihr erzählte, bestand ihre Reaktion aus einem einzigen Satz: »Hat sie es Nele gesagt?« Dann schmiß sie den Hörer auf die Gabel, wahrscheinlich, um sofort zu Nele aufzubrechen und auszukundschaften, ob ihre Geliebte inzwischen von der Wette Wind bekommen hatte.

Meinen letzten Versuch hätte ich mir besser erspart. Er galt Paula, deren Meinung zu diesem Thema war: »Verklemmt! Völlig verklemmt, die Kleine! Such dir was anderes.«

Ich hatte in meiner Wohnung gesessen und mich allein gefühlt. Ich wollte jemanden bei mir haben, der mich liebte. Jemand, der mir nicht das Gefühl gab, versagt zu haben.

Also nahm ich meinen Autoschlüssel und ging hinunter, um meiner Familie einen Besuch abzustatten.

Auf der Straße traf ich Belle. Wir lachten, als wir uns sahen.

»Wie siehst du denn aus?« fragte sie. Ich hatte rote

Augen und darunter dunkle Ringe, die aussahen wie Täler in 3D.

»Und was machst du hier?« fragte ich.

»Du weißt nicht zufällig, wo Helmes steckt?« erwiderte sie.

Wir standen seufzend voreinander.

»Komm mit!« hatte ich dann gesagt. »Ich fahre zu meinen Eltern. Es gibt Kuchen und so. Wenigstens ist da alles normal und in Ordnung.«

Nun saßen wir hier im Wagen vor dem Haus, und Belle betrachtete mich nachdenklich, wie es eine tut, die von deinem Liebeskummer weiß. Wir hatten den ganzen Weg über Karolin geredet, und ich war an einem Punkt angelangt, an dem ich es endlich glaubte: Es war vorbei. Es hatte noch nicht mal richtig angefangen, aber schon war es wieder vorbei.

»Fühlst du dich auch so beobachtet?« fragte Belle mit einer Kopfbewegung hinaus, wo hinter den Fenstern die Gardinen wackelten.

»Das schlimme daran ist, daß du nicht zurückstarren kannst«, sagte ich. »Starr mal eine Adogardine an! Es hat überhaupt keinen Effekt. Es ist nicht dasselbe.«

Belle nahm ihre Brille ab und putzte sie sehr sorgfältig.

»›Dasselbe‹? Was ist das überhaupt für ein komisches Wort?« sagte sie. »Ich bin heute mit dir unterwegs und deshalb nicht zu erreichen. Helmes ist mit werweißwem unterwegs und nicht zu erreichen. Ist das vielleicht ›dasselbe‹?«

Mama war nicht anders als unsere Nachbarn. Sie hatte mein Auto auf der wenig befahrenen Straße ausgemacht, und jetzt stand sie in ihrem buntgeblümten Kittel und Hausschuhen auf der Matte und winkte. Wir stiegen aus.

»Da bist du ja endlich. Ich dachte, du kommst rechtzeitig zum Mittag?« rief sie.

»Das ist Isabelle. Ich hab' dir mal von ihr erzählt. Sie ist eine von den beiden Zwillingen la Belle et la Bête.«

Mama strahlte Belle mit ihrem herzlichen Lachen an.

»Ist das Absicht mit deinen Haaren?« fragte sie.

»Mit der Schere ausgerutscht«, sagte Belle ernst.

Mama schaufelte uns ins Haus. Sie war nicht im mindesten sauer, daß ich Belle, die so eindeutig lesbisch aussah, einfach mit hierherbrachte. Mama wußte nicht, wie Lesben aussahen.

Es hatte sie nicht viel Überwindung gekostet, mit mir über Liebe zu Frauen zu reden. Allerdings schien sich der Gedanke, ich könne derartiges womöglich von ihr geerbt haben, eine ganze Weile hartnäckig in ihrem Kopf zu halten. Ich redete auf sie ein, diskutierte mit ihr, schmiß sie mit Aufklärungslektüre zu. Aber Mama blieb bei der Meinung, erotische Liebe zu Frauen werde vererbt. Erst ein Jahr nach meinem coming out vertraute sie mir an, daß sie von Zeit zu Zeit »solche Träume« habe. Also war sie der Meinung, den Unterschied zu kennen, und sie war ganz zufrieden mit ihrer jüngsten Tochter.

»Wie geht's dir, mein Schatz?« fragte sie mit einem Seitenblick auf Belle. »Habt ihr euch an der Uni kennengelernt?«

Ich seufzte. »Belle ist nicht meine neue Freundin! Wir sind einfach nur so befreundet. Ich hab' dir doch schon mal von ihr erzählt. Weißt du nicht mehr?«

»Die ganzen Namen kann sich ja keiner merken«, verteidigte sich meine Mutter. »Hast du denn eine Freundin im Moment? Du erzählst gar nichts mehr.«

Belle bekam große Augen.

»Unglücklich verliebt«, sagte ich, um meine Situation in wenigen Worten klar zu umreißen. Ich hatte mit meinen Eltern noch nie über meine Liebesbeziehungen reden können. Daß meine Mutter ausgerechnet jetzt, vor Belle, damit anfing, war mir unangenehm.

»Will sie nichts von dir wissen?«

»So einfach ist das nicht. Ich habe mich wohl etwas danebenbenommen, und jetzt ist sie sauer.« Naja, das war insgesamt etwas vereinfacht.

»Ach, das renkt sich schon wieder ein!« meinte Mama zuversichtlich und tätschelte mir den Arm. »Bedient euch doch!«

Sie zeigte auf die Kekse, die bereits auf dem Tisch standen. Belle nahm höflich einen und probierte.

»Du kannst es ja auch gut gebrauchen bei deinem Figürchen.«

»Mama, laß doch!« versuchte ich Belle zu retten, die etwas verdutzt dreinblickte.

Wie hatte ich das vergessen können! Diese peinlichen Momente, die Eltern leider immer liefern, wenn du mal eine Freundin mit nach Hause bringst.

Mama schaffte es, über meine Verlegenheit hinwegzusehen. »Ich wollte, ich hätte auch noch mal so eine Figur! Natürlich, vor den Kindern damals ...« Dann wandte sie sich wieder zu mir. »Papa und Alice sind unterwegs. Aber sie kommen gleich wieder. Dann gibt es endlich den Kuchen, wegen dem du gekommen bist.«

Warum war ich hergekommen? Ich wußte doch, daß

es irgendwie immer eine Enttäuschung wurde. Ich hatte Trost erhofft. Mit Verständnis hatte ich ja gar nicht gerechnet, aber wenigstens Trost.

»Das renkt sich schon wieder ein!« Und dann wurde über Kochrezepte gesprochen.

Während Mama über die Neuigkeiten im Dorf plauderte, warf Belle mir hin und wieder einen amüsierten Blick zu und steckte sich einen weiteren Keks in den Mund. Ich war heilfroh, daß sie es von der humorvollen Seite nahm. Mama war nicht mal so höflich gewesen, nach Belles Beruf zu fragen oder so was. Sie war viel zu voll von all den Gerüchten und dem Klatsch, der hier in der Siedlung im Umlauf war. Sie erzählte und erzählte.

Der lederbezogene Stuhl knarrte, wenn ich auf ihm hin und her rutschte.

»Stefanie Hogler wird übrigens demnächst heiraten. Sie hat wohl die Pille vergessen. Es wird ein Mädchen. Der Reiner und sie freuen sich ja schon so.« Was früher ein Skandal gewesen wäre, ein entsetzlicher Fauxpas, erhielt in Mamas Augen plötzlich den Status einer wünschenswerten Romanze. Dabei streifte ihr Blick kurz meinen Bauch, in dem nie etwas Wichtigeres als Verdauungsprobleme vorgehen würde.

»Mama möchte so gern Enkelkinder«, erklärte ich Belle, die mit vollen Backen Kekse kaute, als müsse sie sich Winterspeck anfuttern. Früher einmal hatte es mich traurig gemacht, daß ich meiner Mutter diesen Wunsch nicht erfüllen würde. Aber inzwischen konnte ich es mit einem lachenden Auge betrachten.

»Möchtest du auch keine Kinder?« nahm Mama Belle ins Visier.

»Kinder? Naja ...«

»Ihr bringt euch um was! Laßt es euch gesagt sein! Ihr bringt euch um einen wunderschönen Teil des Lebens.«

»Mama!«

In dem Augenblick verriet das Donnern der Haustür Papas Ankunft. Er kam schwungvoll herein, gab Belle freundlich die Hand und küßte mich schmatzend. Keine Spur von der Befangenheit, die er neulich in meiner Wohnung an den Tag gelegt und mich damit zutiefst verstört hatte.

Hinter ihm huschte Alice herein, hantierte kurz und geräuschlos in der Küche, lächelte durch die offenstehende Tür und verschwand wieder. Sie war neunundzwanzig Jahre alt, und bei ihrem Anblick dachte ich oft an ein scheues Waldtier. Sie war dick und schämte sich wohl dafür. Es hatte noch nie etwas geholfen, daß Mama allen erzählte, daß es nicht Alices Schuld sei. Es seien die Medikamente, die meine Schwester vor den schweren Anfällen schützen.

Ihre Krankheit brach zu Beginn der Pubertät aus. Niemand wollte sich damit abfinden; eine Odyssee von einem Arzt zum nächsten begann. Damals hatte ich in ihren Augen diese Frage gelesen: »Warum ich? Warum nicht du? Du bist gesund und hübsch und tust, was du willst. Du bist die Freche von uns, die Ungehorsame, die Wilde. Also, warum ich?«

Diese stumme Rebellion war irgendwann gewichen. Aus Alice wurde ein scheues Wesen, das sich lautlos bewegen konnte und sich Fremden nur selten und ungern zeigte.

Heute hätte ich sie aber gerne gesehen. Ich hätte mich

gerne eine Weile mit ihr unterhalten. Und vielleicht hätte es einen Moment gegeben, in dem es nicht so abwegig gewesen wäre zu fragen: »Bist du gerade verliebt? In wen?«

Aber Alice war schon verschwunden. War ihre Scheu vor der fremden kahlköpfigen Frau am Eßzimmertisch größer als ihre Freude, mich zu sehen? Freute sie sich überhaupt, mich zu sehen? Solange ich denken konnte, war ich ihre Rivalin gewesen. Zugleich war ich auch die kleine Schwester, für die sie Sorge trug und um die sie sich rührend kümmerte, wenn ich mal krank im Bett lag.

Als ich sieben Jahre alt war, spielte ich mit einer Freundin an einem entlegenen Platz. Wir merkten, daß es dunkel wurde, aber wir wollten nicht heimgehen. Wir spielten, wir seien ausgesetzt worden und hatten eine Menge Gefahren zu bestehen. Ich war eine beliebte Spielkameradin, denn mit mir bestand die ganze Welt aus Abenteuern.

Wir spielten, bis es stockdunkel war. Dann liefen wir zurück zu unseren Häusern. Als wir die Straße hinunterschlichen, sah ich schon vom weitem die Leute herumirren und hörte sie nach uns rufen. Unsere Eltern hatten offensichtlich einen Krisenalarm ausgelöst und sämtliche Nachbarn mobilisiert. An der nächsten Kreuzung trennten meine Freundin und ich uns schweigsam als Verbündete. Wir hatten mit Standpauken zu rechnen.

Ich bog um die Hausecke, und vor mir stand meine Schwester.

Sie hatte große, haselnußbraune Augen, so wie mein linkes. Wir standen voreinander wie kindliche Kriegerinnen. Sie knirschte mit den Zähnen und sah mich an. Ihre

Feindin; die, die alles hatte und trotzdem noch undankbar war; die, die sich das Recht herausnahm, fortzubleiben und alle in Aufregung zu versetzen; die, die sich das Knie aufschlug und darüber lachte; die, die schnell rennen und über Zäune springen konnte, ihre Hand ins Maul von großen Hunden legte.

Da holte meine Schwester plötzlich aus und schlug mir mit ihrer Kinderhand ins Kindergesicht. Dann begann sie laut zu heulen. Denn sie hatte fest geglaubt, ich würde irgendwo tot und verstümmelt gefunden. Sie zerrte mich an sich und hielt mich ganz fest in ihren dünnen Armen.

Wann hatte ich das letzte Mal so an sie gedacht? Mich an die ihr eigene Mischung aus zärtlicher Fürsorge und feindlichem Mißtrauen erinnert?

Jetzt waren wir erwachsen. War es nicht endlich Zeit für eine andere Art von Schwesternsein? Könnten wir etwas anderes finden?

Weg war sie.

»Wegen ihr möchte ich anfangen, über mein gesamtes Leben nachzudenken, und alles geraderücken, was im argen liegt«, hatte ich zu Bastian gesagt.

Karolin.

»Wie kommst du im Studium voran?« fragte Papa. Ich mußte lächeln, weil in diesem Haus alles wie immer war. Mama versorgte mich mit dem neusten Dorfklatsch, und Papa fragte mich in seiner Geschäftsmanier nach dem Studium. Es war beruhigend, daß hier alles so war wie immer. Karolin hatte meine Ordnung der Dinge so dermaßen auf den Kopf gestellt, daß ich froh war, für die kurze Dauer dieses Besuches Teil einer anderen, einer intakten Ordnung zu sein.

»Es läuft ganz gut«, sagte ich zu Papa. »Ich mache in diesem Semester viele Theater-Seminare, weil ich sie bisher zugunsten von Film vernachlässigt habe. Außerdem sehe ich dann Pe nicht dauernd.«

Mama blitzte mich an: »Laß bloß die Finger von der! Das geht nicht gut. Das eine Jahr war schon mehr als genug.« In Wahrheit hatte sie keine Ahnung.

»Ist sie nicht weggezogen? In den Norden?« erinnerte sich Papa.

»Sie ist aus der WG geflogen, in der sie gewohnt hat«, erklärte ich Papa.

»Wenn die noch mal hier auftaucht, fliegt sie raus!« wetterte Mama. Sie war die Mutter der Nation, gleich nach Inge Meysel und Frau Beimer.

»Mama, Pe wird hier nie wieder erscheinen. Und mir kann sie auch nichts mehr anhaben. Du kannst dich also abregen!«

Papa und Belle grinsten.

Mama tat brüskiert. »Und was sind so Ihre Pläne?« wandte Papa sich an Belle. Er siezte meine FreundInnen, respektierte sie als Unabhängige, als fremde Erwachsene. Mama duzte sie durch die Bank. Für sie war es einfach unmöglich, daß meine Freunde für sie Fremde sein sollten.

»Bücher«, antwortete Belle ernsthaft.

Papa nickte anerkennend. »Sie schreiben auch? Haben Sie schon Texte veröffentlicht?«

»Ich schreibe keine Bücher. Ich verkaufe sie. Möglichst viele«, erwiderte Belle.

Um ihre Mundwinkel zuckte es leicht. Ich konnte mir wunderbar vorstellen, was sie Bête und auch der Clique erzählen würde: Daß meine Eltern so typisch sind wie aus einem schlechten Film. Meine Mutter backt Kuchen und verbreitet Gerüchte, während mein Vater nur an beruflichem Erfolg interessiert ist.

»Ich muß dieses Rezept haben!« verkündete Belle und kann sich seitdem rühmen, einen dicken Stein im Brett meiner Mutter zu haben. Sie zogen gemeinsam in die Küche. Ich fixierte das Telefon auf der Anrichte. Dann stand ich auf und wählte Karolins Nummer. Es tutete zehnmal, dann legte ich auf. Als ich mich wieder an den Tisch setzte, lächelte Papa verlegen.

»Deine Freundin nicht zu Hause?«

»Sie ist nicht meine Freundin. Wir haben uns gestritten.«

»Ach, deshalb hast du so geseufzt.«

Hatte ich das?

Wir sahen uns vorsichtig an. Mama überredete Belle gerade dazu, sich auch noch andere Rezepte anzuschauen. Ihre Stimmen erfüllten geschäftig die Küche. Es war die ideale Gelegenheit für ein Vater-Tochter-Gespräch.

Papa fingerte am Tischtuch herum.

»Sie heißt Karolin«, sagte ich. Mein Blick war immer noch vorsichtig. Ich hatte mit ihm noch nie über so was gesprochen. Das waren immer, wenn überhaupt, Mutter-Tochter-Gespräche gewesen. Aber warum nicht einfach mal die Ordnung der Dinge auf den Kopf stellen?

»Und weiter?«

»Sie ist allein von Frankfurt hierhin gezogen. Sie ist ein bißchen kleiner als ich, aber das merkt man nur, wenn man ganz genau darauf achtet, hat schwarze kurze Haare und schminkt sich nicht. Sie ist Ökotrophologin und so alt wie ich. Und sie malt.«

»Und du liebst sie?« fragte Papa, der so etwas noch nie gefragt hatte.

Ich zögerte einen Moment. Es war wie der kurze Augenblick, wenn du vom Sprungturm heruntersaust, das Wasser über deinem Kopf zusammenschlägt und nun unter deinem Körper den Sturz auffängt.

»Ich glaube ja!« sagte ich dann, und das Blut schoß mir in den Kopf.

Papa betrachtete das vertraute Muster der Tischdecke. In der Küche lachte Belle laut.

»Sie ist wichtig für mich«, setzte ich hinzu. »Bei ihr ist irgend etwas das erste Mal.« Ich war nicht sicher, ob er mich verstand. Er lächelte nervös, blickte in Richtung Küche und dann wieder auf seine Hände. Seine Unbeholfenheit rührte mich.

»Ich schreibe an einem Roman.« Keine Ahnung, warum ich das jetzt sagte. Eigentlich gehörte es doch zum Kapitel Karolin nicht dazu. Oder?

»Karolin. Und du schreibst an einem Roman. Eine neue Liebe bringt viele Veränderungen, viel Neues«, sagte mein Vater und sah hinaus in den Garten. »Manche beginnen einen Roman.«

Noch im Wagen aß Belle das letzte Gebäck.

»Ich begreife nicht, wie du es schaffst, derartig viele Kekse zu vertilgen«, lachte ich. Ich mußte erst wieder zu mir kommen. Diese Besuche zu Hause waren auf eine Art immer gleich. Ich war in diesem Haus auf der Suche nach Trost und einer Geborgenheit, der ich inzwischen entwachsen war.

Und die wenigen Worte mit meinem Vater hatten eine Glasglocke über mich gestülpt, unter der es nur Karolin gab, und meinen heftigen Wunsch, sie um Verzeihung zu bitten. Und meine Aufregung, weil ich sie seit Tagen nicht gesprochen hatte und vielleicht lange nicht sprechen würde.

»Hör bloß auf! Ich bekomme gerade Sodbrennen«, jammerte Belle. Das war ein Problem, mit dem ich gut fertig geworden wäre.

»Was ist das für ein Buch, das dein Vater dir gegeben hat?« Meine Freundin angelte nach dem schmalen Taschenbuch auf dem Rücksitz. »Erich Fried. Liebesgedichte.«

Ich dachte an die Übergabe des Buches im Flur. Etwas verlegen hatte Papa es mir in die Hand gedrückt.

»Ich habe ihm von Karolin erzählt. Du weißt schon, Haarfarbe, Beruf und so. Plötzlich fragte er: ›Liebst du sie?‹, und ich dachte, ich höre nicht recht. Hat dein Vater dich so was je gefragt?«

»Sieht so aus, als hätte er verstanden, daß es dir mit Karolin ernst ist. Leidenschaftliche, gefühlsbetonte Gedichte sind doch genau das Richtige für eine verliebte Frederike«, meinte Belle.

»Bitte sag das nicht dauernd! Ich muß sowieso die ganze Zeit an sie denken.«

Belle blätterte in dem Buch herum, und ich fragte mich, wieso mir schon immer übel wird, wenn ich als Beifahrerin nur mal kurz auf den Stadtplan schauen muß.

»Liest dein Vater häufig Liebesgedichte?« fragte sie schließlich, ganz die Buchhändlerin.

Ich überlegte kurz. »Das ist wohl stimmungsabhängig«,

meinte ich dann. Und horchte meinen eigenen Worten hinterher.

Plötzlich dachte ich wieder daran, wie er neulich in meiner Wohnung gestanden hatte, aufgelöst und doch so schweigsam wie ein Fisch. Er war mir ganz fremd gewesen. Aber trotzdem hatte ich gespürt, daß er mir etwas hatte sagen wollen, es sich aber am Ende doch nicht traute.

Könnte es sein, daß ...?

Nein, völlig unmöglich. Meine Eltern kannten so etwas doch nicht mehr. Wenn sie abends im Wohnzimmer saßen, Mama halb mit dem Krimi auf ihrem Schoß, halb mit der Fernsehserie beschäftigt, Papa vertieft in eines seiner Wirtschaftsmagazine, waren sie doch nicht nur im gleichen Raum. Ich hatte mir immer vorgestellt, daß sie verbunden waren durch ein inneres Band, das sich zwischen ihnen spannte und lockerte, sobald sich einer von ihnen im Sessel vorbeugte oder zurücklehnte. Welche Farbe würde dieses Band wohl haben? Nein, es war unmöglich, daß mein Vater plötzlich Liebesgedichte las aus einem anderen Grund als dem schlichten, daß sie ihm einfach gefielen. Oder?

Die Landschaft draußen bewegte sich in Wellen an uns vorbei. Da waren wenige Grüntöne von Wiesen und ein paar Sträucher. Die Äcker waren braun, die Straße fleckig grau. Hatte denn alles an Farbe verloren?

Es roch nach frisch gefallenem Laub, feuchter Erde und Keksen.

»Er hatte heute einen neuen Pullover an«, sagte ich versunken. »Weißt du, Belle, ich möchte meine Kindheit am liebsten in einem Puppenhaus für immer stilisieren.

Eine Art lebendes Bild der Vergangenheit. Bei Veränderungen, die nicht mich selbst betreffen, schreie ich empört auf: ›Aber das geht doch nicht! Das war doch schließlich immer so!‹«

»Sei nicht so hart mit dir«, lächelte Belle.

»Wieso? Es ist wahr. Ich will nicht, daß sich irgend etwas verändert, denn darauf habe ich keinen Einfluß, es entgleitet mir. Ich möchte mich verändern, ja, das will ich natürlich, denn ich will ja lebendig sein. Aber alles andere soll so bleiben, wie es schon immer war – damit ich mich noch zurechtfinde. Ich würde Veränderungen wohl gar nicht sehen wollen.«

»Wie scharfsinnig du manchmal sein kannst!«

»Sag mir bitte nicht, daß ich das nicht immer bin! Sag mir nicht auch noch, daß ich meistens sowieso abwesend bin«, bat ich sie. »Lies doch mal ein Gedicht vor, Belle!«

Belle las.

14. Kapitel

ANTWORTEN

Belle stand herum, am Fenster, am Schreibtisch. Sie setzte sich nicht mal zum Essen hin oder um Helmes' Nummer zu wählen. Seit Tagen ging dort niemand ans Telefon.

Sie und ich dachten darüber das gleiche, aber Belle sprach es nicht aus, und ich hütete mich deshalb auch, es auszusprechen.

»Du hast aufgehört, bei ihr anzurufen«, stellte Belle fest.

Mein verkorkstes Frühstück mit Karolin war genau elf Tage her. Das bedeutete sicher, daß Karolin sich entschieden hatte, ohne wettenabschließende Kleinkinder zurechtzukommen.

»Sie geht ja doch nicht dran«, erwiderte ich.

Belle nickte. »Helmes hat es nicht einfach mit mir. Ich bin nie mit ihr zu ihren Freundinnen gegangen. Ich mag ihre Freundinnen einfach nicht. Glaubst du, ich habe auch nur einmal darüber nachgedacht. Für mich gibt es Bête und euch. Ihr seid meine Sippe, verstehst du?«

Ich verstand nur, daß sie sich selbst treu sein wollte.

»Ich habe sie auch nie gefragt, ob sie sich mit uns überhaupt wohl fühlt. Wahrscheinlich fühlte sie sich nie richtig zugehörig. Und ich habe es nicht wahrgenommen. Wieso muß bloß immer erst so was passieren, bevor ich raffe, was los ist?«

Im Moment ging es ihr hauptsächlich darum, Gründe zu finden. Belle wollte verständliche Gründe vorbringen können für das endlose Tuten am anderen Ende der Telefonleitung. Belle suchte nach Rechtfertigungen für Helmes' Verhalten. Leider war sie viel zu klug, um wirklich zu glauben, daß sie welche finden würde. Deswegen besaß sie nicht mal die Ruhe, um sich kurz hinzusetzen.

»Ich glaube, ich werde mal zu ihr fahren. Vielleicht hat sie beim Stolpern den Stecker aus der Wand gerissen und weiß es nicht«, sagte sie jetzt.

Hier mußte es sich um wirkliche Liebe handeln. Sie hielt auch die unglaublichste Ausrede für möglich.

Als ich sie an der Tür verabschiedete, mußten wir es nicht aussprechen. Gedanken reichen manchmal aus, um die Art und Weise einer Umarmung zu verändern.

Als ich allein war, zog ich meine dicke Jacke an und ging auch los. Die Straße hinunter, dann rechts, dann links, dann wieder rechts oder links.

Ich brauchte mir nicht mehr sagen zu lassen, ich sei abwesend. Ich war so anwesend, daß es weh tat. Ich zerriß mich, weil ich an mehreren Stellen zugleich anwesend war. Nach rechts begleitete ich Belle auf der Suche nach ihrer Liebe. Belle verirrte sich in einem Labyrinth aus Zeit. Sie suchte in der Vergangenheit nach Gründen für die Gegenwart. Ich ging mit ihr nur so weit ich konnte. Nach links ging ich und mußte neu Maß nehmen an einer alten Freundschaft. Ich hatte meine Verabredung mit Ilona nicht eingehalten. Einen Tag nach dem mißglückten Frühstück mit Karolin hätte ich Ilona nicht gegenübertreten können. Ich hatte einfach noch nicht zu ihr gehen können. Und sie hatte mich auch nicht angerufen, keine tadelnde Stimme am Telefon. Sie war es vielleicht gewohnt, von mir vergessen zu werden. Als ich durch die Straßen ging, war ich bei ihr, immer wenn ich links abbog.

Geradeaus war es am einfachsten, einen Fuß vor den anderen: Wenn eine lernt zu vertrauen, wird sie verletzbar. Wenn sie dann verletzt wird, zerbricht der Wunsch nach mehr.

»Warum bist du nicht geblieben und hast es Karolin erklärt?« hatte Belle gefragt.

Ich hatte geantwortet: »Wer kann schon Wunden heilreden?«

Ich ging durch die Straßen und war ganz und gar anwesend.

Plötzlich stand ich vor Ilonas Tür.

Sie öffnete erst nach dem dritten Schellen. Als ich in die Wohnung kam, fiel mein Blick auf ihren Computer. Der Bildschirm war schwarz, das hatte ich noch nie gesehen.

Die Tür zum Schlafzimmer war geschlossen.

»Ich wollte dich nicht stören«, sagte ich, bot aber nicht an, wieder zu gehen.

»Aber du hast dreimal geklingelt«, erwiderte Ilona. Sie trug eine ausgebeulte Jogginghose und ein T-Shirt. Sie verschränkte die Arme vor der Brust. Ich setzte mich auf eine Sofaecke und konnte ihr ansehen, daß sie mich unverschämt fand.

»Letzten Montag bin ich nicht zu unserer Verabredung

gekommen, weil Karolin mich vor die Tür gesetzt hat. Ich mußte erst mal nachdenken.«

Ilona sagte nichts.

»Sei nicht böse. Ich wollte erst herkommen, wenn ich mich auch wirklich auf dich konzentrieren kann.«

Ilona blinzelte. Sie hatte ihre Brille nicht auf.

»Du hast jetzt keine Zeit, wie? Vielleicht kannst du mich einfach anrufen. Wann du willst. Machst du das?« Ich stand auf und ging ein paar Schritte zur Tür.

Ilona blickte nervös hinüber zur Schlafzimmertür, schien kurz zu überlegen, dann sah sie wieder zurück zu mir.

»Was um Himmels willen ist mit dir los?« fragte sie schließlich. »Warum bist du so durcheinander? Was ist mit Karolin passiert?«

»Ich habe ihr von der Wette erzählt.«

»Das war aber sehr dumm von dir.«

»Das dachte ich auch erst. Aber jetzt finde ich es richtig. Es ist fairer, oder?«

Ilona schüttelte ihr offenes Haar. »Mit dem Wissen wird sie deine Freundinnen nie akzeptieren. Sie wird nie dazugehören.«

Ilona sagte ›deine Freundinnen‹! Sie sagte nicht ›uns‹!

»Unwichtig«, erklärte ich. »Sie will jetzt sowieso nichts mehr von mir wissen. Aber wir reden ja schon wieder von ihr! Ich wollte das eigentlich nicht. Ich wollte mit dir reden!«

Ilona sah mich gespannt an. Immer wieder wanderte ihr Blick zur Schlafzimmertür.

»Was für eine Farbe ist in dir, Ilona?«

Ich hatte sie das noch nie gefragt. Ich wußte nicht, was für eine Farbe in ihr war. Ich hatte keinen Schimmer.

»Was?«

»In mir ist Lindgrün. Aber Traurigkeit färbt mich blau.«

»Du bist komisch heute«, sagte sie befremdet. Sie hatte eine Frau im Schlafzimmer, aber ich fragte nicht, wer es war. Statt dessen wollte ich ihre Farbe wissen.

Ich versuchte, ihr zu helfen: »Belle ist auch blau im Moment, hat sie gesagt. Aber nur hellblau, so als wisse sie nicht, was sie fühlen soll. Weil sie nicht weiß, ob Helmes und sie noch ein Paar sind oder nicht. Helmes ist verschwunden. Sie meldet sich nicht. Und Belle versucht herauszufinden, woran es gescheitert ist. Sie bleibt immer an uns hängen. Sie denkt, sie hat die falschen Prioritäten gesetzt, hat zu eigensinnig auf uns als ihrer Familie bestanden. Sie sucht die Schuld bei sich.«

Ilona knabberte an ihrer Oberlippe. Sie betrachtete mich, als sähe sie mich zum ersten Mal.

»Und was denkst du, woran es liegt?« fragte sie.

»Auch Familien können zerbrechen«, sagte ich.

Im Schlafzimmer fiel etwas um. Ilona und ich sahen beide zur Tür.

Ich fragte nicht.

»Du hast recht«, erwiderte sie leise. »Karolin hat dir die Augen geöffnet. Ich hätte das nie gekonnt.«

»Unsinn! Du hast mir doch gesagt, daß ich so oft abwesend bin. Das warst doch du!«

»Wie oft habe ich dir das vorher schon gesagt? Und woran liegt es, daß du jetzt plötzlich zuhörst, daß du merkst, was los ist – auch mit mir? Du hast es doch gemerkt, oder?«

»Ja, ich habe es gemerkt«, sagte ich leise.

»Ich liebe dich«, sagte Ilona mit blassem Gesicht. »Und ich halte nur Menschen aus, die dich auch lieben, aber nicht zu sehr. Nicht so, daß du sie auch liebst. Und woran liegt es, daß du es endlich gemerkt hast? Doch nur an ihr.«

Ich dachte an Karolin, die nie etwas von sich preisgegeben hatte, wenn ich es von ihr erwartete. Sie platzte manchmal wie eine Samenkapsel, die ich berührte. Ich mußte wachsam sein, um nichts zu versäumen. Ich mußte meine Sinne schärfen. Ich mußte anwesend sein. Ilona hatte recht, es lag an Karolin.

»Aber sie ist fort. Irgendwie unerreichbar für mich. – Ich muß jetzt gehen. Ruf mich an, wenn du mich sehen willst.«

Da öffnete sich die Schlafzimmertür, und Pe stand vor mir.

Ilona machte die Sache sehr einfach für uns alle, denn sie tat nicht so, als müsse sie sich entschuldigen.

Pes vertraute körperliche Präsenz war noch gewaltiger, wenn sie geliebt hatte.

»Ich hab' gehört, was du über Helmes gesagt hast.« Sie schaffte es, den Satz so klingen zu lassen, als sei das Mithören rein zufällig gewesen. »Vielleicht wird es dich interessieren …«

»Pe! Nicht!« bat Ilona. Aber Pe hörte sie einfach nicht. Sie sah nur mich. Sobald ich in der Nähe war, wollte sie wichtig sein.

»Helmes steckt bei Karin«, sagte Pe und sprach damit aus, was Belle und ich so sorgsam nicht benannt hatten.

Sie tat mir plötzlich erbärmlich leid, wie sie versuchte,

mit diesem Satz meine Aufmerksamkeit zu erhaschen. Sie trug ein buntes Seidenhemd, das ihr bis zum Oberschenkel reichte. Alles, was sie besaß, war teuer. Ihr Vater, der sich ihr verpflichtet fühlte, hatte sich damit freigekauft von ihren Versuchen, seine Aufmerksamkeit zu ergattern. Ich war Pe aber nicht verpflichtet.

Wir standen zu dritt im engen Flur. Genauso hatten wir damals auch voreinander gestanden.

Ich wandte mich an Ilona. »Es bleibt dabei, zwischen uns muß das hier nichts ändern!« Aber das war schon beim ersten Mal eine Lüge gewesen.

Ilona nickte.

Pe hielt hilflos die Klinke der Tür in der Hand. Vielleicht hatte sie gerade begriffen, daß ich ihr nicht mehr antworten würde.

Ich nahm einen Umweg zurück durch die Stadt. Ilonas blasses Gesicht ging mir nicht aus dem Kopf. Wie sie es gesagt hatte. Als ob sie es schon hundertmal vorher in Gedanken getan hätte.

Im Frauencafé saßen la Belle et la Bête an unserem Tisch. Ich setzte mich zu ihnen.

»Helmes nicht gefunden?« fragte ich dumm.

»Sie war nicht zu Hause«, antwortete Belle und wollte noch etwas hinzusetzen, aber Bête fiel ihr ins Wort: »Nele war dafür nicht allein zu Hause, als ich vorhin zu ihr kam! Dein toller Freund war bei ihr, und sie schmiedeten Hochzeitspläne!«

Ich seufzte. »Sei nicht sauer auf mich deswegen. Ich wollte Nele nur helfen.«

Sie berührte kurz mit der Hand meine Schulter. »Ist nicht deine Schuld. Die Frage ist nur, ob du ihr damit einen Gefallen getan hast. Sie ist wirklich dumm, wenn sie glaubt, sie käme damit durch! Sie werden es merken. Aber recht geschieht ihr! Wieso marschiert sie mit einem Typen los und erzählt allen, sie seien verlobt?! Ich könnte so was nicht mit meinen feministischen Grundsätzen vereinbaren!«

Ich sah sie an und fragte mich plötzlich zum ersten Mal, warum Bête Kontaktlinsen trug. War sie eitler als Belle? Oder hatte Belle bewußt diese intellektuelle Wirkung einer goldgefaßten Brille gewählt? Ich hatte meine Freundinnen viel zu selten genau betrachtet.

»Findest du nicht, daß dabei jede Lesbe auf der Strecke bleiben muß?« fragte Bête mich.

»Nele muß wissen, was sie tut«, sagte ich. »Ich möchte jetzt eigentlich nicht darüber diskutieren.«

Bête spitzte ihren Mund. »Ich verstehe!« erklärte sie laut. »Du denkst, ich solle nachgeben und Nele mit einem Mann losziehen lassen, den sie als ihren Partner ausgibt, während ich selbst zu Hause Däumchen drehe! Oder glaubst du, daß ich nur gegen diese Maskerade bin, weil ich derweil mit meinem Hintern daheimsitzen muß? Aber da liegst du falsch! Ich finde es ganz einfach nur erniedrigend, was Nele da tut: Sie verbündet sich mit einem Typen, um einem anderen Honig ums Maul zu schmieren. Und das alles für einen beschissenen Job in einem Männerunternehmen! Nele spielt das patriarchale Spiel einfach mit. Aber ich bin dagegen. Das ist eine Frage der feministischen Überzeugung!«

»Stimmt«, sagte ich. Ich sah zu Belle, die mit geröteten

Augen in ihren Kaffee blickte. Sie tat mir leid. Ob ich es ihr sagen sollte? Ob sie es nicht sowieso schon wußte?

»Was?« fragte Bête und lenkte meinen Blick wieder auf sich.

»Stimmt«, wiederholte ich. »Es ist eine Frage der feministischen Überzeugung.«

»Belle, was meinst du dazu?« Bête war befriedigt durch mein Einlenken.

»Ich meine, daß mir Feminismus im Moment als grotesker Streitpunkt erscheint«, sagte Belle.

Bête starrte sie entsetzt an.

»Wie meinst du das?« fragte sie ungläubig.

»Ich meine es genau so, wie ich es gesagt habe«, erwiderte Belle. »Es geht hier doch um etwas anderes. Um Liebe.«

»Aber … deine politische Gradlinigkeit?!«

»Sind Häufchen gerade?« murmelte Belle mit einer ganz und gar untypischen Ruppigkeit. »Ich scheiß' drauf!«

Bête schluckte laut. Verwirrt nahm sie ihre Tasse, stellte sie aber wieder ab, ohne etwas getrunken zu haben.

Wie lange würde es noch dauern, bis sie beschloß, ihre umfochtenen Streitpunkte erst mal in den Wind zu schießen und sich jetzt um die Liebe zu kümmern?

Ich mußte nicht sehr lange warten. Nach ein paar Minuten bedrückten Schweigens schlang sie sich plötzlich ihren roten Schal um den Hals und sagte: »Macht es euch was aus, wenn ich euch allein lasse?«

Belle straffte tapfer die Schultern und lächelte. Bête stand auf, zahlte rasch und war fort.

»Sie reitet genauso auf Prinzipien herum, wie ich es

getan habe, als ich noch nicht eingesehen hatte, daß wir manchmal einfach drübersteigen müssen«, sagte Belle leise. »Manchmal kann ich kaum glauben, daß wir gleichalt sind.«

Ich nickte und dachte an die Großmutter und die Enkeltochter in Karolins Bild.

Da stand plötzlich Paula vor uns. Ihre Wangen waren rot vor Kälte, aber sie strahlte übers ganze Gesicht.

»Hi, ihr Süßen! He, krieg' ich ein Pils?« rief sie zur Theke rüber und ließ sich schnaufend auf die Bank fallen. »Wo ist denn Bête so schnell hin? Sie hatte ja kaum Zeit, um hallo zu sagen.«

»Sie muß ihr eigenes Leben leben«, sagte Belle pathetisch.

Paula lachte und stupste mich freundlich in die Seite. Ich staunte. Wo war denn ihre Wut von neulich geblieben? Es schien, als hätte es diesen dummen Streit zwischen uns nie gegeben.

»Mädels, ist das nicht ein klasse Wetter? Hoffentlich schneit es bald. Ich freu' mich schon aufs Skifahren«, plapperte sie los. »Ich hab' im Frauensportzentrum schon diesen Gymnastikkurs dafür belegt. Bei dieser Superfrau. Ich sag' euch, es würde euch umhauen! Einsachtzig, sportlich natürlich, lange schwarze Haare, traumhaftes Lächeln. Sie heißt Kathrin!«

Jetzt mußte ich auch lachen. Sogar Belle grinste über ihrer Kaffeetasse.

»Lacht nur!« meinte Paula gutgelaunt. »Sie ist eine Kanone! Und wir haben morgen bereits unsere zweite Verabredung! Ich glaube, diesmal könnte es was Ernstes sein ...«

Ich drückte kurz ihre kalte Hand. Wer konnte Paula schon nachtragend sein?

»Wo ist Helmes?« fragte Paula da. »Hat sie endgültig die Schnauze voll von uns?«

Belle sah sie nicht an. Paula hörte auf zu lachen.

»He, das war ein Witz.«

»Leider nicht sehr komisch«, sagte Belle.

Paula warf die Arme hoch. »Tut mir leid. Konnte ich das wissen? Hab' seit Wochen nichts mitbekommen. Wo steckt sie denn? Ist es was Ernstes?«

Belle setzte ihre Brille ab und rieb sich die Augen. Sie sah müde und erschöpft aus. Sie hatte die letzten Tage nur mit Suchen verbracht, und mit Warten, und mit Hoffen. Sie sah aus, als könnte sie nicht mehr.

»Ich war überall. Natürlich in ihrer Wohnung. Bei all ihren Freundinnen. Bei ihren Arbeitskolleginnen. Sogar bei ihren Eltern. Paula, ich wünschte, ich wüßte, wo sie steckt.«

»Du brauchst sie nicht länger zu suchen«, sprach ich es endlich aus. »Helmes ist bei Karin.«

Wir saßen zu dritt an unserem Tisch im Café. Es war ein kalter Abend. Jedesmal, wenn eine Frau die Tür öffnete, wirbelte die Kälte vom Bürgersteig herein. Belle putzte gefaßt ihre Brille und setzte sie wieder auf.

»Zahlen wir«, sagte sie.

Draußen fegten die Herbststürme in Böen trockenes Laub über den Weg. Die Straßen und Plätze waren menschenleer.

Es hätte ein ganz normaler Abend sein können. Aber nicht mehr für eine von uns, nicht mehr für Belle.

Wahrscheinlich würde sie später nicht mehr wissen,

wie sie zu dem Haus gekommen war, in dem Paula wohnte. Sie würde nicht mehr wissen, wann sie zu weinen anfing und ob sie etwas gesagt hatte. Für sie würde es eine dieser traumatischen Nächte bleiben, in denen alle Bilder und Worte zu einem einzigen Gefühl verschmolzen, das meistens Schmerz war.

Belle wollte keinen Tee trinken, aber Paula kochte trotzdem welchen für uns drei.

»Weißt du noch, wie ich damals immer mit dir gemeckert habe, weil du Pe nicht sofort den Laufpaß gegeben hast nach dem ersten Betrug?« sagte Belle. »Du wirst es nicht glauben, aber wenn Helmes mich jetzt noch wollen würde, dann könnte ich uns noch eine Chance geben … fürchte ich.«

»Dann tu es doch!« Ich drückte ihr die Tasse in die Hand.

»Aber wie soll ich dir dann noch in die Augen sehen?«

»Nein! Du meinst: Wie sollst du *dir* dann noch in die Augen sehen?!«

Belle trank ihren Tee und weinte Unmengen von Taschentüchern klebrig.

Paula schwieg die ganze Zeit und hielt Belle im Arm. Aber nach einer Weile stand sie auf und hantierte im Bad. Wasser rauschte. Dann erschien sie wieder in der Tür. Auf ihrem Gesicht lag ein liebevoller Ausdruck.

»Ich lasse dir eine heiße Wanne mit viel Schaum ein, ja? Und nachdem du gebadet hast, ziehen wir uns einen meiner Gruselschocker rein, die ich auf Video hab'. Du mußt ein bißchen auf andere Gedanken kommen.«

Belle lächelte sie dankbar an.

Ich verstand, daß es Zeit für die beiden besten Freundinnen war, miteinander allein zu sein.

»Ich verschwinde dann.« Ich gab Belle einen Kuß. Sie hielt meine Hand fest und sah mich fragend an.

»Es hängt von dir ab«, sagte ich. »Nur von dir allein.«

15. Kapitel

REGENTROPFEN

Inzwischen hat sie Sex, aber sie schreibt nicht darüber. In Geschichten gibt es keine Zufälle. Alles geschieht erst dann – und nur dann! –, wenn alle dafür bereit sind.

Es war am späten Nachmittag schon dunkel. Karolin lief durch die Stadt, hatte ein Stück Pizza angebissen und weggeworfen. Da fiel ihr plötzlich etwas Unheimliches auf. Die Telefonzellen leben! Sie stürzten aus ihren Ecken und Nebenstraßen hervor, daß es Angriffen gleichkam. Sie wußten, daß Karolin Kleingeld in der Tasche trug. Eine von ihnen versperrte regelrecht den Weg, als Karolin die Straße überqueren wollte. Karolin verpaßte deswegen die Grünphase und mußte bei Rot rüberrennen.

Als sie am Kino ankam, war sie außer Atem von dieser unerwarteten Hatz.

In dem kleinen Foyer ließ sie sich am einzigen noch freien Tisch nieder. Als ihr Herzschlag sich beruhigt hatte, betrachtete sie die anderen BesucherInnen.

Alle schienen in Gruppen oder zu zweit gekommen zu sein. Nur an der Wand gegenüber lehnte ein junger

Mann, der in das Programmheft vertieft war und noch nicht gemerkt hatte, daß sein Schnürsenkel am rechten Schuh sich gelöst hatte. Er trug zu einem roten Hemd ein schwarzkariertes Halstuch. Er hätte schön sein können, hätte seine Nase nicht genau diese Form gehabt, die jedes Gesicht putzig aussehen läßt.

Karolin konnte ziemlich gut erkennen, ob jemand auf seine Begleitung wartete oder allein ausging. Der hier war bestimmt allein unterwegs.

Da hob er den Kopf und sah direkt zu ihr herüber. So schnell, daß sie seinem Blick unmöglich ausweichen konnte. Sie erwiderte das interessierte Mustern.

»Dein Schuh ist auf«, sagte sie. Er sah hin, lächelte und kniete sich auf den Boden.

Als er sich wieder aufrichtete, grinste er sie freundlich an. Es war kein Stuhl frei, und so blieb er vor Karolin stehen. »Hi. Hast du mich erkannt?« Er steckte die Hände in die Taschen und sah höflich und sensibel dabei aus. »Ich bin Sebastian.«

Karolin merkte, wie ihr Nasenrücken sich krauste, und sie lachte ihre Überraschung hinaus. Sebastian stand wie ein freundliches Fragezeichen vor ihr.

»Woher weißt du, wie ich aussehe?« fragte sie schließlich.

Bastian spielte mit dem Halstuch. »Ich könnte sagen, daß Frederike dich so gut beschrieben hat. Aber ich werde ehrlich sein. Ich habe heute nachmittag Fotos von dir bei deiner Freundin Nele gesehen. Ihre Wohnung besteht ja quasi aus Fotos von euch beiden.«

»Ich wußte gar nichts von eurem Treffen«, rutschte es Karolin heraus.

»Oh, es war wegen ihrem Ärger im Büro. Ich helfe ihr da aus der Patsche und werde den Verlobten mimen bei dem Essen nächste Woche. Was tue ich nicht alles für ein kostenloses Steak vom Grill? Aber bevor wir uns verloben, müssen wir uns wohl ein bißchen kennenlernen.«

»Nele erzählt mir sonst alles«, fuhr Karolin fort und kam sich trotzig vor. »Sie hat es mir nicht gesagt, damit ich nicht wieder an Frederike erinnert werde. Als ob es nötig wäre, mich an sie zu erinnern!«

»Bête wußte anscheinend auch nichts von mir. Sie hat ganz schön geguckt, als wir uns in der Haustür begegneten. Ich finde ja, ich bin ein idealer Verlobter. Aber Bête scheint irgend etwas gegen mich zu haben.«

»Ihr Problem ist, daß du ein Mann bist«, erklärte Karolin ihm.

»Ich habe das eigentlich noch nie als Problem betrachtet«, erwiderte Bastian. »Hast du den Kinotip auch von Frederike?«

»Ja.«

»Was für ein Sternzeichen bist du?« fragte er.

»Löwe«, antwortete Karolin überrumpelt.

Er nickte wissend. »Wie kommt Frederike darauf, daß du traurig bist? Löwen sind nicht traurig!«

Nein, dachte Karolin. Seit einer Woche bin ich wütend! Denn dauernd wurde ihr in die Suppe gespuckt. Und das war kein Grund, traurig zu sein. Es war ein Grund, wütend zu sein. Und das war der erste Schritt in die einzige Richtung.

»Sie lassen ein. Komm!« Sie drängten mit dem anderen Volk in den Kinosaal und erwischten zwei gute Plätze in der Mitte.

Bei schummrigem Licht Musik von Sade. Auf der Leinwand ein Dia: Bitte nicht rauchen! Hier fiel Karolin auf, daß sie seit Tagen keine Zigarette mehr angesteckt hatte. Seit Wochen. Sie hatte es nicht mal bemerkt.

Bastian bot ihr von seinen Gummibärchen an.

»Als ich dich gerade draußen sah, hast du mich an meinen Freund erinnert, den ich vor ein paar Jahren hatte«, hörte Karolin sich plötzlich selbst sagen.

»Du meinst den, der mit dem Motorrad verunglückt ist?« Natürlich wußte Bastian über alles Bescheid.

»Wenn du Löwe bist, willst du sicher immer stark sein. Ich kenne Löwen«, fuhr Sebastian fort. Ihre leise Unterhaltung, untermalt von sentimentaler Musik, erinnerte Karolin an einen Traum, den sie neulich gehabt hatte und aus dem sie zu früh erwacht war. »Es ist schwachsinnig, immer stark und gradlinig sein zu wollen. Ich finde, auch ein Löwe sollte sich mal die Ohren kraulen lassen.«

Dann ging das Licht aus, und der Film begann. Manchmal berührte Karolins Hand die von Bastian, wenn sie zur gleichen Zeit in die Gummibärchentüte griffen.

Karolin starrte auf die Leinwand, ohne viel vom Film mitzubekommen. Sie fühlte sich träge wie ein vollgefressenes Tier. Dabei war sie gar nicht satt, im Gegenteil! Sie glaubte nicht, daß sie jemals im Leben wirklich satt gewesen war. Alles, was ihr geschehen war, hatte sie nur noch hungriger gemacht.

Sie sah Frederike wieder vor sich, wie sie rasch die Wohnung verlassen hatte, ohne noch einmal aufzublicken. Die Frau mit den unterschiedlich farbigen Augen hatte die Hosen voll gehabt. Sie hatte Angst vor Karolins Wut.

Aber war es jetzt nicht langsam genug damit?

Sebastian saß wie ein Katalysator in seinem plüschbezogenen Sessel, verströmte einen schwachen Männergeruch und die Gewißheit auf Vertrauen. Er erinnerte Karolin an etwas, das sie vor Jahren verloren hatte. Und war es jetzt nicht Zeit, endlich die Sache in die Hand zu nehmen? Nicht länger zuzusehen, wenn wieder mal jemand, der ihr wichtig war, zu verschwinden drohte?

In ihr war Grün und Braun. Sie sagte sich, daß sie sich selbst treu sein mußte. Sonst niemandem, und erst recht nicht ihren Egals. Solange sie ihre Wut nicht leugnete, konnte sie sie nehmen und damit tun, was sie wollte. Karolin wollte sie jemandem ins Gesicht schleudern. Sie wollte sie auf ehrlichem Wege loswerden. Sie wollte Platz schaffen in sich, zwischen viel zu vielen Egals. Es gab doch noch so viel.

Der Film war noch nicht zu Ende, aber sie hatte lange genug hier gesessen.

»War nett, dich zu treffen. Ich muß jetzt gehen«, flüsterte sie Bastian zu.

»Wir sehen uns!« sagte er zuversichtlich. Als Karolin aufstand, reichte er ihr seine Hand. Sie spürte den Händedruck noch lange, als sie schon auf dem Weg durch die Stadt war. In Gedanken begann sie die Farben für ihr nächstes Bild zusammenzustellen. Bastian erschien auch darin. Seine Farbe war Gelb.

Die Telefonzellen waren weniger aggressiv als vor einer Stunde. Sie hatten sich eine andere Taktik überlegt. Sie hüllten sich in Verlockung, winkten zart. Es war so schwer, ihnen zu widerstehen. Karolin ging zu einer hin und wählte.

»Ja?« meldete sich die Stimme.

»Kann ich vorbeikommen?« fragte Karolin.

Um die Zelle herum tobte plötzlich Krach. Leute schrien ihre Kinder an. Motorräder dröhnten auf. Autos wurden gestartet. Hunde bellten.

Aus dem Hörer aber drang kein einziger Laut.

Dann sagte Frederike: »Worauf wartest du noch?«

Auf Karolins Schellen wurde sofort geöffnet. Sie stieg die Treppe hinauf und spürte, wie sich ihre Schultern strafften und ihre Hände sich zusammenballten. So ging das nicht! Karolin schüttelte sich auf dem letzten Treppenabsatz wie Zipp. Dann öffnete sich die Tür vor ihr.

Da stand sie. Sie hatte zwei unterschiedlich farbige Augen. Eines braun, eines blau. Ihr Gesicht sah sehr klar aus. Ihr Hals machte einen schönen Bogen. Aber ihre Frisur war zerzaust, und die Jeans am Knie zerrissen. Dornröschen in Lumpen. Ihre Hände spielten miteinander.

»Ich bin eigentlich gekommen, um dir meine Wut ins Gesicht zu schleudern«, sagte Karolin. Sie sahen sich verlegen an und lachten erleichtert. Es war geschehen.

Während wir Tee tranken und sprachen, nahm ich Karolin plötzlich wahr, wie ich sie vorher noch nicht gesehen hatte. Wie sie sich weit über das Bett lehnte, die Hände hinter dem Rücken aufstützte. Wie sie den Rand der Tasse vorsichtig mit den Lippen ertastete, bevor sie einen Schluck nahm. Sie sah aus, als erwarte sie etwas. Aber was?

Ich versuchte eine Entschuldigung. Aber das war es nicht. Ich erzählte ihr Neuigkeiten über den Streit zwischen Nele und Bête. Aber das war es nicht. Ich gab ihr mehr Tee und mein Lächeln. Auch das war es nicht. Ich wurde ernst und sah sie schweigend an. Da setzte sie sich auf.

Ich hatte noch gar nicht richtig kapiert, daß sie zurück war, da lagen wir plötzlich auf meinem Bett und küßten uns und schoben unsere Hände unter T-Shirts und über Brüste.

Ihr Reißverschluß klemmte, und wir lachten, weil ich minutenlang fummeln mußte, um ihn endlich doch zu besiegen. Karolin behauptete, sie sei zu dick, und meinte es nicht so. Sie sagte es wohl nur, um nicht allzu selbstverliebt zu wirken, so wie sie sich hier vor mir rekelte und sich berühren ließ. Ich strich ihre Seite hinunter und stellte fest, daß ich das schon vom ersten Augenblick an hatte tun wollen. Ich entdeckte Muttermale, die ich küßte, und andere, die ich nicht einmal streicheln durfte, weil Karolin kitzlig war. Aber ich tat es trotzdem, und sie hüpfte kreischend auf der Matratze herum. Sie hatte so weiche Füße, die ich streichelte. Als wir uns herumrollten, lag ich auf ihr, und sie umfaßte meinen Po und sah mich bewundernd an. Aber dann sprachen wir nicht mehr. Romanfiguren wären da ganz anders. Sie würden den Namen der anderen flüstern, wenn sie romantisch veranlagt wären oder sie würden »Leck mich!« sagen, wenn sie frivol drauf wären. Wenn Romanfiguren kamen, schrien sie oder wimmerten »Ja, ja, oh, wie wunderbar!«. In Wahrheit wurde Karolin aber schon verlegen, als ich an ihrem Bauch hinunterrutschte und den krausen Haaransatz küßte. Sie lachte verlegen und sah mich mit ernsten Augen an. Ich küßte den Bauch wieder hinauf, wurde von ihrem Hals in Empfang genommen.

Unsere Hände wußten genau Bescheid. Endlich traute sich eine, und die anderen folgten mutiger. Es ist eine Sache, miteinander zu lachen oder zu weinen oder sich zu küssen und im Grunde immer die Kontrolle zu behalten. Ganz anders ist es, wenn du im Arm von einer liegst, die dein Herz berührt und dich hilflos macht. Die dir gibt und dir damit alles aus der Hand nimmt.

Karolin wachte nach einer Weile wieder auf. Als erstes erwachte ihre Nase, sie roch die feuchte Haut. Dann spürte sie mit ihrem ganzen Körper den anderen Körper, auch in sich. Dann hörte sie den Atem. Als sie die Augen öffnete, sah sie Frederike, die sich auf einen Ellenbogen stützte und sie beobachtete.

»Wie machst du das? Du stellst alles auf den Kopf. Was machst du nur mit mir?« fragte Frederike zärtlich.

Karolin hängte den Satz an die Decke des Zimmers. Sie würde es lieben, dorthin zurückzukehren. Nicht zuletzt wegen seines Deckenschmucks.

Es war schon Abend geworden.

Karolin schlief wieder ein, entspannt, wie sie nur nach großer Lust war. Sie öffnete kurz die Augen und preßte sich an mich. Ich sagte lauter verrückte Dinge, zu denen ich vorhin nicht den Mut gehabt hatte. Karolins Halbschlaf schützte mich.

Die meiste Zeit lag ich da, ihr zugewandt, und betrachtete sie, wünschte mir jede Sekunde doppelt so lang. Ich wollte nichts versäumen.

Karolin bewegte im Schlaf die Lippen, und ich hielt mein Ohr daran. Sie sagte: »Gewitterwolken ziehen durch meine Träume und regnen sich aus.« Ich ließ die warmen Tropfen meinen Körper hinabrinnen.

Band 12797

Susanne Solau

Gummibärchen

Irrungen und Wirrungen einer jungen Kunststudentin

Sophie ist genervt. Ihr Kunststudium verläuft alles andere als normal, und ihr Liebesleben ist auch nicht gerade das, was man als prickelnd bezeichen könnte. Überdies muß sie sich ständig die neuesten Geschichten ihrer quirligen Freundin Sarah anhören, die ihrerseits wenig Verständnis für den Weltschmerz der Freundin hat.
Dann entdeckt Sophie eines Tages in der Galerie, in der sie neben dem Studium jobbt, die Bewerbungsunterlagen eines Künstlers, der eine Ausstellung seiner Bilder plant. Als der attraktive Louis dann leibhaftig vor ihr steht, verliebt sie sich Hals über Kopf in ihn. Nach einer Weile keimt in ihr jedoch der Verdacht, daß Louis irgend etwas vor ihr verheimlichen will...